鴻上尚史
KOKAMI Shoji

ドン・キホーテ笑う！

論創社

ドン・キホーテ　笑う！★目次

本書は『週刊ＳＰＡ！』（扶桑社）２０１８年１月２・９日合併号〜２０２０年５月26日号に掲載された「ドン・キホーテのピアス」を加筆・修正したものです。

ドン・キホーテ　笑う！

サンタとニンジャは同じである

一年が終わりますなあ。で、「七味五悦三会《ひちみごえつさんえ》」がまたやってきますね。この連載ではもう何回も書いていますが、昔、江戸風俗研究家の杉浦日向子さんから教えてもらった、江戸庶民の知恵ですね。

除夜の鐘を聞きながら「今年新たに食べた七つの味、新たに経験した五つの楽しいこと、新たに出会った素敵な三人」を思い出し、条件をクリアしていれば「いい一年だったなあ」としみじみするという風習です。

仕事柄、毎年、「三会」は充実しています。今年も、『舞台版　ドラえもん』と『ベター・ハーフ』と、今、稽古している『もうひとつの地球の歩き方』で、新しい素敵な人達と知り合いました。

日本のニンジャクロースは子供達に
プレゼントをこのように渡します。
シーュ
シーュ
シーュ
コーン
コーン

「五悦」は、なにがあったかと、今、スマートホンのカレンダーを見返しました。

ロンドンで久しぶりに演劇学校時代のクラスメイトのレイモンドに会い、二人で同じくクラスメイトだったビクトリアが出ている芝居を見に行ったのは、「五悦」の一悦でした。

ドラえもんを7年ぶりに再演できたのも、一悦でした。ドラえもんが動き、踊る姿を見ているだけで、本当に幸せでした。

『ベター・ハーフ』を、いつもの三人と松井玲奈《まついれな》さんを迎えて再演できたのも一悦でした。

ロンドンについた日に、ポケモンのバリヤードをいきなりゲットできたのと、タイでサニーゴをゲットできたのも、まとめて一悦でした。

第一回目の陸軍特攻兵、佐々木友次《ささきともじ》さんのことをようやく本にできたこと。『不死身の特攻兵』が発売一カ月で5刷になったことはとても大きな一悦でした。

いつも頭を悩ますのは、「七味」です。ロンドンでレイモンドに連れていかれた、「ＦＩＶＥ ＧＵＹＳ」は美味しかったです。アメリカ東海岸から始まった話題のバーガーショップで、特徴は、トッピングが無料で選べることです。マヨネーズ、レタス、ピクルス、トマト、グリルドオニオン、グリルドマッシュルーム、ケチャップ、マスタードなんかが選べます。このハンバーガーは美味しかった。

それから、近所の小さなお店で食べられる日替わりのパスタも美味しいのがありました。

それ以外はなかなか浮かびません。

じつに無意識にのんべんだらりと生活しているんだと反省します。いくつか、自分の気に入った食べ物があると、それ以外をなかなか探そうとしないのです。いかんことです。

あなたの「七味五悦三会」はどうですか？

さて話は変わって、ＮＨＫＢＳ１で僕が司会している『ｃｏｏｌ ｊａｐａｎ』では、ここ３年ほど新春スペシャルを元旦に放送しています。

２０１８年もやるのですが、外国人が見て驚いた「投稿動画」を特集します。

その中で、日本人の想像を超えて大人気なのが「忍者」なのです。

多くの外国人は忍者の存在を信じています。さまざまな映画やドラマ、マンガ『ＮＡＲＵＴ

O』の影響なのですが、日本人から見て「ん？　それが忍者なのか!?」というようなものも喜び、感動します。あの格好を見るだけで「クール！」なのです。鉄製の手裏剣を投げて、畳やベニヤ板に突き刺すだけで、「グレイト！」なのです。

外国人はみんな、「忍者はインバウンド対策の有力な武器になる」と力説します。

日本人は笑っちゃいますが、外国人は真剣です。外国人の興奮を見ながら、「あれ、これはあの人とそっくりだぞ」と思ってしまいました。

真剣に信じている人がいて、信じてない人がいて、でも信じてないことをあえて言うのは野暮で、でもあんまり真面目に言うと笑ってしまう。

そう、忍者とサンタクロースはそっくりなのです。

そうと分かれば、日本人の取る道はひとつです。日本人全体で、「忍者は実在する」と言い切るのです。国を挙げて外国人をだましましょう。

「あなたが見た忍者がもしチャッチかったら、それはイベントのサンタがチャッチかったのと同じです。それが本物のサンタと関係ないように、本物の忍者とも関係ないのです」と忍者の実在を力説することが、日本人としての僕とあなたのこれからの仕事なのです。

それではよいお年を。

AIの進化は「人間とは何か？」を突きつける

新年、あけましておめでとうございます。おいらは1月19日から始まる虚構の劇団公演『もうひとつの地球の歩き方』の稽古を続けています。

新作です。キャッチフレーズは「記憶とシンギュラリティと天草四郎の物語」です。

シンギュラリティですよ。２０４５年に、コンピューターが爆発的に進化して、人間の能力を超えることになる、なんて言われてるやつですね。もう、あっちもこっちもシンギュラリティですわ。

「完全な人工知能ができたら、それは人類の終焉を意味する」なんて、スティーブン・ホーキングは言ってます。ビル・ゲイツは「なぜ人々が人工知能の恐怖について考えないのか理解できない」と心配してます。

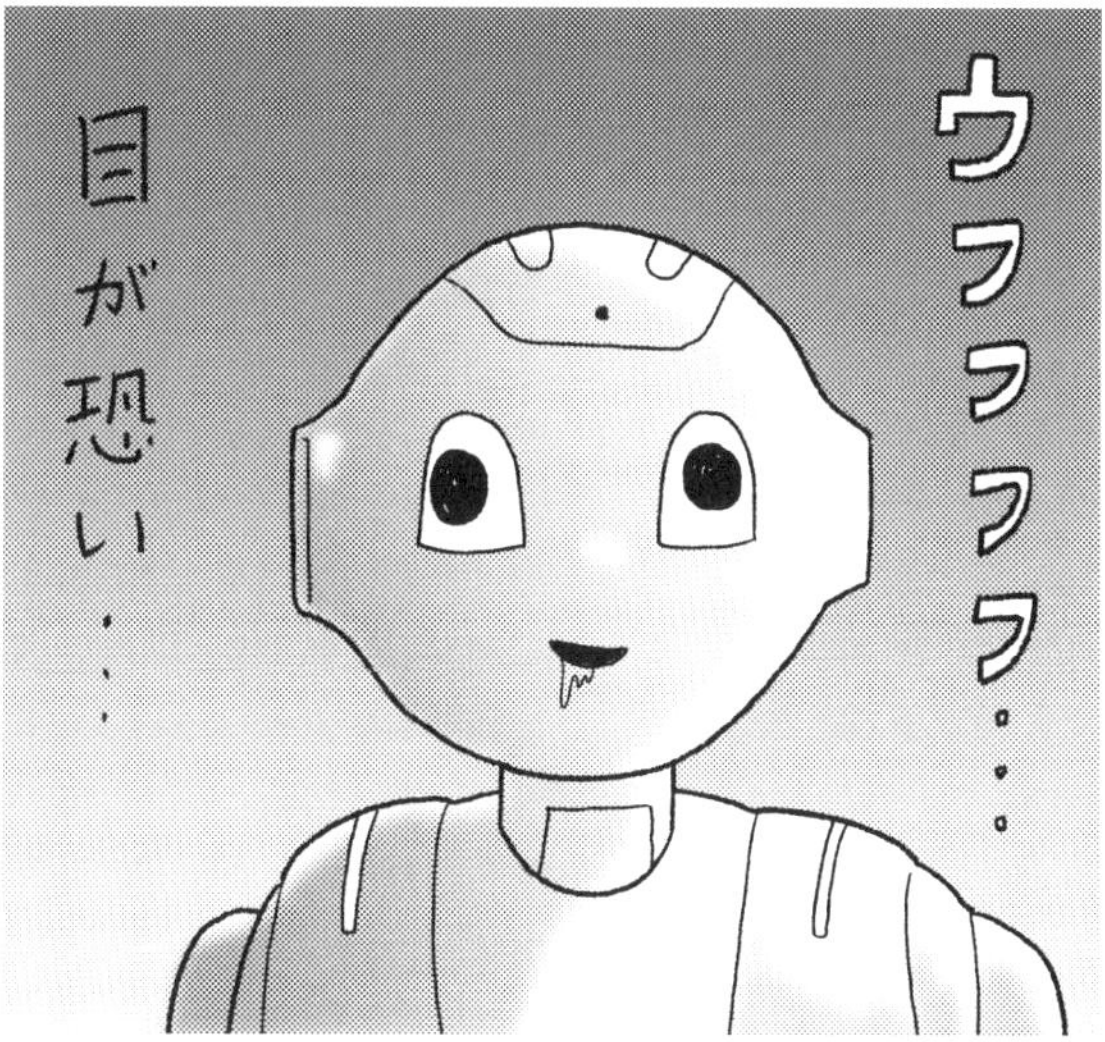

ホーキングはさらに「コンピューターウィルスを発明する人間がいるなら、自らを改良・複製するＡＩを発明する人間がいるはずだ」とダメ押ししてます。

『クール・ジャパン⁉』（講談社新書）に書きましたが、そもそも、欧米のカソリック系の人達は、「人間が人間型のロボットを創ること」に対して抵抗があります。人間を創るのは神だけだからです。動物型のロボットは容易に創れても、人間の形になるとためらいます。ＡＩへの抵抗は、その延長線上にあるのです。

そもそも、囲碁や将棋、チェスのＡＩなんかは、「特化型人工知能」と呼ばれています。特定の分野に特化しているわけですね。これは欧米人にも抵抗が少ない分野です。

ＡＩ囲碁が人間に勝ったと話題になりました。

この時のソフトは、実際の囲碁の棋譜をデータ入力したものでした。過去の名人の戦い方が元になったのです。最近では、ＡＩが囲碁のルールを理解し、独自に進化することで人間に勝つソフトにかわりました。人間がまったく必要なくなったのです。すごいもんです。

人間のように対応できるＡＩは「汎用《はんよう》人工知能」と呼ばれます。すべてに対して対応できるＡＩです。

もちろん、現在はこのタイプはできていません。できるかどうかも分かりません。もしできれば、これが神になるのか。未来学者のレイ・カーツワイルが２０４５年に実現すると予言して大きな話題になっているのです。

「強いＡＩ」「弱いＡＩ」なんて言い方もあります。自意識があるＡＩを「強いＡＩ」と呼ぶのです。これは「汎用人工知能」と微妙に違います。

自意識を持つＡＩが生まれたら、それはまさに人間に限りなく近い存在になるでしょう。これも、実現するかどうかいろいろ言われています。

また、「ＡＩが進化して、消えていく仕事」なんてのも話題です。

結局は、「人間とは何か？」という問題をＡＩの進化は突きつけるのです。

昔、写真が発明された時、「絵画は終わった」と嘆いた画家がたくさんいました。その当時、画家の仕事の代表的なものは肖像画を描くことでした。写真が生まれて、もう自分の仕事はなくなったと思ったのです。

けれど、絵画は消えませんでした。「絵画とは何か？」という問いを生み、結果的にかえって絵画は多様に、豊かになりました。

じつは将棋も、ＡＩ将棋が人間に勝ったことで、かえって将棋人口が増えているそうです。将棋自体が話題になったことと、将棋ソフトで手軽に楽しめるようになったからです。人間がＡＩに負けたから、もう将棋をやってもしょうがないとは人々は思わなかったのです。

病状に対応した薬を選んだり、面接の書類を選別したり、すでに、ＡＩは「知的」と言われるかなりの分野で仕事をしています。

その領域が増えれば増えるほど、「ＡＩと根本的に違う人間の特徴は何か？」という問いが大きくなるのです。創造性だと言う人や、生存本能だと言う人がいて、それらはＡＩにも可能だと反論する人もいます。わくわくする未来だと思います。

で、新作は、そういう話に天草四郎がからみます。どうからむのかが、物語のキモなのですが、そもそも、天草四郎という人は謎に満ちた存在なのです。

「島原の乱」の戦いで原城《はらじょう》という島原にある城に三カ月間、天草軍は籠城《ろうじょう》しますが、天草四郎は一度も味方の前に姿を現してないのです。ただの一度も。面白いでしょう？　そんなお芝居をしこしこと稽古してるのです。はい。

オールナイトニッポンの思い出

オールナイトニッポン50周年を記念して、『鴻上尚史のオールナイトニッポンｐｒｅｍｉｕｍ』というのを、1月から3カ月間限定でやらせてもらえることになりました。

この原稿が活字になる時には、もう3回終わっています。

毎週火曜、夜7時からという「どこが『オールナイト』？」という時間ですが、楽しくやっています。

もともと、おいらがオールナイトをやったのは、なんと、今から35年前、夜中の3時から始まる2部を1年半、それから、31年前に1時から始まる1部を1年半だけです。

1部も2部も、1年半たって自分から「やめさせて欲しい」と申し出ました。その当時、自分からオールナイトをやめたいと言った唯一のアーティストと言われました。深夜放送の全盛期で、

色めき立つハガキ職人達
鴻上尚史の!?
オールナイトニッポンが!?
復活!?

みんな「ノーギャラでもいいからやりたい」と殺到していたのです。

僕は、ラジオは大好きでしたが、なにせ、ガンバリすぎました。ヘトヘトになって、これはたまらんと降板を申し出たのです。ずいぶん、引き止められましたが、ワガママを言いました。

なにがヘトヘトになったって、とにかく、企画をぶち込みました。

「10回クイズ」も「究極の選択」も僕のラジオでヒットしました。

「生まれ変わるとしたら、顔がガッツ石松か、頭がガッツ石松か」とか「母親にエロ本を見つかるか、母親の載っているエロ本を見つけるか」なんていていう名作が集まりました。

今回、「究極の選択２０１８」をやってい

るのですが、さっそく「両親にエッチを見られるか、両親のエッチを見てしまうか」という名作が来ました。「文春に人生をメチャクチャにされるか、文春の編集者になって他人の人生をメチャクチャにするか」というのも来ました。

古びないコンテンツだと思います。

で、30年以上前は、これ以外に本当にいろんなことをやりました。

2部の時代は、早朝5時に放送が終わって、そのまま6時に日比谷公園でジェンカを踊りました。もちろん、無許可の集会ですから「今、突然、ニッポン放送の隣の日比谷公園でジェンカを踊りたくなった。俺一人で踊るから、お前達、絶対に来るなよ！」と叫びました。

何回かやりましたが、最大で200人ほどが集まり、早朝6時、全員で輪になって1回だけジェンカを踊って解散しました。今では絶対にできないでしょう。一度、丸の内警察署の早朝訓練とぶつかり、警官の団体さんがザッザッザッと行進してくる風景とぶつかりました。

「解散！　みんな散れ！」と叫んで走りました。

12月30日の放送の時は、「今、俺はニッポン放送の玄関前にいる。目の前には、ダシは入っているが具のない鍋がある。具を持ってきて欲しい。ただし、以下の具だけを求める。カニ、エビ、ほたて、牡蠣。いらない具材は、白菜、ネギ、コンニャク、ニンジン」と放送しました。

本当に寒風吹きすさぶニッポン放送の玄関前にザブトンを敷いて話しました。目の前をタクシーが通り、街の音も流れました。

次々と夜中、1時から3時の間にリスナーはやって来て、豪華な具材が集まりました。

そして、「鍋は白菜とかネギ、コンニャクなどの脇役がないと美味しくないんだ。カニとエビとほたてと牡蠣だけの鍋は不味い」という衝撃的な事実を発見したのです！

ドラゴンクエストが大好きなので、『ドラゴンクエストⅢ　そして伝説へ…』を歌ってCDも出しました。オリコン最高位29位という、今なら「そんなもん」と思うかもしれませんが、あの当時の業界からすると大変な順位を獲得しました。

のちに、右翼の街宣車がこの曲を流しながら、池袋の街を走っている光景を見ました。

書き出せば、きりがありません。でも、結局、やったのは計3年です。1部で、わずか1年半。それなのに、50周年のパーソナリティーの一人に選んでいただいて、とても幸福だと思っています。

つきあってくれるリスナーも長いです。今回、1月の第1回目に、いきなり、懐かしい「ハガキ職人」達が集まりました。名前を見ればすぐに分かります。

いったいお前達はこの30年、なにをしていたんだと心の中で突っ込みながら、放送しました。30年たって腕が落ちた奴もいれば、鈍ってない奴もいました。

くたばれ、文春砲！

もともと、『週刊文春』の新年特大号を読んだ時に嫌な感じがあったのです。

「輝け！『お騒がせ大賞２０１７』発表」という特集で、「今年も大豊作だった不倫畑。有名人の皆さんが細心の注意を払って大きく育てた実は、全て週刊文春で刈り取らせて頂きました」という文章に接した時、なんだかなあと思いました。

音楽プロデューサーの小室哲哉《こむろてつや》さんの引退会見はじつに切なく哀しいものでした。

僕も誤解していましたが、もともと、小室さんは60歳で引退を考えていて、それが文春の報道をきっかけに10カ月前倒しすることにしたのです。

だからといって、文春が仕掛けている「不倫は悪。大問題。人の道に外れる。だから報道して当たり前」という風潮が認められるわけではないのです。

くも膜下出血で倒れた妻ＫＥＩＫＯさんの介護を6年も続けているとか、高次脳機能障害の後遺症に苦しむＫＥＩＫＯさんとの意思疎通が難しく感謝の言葉をもらうわけではないとか、ＫＥＩＫＯさんは小学4年生のドリルに興味を持っているとか、大変な状況が伝わってきました。

そして、「男性機能」がここ数年ないという、「そんなことまで言いますか。言わないと男女の仲を責められるのですか。男女の仲がもしあったとしたら、それはそんなに悪いことなのですか」と苦しくなりました。

そんな人が、看護師の女性に精神的な安らぎを求めたとしたら、それはそんなに悪いことなのか、そんなに責められることなのかと思います。

多くの人は、小室さんまでの不倫報道を楽しんだはずです。ベッキーの時も、山尾志桜里《やまおしおり》衆議院議員の時も、憤慨《ふんがい》したりテレビ局に出演を抗議した人も多くいました。

でも、小室さんの時は、ネットを中心に文春批判が盛り上がっています。理由は、「介護疲れ」という小室さんのイメージからはほど遠い現実に驚き、同情したからでしょう。

「介護疲れ」を実際に体験している人も、その予感に怯《おび》えている人も、「大変だなあ。疲れるだろうなあ。だったら、そんなこともあるだろうなあ。第一、男性機能がないんだから、不倫と言えるのか？」なんて思ったのだと思います。

でもね、僕は前から「くたばれ、文春砲」と言い続けています。

それは、僕達は想像力でしか人と交わることができず、けれど、僕達の想像力はとても貧困で、同時にそのことになかなか気付かないからです。

この文章を読んでいる人で、もし子供がいる人がいたら、子供を持って初めて、「子供の虐待《ぎゃくたい》」とか「育児ノイローゼゆえの子殺し」なんていうニュースに胸潰《つぶ》れる思いをしたはずです。

それまでは、平気で接していた子供殺しのニュースが、自分が子供を持つと生々しくて痛くて、平常でいられなくなるのです。

どんなに想像力があると思っても、いざ、その立場に立たないとなかなか理解できないのです。

恋愛も同じです。不倫をしている人を叩いている人は、自分が「配偶者の関係が続いたまま、人を好きになる」「配偶者がいると分かっている人を好きになる」「配偶者と同じぐらい別人を好きになる」という可能性を想像できないのです。でも、それは起こる人には起こります。

「恋愛は唐突な理不尽です」昔、このセリフを書きました。恋愛は計算できないまま、起こる時には起こります。「不倫」は、道徳観念のない人だけがするものではないのです。

そんな当たり前のことは、実際に経験すればすぐに分かります。でも、想像力がまったくない人は、自分が経験しないことは理解できないのです。

本当は、豊かな想像力があって、「人はそういうことをするだろうなあ。それが恋愛なんだな」と思えれば、誰も「不倫」を責めることはありません。でも、僕達は想像力が貧困だから、つい、責めてしまうのです。

でも、それは起こる時は起こるのです。想像力の貧困につけこんで、商売をするのは、とても哀しいことなのです。

「私は、不倫をしている人間より、他人の不倫を暴き立てて商売にしている人間の方がずっと卑しいと思っています」

コラムニストの小田嶋隆《おだじまたかし》さんの言葉です。

ゾッとするCMの話

フジサンケイグループ広告大賞の審査員なるものを10年以上続けています。ラジオ、新聞、雑誌、テレビの1年間の広告を聞いて、見て、ベストワンを決めるものです。

今年はどうしてもこのCMが入賞して欲しいと思ってました。

もう1年ほど前に公開され、ネットで大変な話題になったトヨタのヴィッツのCMです。ご覧になりました？　ＹｏｕＴｕｂｅでは２４０万回、再生されたそうです。

いやもう、切ないです。

若いクリエイターと中年の上司の二人が出てきます。広告制作会社のクリエイティブ部門と営業の関係でしょうか。

若いクリエイターは嬉々《きき》として、新しいＣＭの解説を始めます。

「演出」の文字がどんどんでかくなる
ドンドン
CM上の演出です。

「今回のヴィッツのCMなんですけど、すっごいカーチェイスCMです。犯人がヴィッツで逃げるんです」

画面には、ヒゲ面のいかつい男が写っています。

すぐに上司が口を挟みます。

「ちょっと待って。ヴィッツに乗ってるのが犯人てのやばいかもな。ヴィッツはそういう犯罪を是認するのか、みたいな正義をやたらふりかざす人、多いでしょう、最近」

クリエイターはすぐに答えます。

「ですよね～」

すぐに、主人公は正義感の強い女性に変えられます。

彼女は恋人が悪人につかまったので、ヴィッツを急発進して助けに行こうとします。そして彼女は、見事なハンドルさばきで車を操り、交通量の多い道

を進みます。すぐに上司が、

「ヴィッツは安全機能を搭載しているから、まず、こんなに車間距離をつめたら、アラートが鳴るねえ」と口を挟みます。

「ウィンカーを出さないで車線変更をすると、またアラートが鳴る」

つまり、そんな運転はあり得ないというのです。

クリエイターは、「じゃあ、まとめるとこういう感じですかね」と上司の要求に従った映像を見せます。

「主人公は恋人が捕らわれたことを知ると、（急発進ではなく）シートベルトをして、安全確認をしてから、ハイブリッドで静か〜に発進します。衝突の可能性があると、アラートが鳴るのでブレーキを踏んで減速、車線変更は後方を確認しながら、ウィンカーを出してから。安全運転で恋人を助けに向かいます」

その映像を見て、上司は言います。「完璧だよ」クリエイターは答えます。「完璧ですね」

捕らわれている恋人の元に向かう途中、悪人の車がヴィッツに幅寄せして、サイドが傷つきへこみます。

上司が難色を示し、「ダメですか？」と顔色をうかがうクリエイターに対して「当たり前だろ！」と叫びます。クリエイターは条件反射のように「当たり前です！」と返すのです。

これから後、まだまだ続きます。かっこよく悪人がいる倉庫の入り口を突き破ってヴィッツが突入するシーンでは、上司は「ヴィッツはフロント押しでと言われてるんだよ」と告げます。

結果、ヴィッツはフロントを見せながら丁寧に倉庫の前にバックで駐車します。

上司は、「CMなんだから。映画作ってるんじゃないんだよ」と言います。クリエイターも、「めんどくせえなあ」とつぶやいたりしますが、要求に応え続けます。

最後、上司はキャスト（主人公と恋人）が車の内部を写すためにはじゃまだと言い放ちます。

そして、クリエイターに「この二人（キャラクター）の幸せと、クライアントの幸せ、君にとって大切なのはどっちなのかってことなんだよ」と言うのです。

徹底したセルフパロディ、完璧な自虐です。たぶん、今、この瞬間も、この会話は日本中、世界中で交わされていると思います。

こんなことが普通に起こっているんだと多くの視聴者が知ればいいと思います。

ドラマは今、銀行から飛び出した銀行強盗もシートベルトをしてないとオンエアできません。携帯電話の会社がスポンサーの場合は、誘拐事件の交渉は携帯を使ってはいけません。携帯電話が悪いイメージになるからです。ヴィッツに犯人が乗ってはいけないのと似たようなことです。

結果、携帯を持っていても、公衆電話を使わないといけません。冗談みたいですけど、事実です。

僕達はもうそういう時代に生きているのです。

エゴ・サーチは、深い沼である

さかなクンが、自分自身に対する「うるさい」「声が耳障り」「雑音」というネットの批判に対して、真摯に受け止めるとしながら「悩みすぎたら熱が出た」とＦａｃｅｂｏｏｋに書いたのは、なんだか、しみじみしました。

自分自身の名前をネットで検索して、その評判や批判を見るのを「エゴ・サーチ」と呼ぶのは、もうみんなの常識になりました。８年前、僕は芝居のタイトルにもしました。

誰でも一度はしたことがあると思います。そこから、頻繁に繰り返すか、もうやめるかは、まずは本人の職業によるのでしょう。

簡単に言えば、人気商売というか、人の口の端に盛んに上る商売の人は、エゴ・サーチをするたびに新たな書き込みを見つけます。

ワインを飲みながらエゴサーチする時の注意点
☆グラスのそばに物を置かない
ウフフフ。。。
グールグール
カーン

で、匿名の悪意の海で傷つくのです。

僕も何十回も、いえ、百回以上間違いなく傷ついています。

見なければいいじゃないの、と言うのは簡単なんですが、仕事上、観客や読者の反応というものは気になります。もちろん自分の好きなもの、納得したものを創ってはいますが、その感覚や指向がどれだけの人と同じなのか違うのかは、エゴ・サーチしないと分からないのです。

たいてい、寝る前、ここんところ寝酒はもっぱら赤ワインなので、気持ちよく酔っぱらいながら、つい、エゴ・サーチしてしまいます。

で、そういう柔らかな心には、批判の言葉がグサグサ突き刺さるのです。これが、昼間、会社とか喫茶店で見たら、そんなにこないと思います。でも、自宅でくつろいで、お風呂に入ってふやけて、赤ワイン飲んで無防備になっている時は、魂の奥底まで突き刺さるのです。痛みに慣れるかと思ったら、これが慣れないんですね。

で、酔っぱらっているので自制がきかなくなる傾向があります。

その昔、あまりにも理不尽な批判をブログに見つけて、「鴻上です。すみませんが、誤解なさっています」と一気に書き込んだことがありました。数日して、もう一度、そのブログを見ると、「鴻上と名乗る奴がいろいろとゴチャゴチャ書いているが、あまりに誤字が多く文章が変なので、本人じゃないな」とコメントしていて腰が抜けそうになりました。

酔っぱらっているので（この時は、寝酒は泡盛《あわもり》のお湯割でした）、文章はメタメタ、誤字脱字のオンパレードで、読み返しもしないまま、書き込んだのでそんなことになったのです。

で、反省して、長い文章を書くのはやめようと決めました。

が、ツイッターですわ。これは簡単に反論できるんですね。やっぱり、あんまり理不尽な批判を受けると、ついムズムズしてしまいます。

エゴ・サーチするというより、むちゃぶりなツイートが降ってきますからね。で、いかんいかん、反論なんかしてはいかん、よしブロックだ、と少し酔った頭で判断すると、しばらくして、「鴻上は、何も反論できなくて図星だから、いきなりブロックしやがんの」なんてリツイートが回ってきて、「むむむ。じゃあ、反論してやろうじゃないか」なんて、ブロック解除してさらに酔った頭でやってしまうのです。

で、相手は匿名、さらにその匿名を応援する周りも匿名。こっちは、実名で必死に反論すると、ネットの暗闇から次々に匿名のツイートが降ってきて、酔った頭はさらにカッカッしてくるのです。

で、「鴻上さん。不毛ですよ。時間のムダです」なんていう優しいツイートにハッとして、「いかんなあ。分かってるのに、やってしまうなあ」と鈍い痛みを感じながらベッドに入るのです。安眠できるわけがないですね。

芸能人だと、マツコ・デラックスさんや坂上忍さんみたいに、まったく「エゴ・サーチはしない」と言っている人もいますし、自分の名前を〝さん〟づけで検索することでポジティブなコメントを読もうとしたり、自分の名前に「かわいい」と付け加えて検索するなんていう技を使っている人もいます。

もちろん、ガチで戦っている人もいます。お笑い系の人で、匿名の人と激しいバトルを展開しているツイートをたまに見ます。大変だなあと思います。

エゴ・サーチは本当に深い沼だなあと思うのです。はい。

五木寛之さんの知恵

僕が司会をしているテレビ番組『熱中世代』（BS朝日／土曜朝10時）で、五木寛之さんをお迎えしました。（番組は2018年9月に終了）

五木さんは、『孤独のすすめ』（中公新書ラクレ）という本を書かれて、これが30万部のベストセラーになっています。

それは、人生後半の生き方というか、高齢者がどう孤独に向き合うかを書いた本でした。

この中で、五木さんは「回想」ということを老人に勧めます。

昔の思い出を積極的に楽しみ、過去を何度もはんすうしようという提案です。

老人になっても、前向きに生きようとか、向上心を持とうとか世間では言われるけれど、年を取ったら、堂々と昔を振り返り、回想して楽しもうというのです。

なんだこれ？
あー！これかー!!
なつかし〜!!
これは絶対
捨てられ
ねー!!
おもいで
断捨離は
ムリ

ですから、「断捨離《だんしゃり》」なんか絶対にしない方がいいと言います。

息子・娘は年老いた親に「もういい加減、いろんなものを捨てたら」と迫ったりするけれど、そんなことをしたら、人生後半の楽しみを奪うことになる、と五木さんは反対します。

記憶の扉というのは、鍵がないと開かない。鍵は、本当に小さないろんなものだ。古くなったお弁当箱は子供が中学生になった時の記憶を呼び覚ます。もう着なくなった服は自分の青春時代を、ホコリをかぶった置物は大切な旅の記憶を呼び戻してくれる。だから、いろんなものに囲まれて生活するのが素敵なんだと五木さんは力説します。

それは、年を取ったことの特権なのだと。

古いお箸を見ながら、初めてこの箸を買い、つれあいと二人で食べた時のことを思い出しているだけで、一日の大半が過ぎていく。それはとても豊かな時間じゃないのか。

僕は話を聞いているうちに、目からウロコが落ちました。もちろん、僕なんかはまだ、「回想」して一日が終わる生活はしていません。ですが、故郷で生活している両親は80代になって、まさに五木さんが話題にしている年代です。

何か新しいことをするのではなく、今まで来た道をもう一度、振り返り、思い出を楽しむ。年を取れば取るほど、さまざまな記憶は増えていく。そのひとつひとつを思い出し、味わい、楽しむことは、とても豊かで素敵で感動的なことなんじゃないのか。

なんだか、肩の力が抜けて楽になっていくアドバイスです。この本が30万部も売れているということは、僕と同じようにハッとしたり、勇気づけられる人が多いということなのでしょう。

年を取り、焦り、何かをしたいと思いながら何をしたらいいか分からず、時代に取り残されている感覚だけが積み重なっていく時、

「もう前に向かって進まなくていいんです。前進ではなく『後進』といって、後ろに向かって進めばいいのです。最初は記憶はぼんやりとして、はっきりとは思い出せません。でも、何度か回想しているうちに、本当に鮮やかに思い出せるようになります。それはとても楽しい体験です。

もう成長はしなくていいのです。これからは『成熟』することを目標にすればいいのです。あ

なたがあなたの過去の思い出に満たされて、人生が成熟していくことはとても素敵なことです」と、五木さんは仰ったのです。すごいです。

五木さんは、終戦後、平壌から引き揚げました。この連載では、昔、宝田明さんとなかにし礼さんの哀しいエピソードを紹介しました。

ソ連兵が入ってきて何をしたか、引き揚げの時、何が起こったか。『熱中世代』でその話になった時は、スタジオ全体が凍りました。

中学二年生だった五木さんは、同じように、ソ連兵と引き揚げの悲惨を経験しています。けれど、それをちゃんとした作品にはしていません。

その体験を作品にしたくないと、五木さんは仰いました。それが商品として売られるなんて耐えきれないと。どれほどの悲惨な哀しい体験をしたのかと思います。

今でも、引き揚げの時、何があったのかを思い出そうとすると、平静ではいられないとも仰いました。話しながら、五木さんは涙ぐんでいました。

「民衆の戦争は、終戦から始まる」と五木さんは書かれています。

終戦直前に高級参謀と政府役人が逃げ出した後に、普通の人々の地獄が始まったのです。

『ロンドン・デイズ』は面白い

おかげさまで、『不死身の特攻兵　軍神はなぜ上官に反抗したか』(講談社現代新書)は、版を重ねています。僕が住んでいる街の、今までずっと僕の本を無視していた本屋さんも、とうとう、手書きのポップをつけて平積みにしてくれていました。泣きそうになりました。

でも、じつは、その後に文庫ですが、一冊、大切な本を出したのですが、それは見事に無視されています。

『ロンドン・デイズ』(小学館文庫)です。

今からもう20年前、ロンドンの演劇学校に入学し、英語に苦しめられ、ぴちぴちタイツをはいて走り回り、悪戦苦闘しながら生活した記録です。

単行本が出たのが18年前ですから、文庫になるのにこんなに時間がかかりました。売れなかっ

たんじゃないですよ。重版にはなりましたからね。でも、その当時、「うちでは文庫にする予定はありません」と言われてしまいました。で、さまようこと15年近く。結局、単行本と同じ小学館さんから出してもらえることになりました。

自分で言うのもなんですが、この本、面白いです。ひとつは、「英語に苦しめられ、でも英語を話したいと思っている人」に役に立つと思うからです。

本当に英語には苦しめられました。いえ、今でも苦しめられています。

「英語学習に終わりはない、すべて過程である」というのは、僕の敬愛する英語達人・大杉正明《おおすぎまさあき》氏の言葉ですが、この時は、死ぬかと思いました。

なにせ、特別に入学を許可してくれた学校から

「もし、あなたの英語の能力の欠如によって、授業の進行が妨げられるようなら、ただちに、授業の参

加を禁止する」という手紙をもらっていたのです。

なおかつ、その手紙をちゃんと訳したのは、入学式前日なんですから、笑います。

冒頭の「入学を許可する」だけを訳して、後半の長くぐちゃっとした部分を後回しにした結果です。

だって、英語の長い手紙って、読むのに気合がいるでしょう。だからつい、ずるずると後回しにしてしまったのですよ。

で、なんとか足らない英語力で生き延びる方法を考えました。

その知恵と努力と失敗の記録です。きっと、今、世界で英語に苦しんでいる人に勇気と笑いとヒントを与えられると勝手に思っています。

で、もうひとつは、「これから海外留学・海外勤務を希望している、または行かないといけない人」向けの本になっています。

ロンドンで家を探して、大家さんと交渉して、生活用品を買って、という過程を書いているからです。

海外で生活したいなあと思っている人には、ワクワクドキドキした記録に、海外に行かなければいけないと悩んでいる人には「こんなに苦労しても死ぬことはないか」という安心の材料になると思います。

で、最後は「海外の演劇学校はどんな授業をしているんだろう」と思っている人向けです。授業の記録もたっぷりあります。同級生には映画『ロード・オブ・ザ・リング』でブレイクしたオーランド・ブルームがいました。文庫本に載っている集合写真には、オーランドと僕が並んで写っています。こんなに有名になるとは思いませんでした。

1学年23人ぐらいの生徒数なのですが、卒業して17年たって俳優として生活できているのは、1割いるかいないかです。つまり、2〜3人です。残酷なようですが、世界中の演劇学校はこれぐらいの割合です。

いえ、1割、プロの俳優になれればいい方です。残りの人達は、俳優を諦めてまったく違う職業になるか、バイトを40代、50代になっても続けながら俳優をたまにやるか、です。

18年前、単行本を出した時には、みんな希望に輝いていました。20歳前後でしたからね。今、クラスメイトはみんな40歳前後になりました。その後、みんながどうなったかも、文庫本版に書きました。単行本を読んでいても、その後を知りたかったり心配だったりした人は、ぜひ、どうぞ。

巻末には、片桐仁《かたぎりじん》さんと対談しています。表紙も片桐さんに描いてもらいました。さすがアーティスト片桐さん、ものすごい素敵な表紙です。

そんなわけで、『ロンドン・デイズ』お勧めです。はい。

あの素晴らしい愛をもう一度コンサート

オールナイトニッポン50周年を記念して武道館で行われた「あの素晴らしい歌をもう一度コンサート」というものに行ってきました。

南こうせつさんや泉谷しげるさん、坂崎幸之助《さかざきこうのすけ》さん、きたやまおさむさん、藤井フミヤさん、森山良子《もりやまりょうこ》さんに海援隊さん、まだまだ豪華一杯の出演者でした。

通常、コンサートでは、関係者入口から入場すると、受付で「セットリスト」と書かれた一枚の紙をもらいます。それには、なんと、一曲目からアンコールの曲まで全部書かれています。

もうずいぶん昔、初めてセットリストをもらった時は、「ええ！　もうアンコールまで決まってるの！　アンコールって、お客さんの拍手で決めるんじゃないの⁉」と素朴に驚きました。

マスコミには、演奏した曲目を全部伝えた方がいいという判断なのでしょう。ですが、僕は取

私も歳のせいで
同じネタのマンガを何度も
かいてしまうことがありますが
ゴメンね!!

材で行った時でも、セットリストを見るのは好きではありません。先にドラマの粗筋を全部知ってしまうみたいな、一種興ざめの感覚がするからです。

　でも、渡されてしまうと見たくもなります。こっそりと先に知りたい、なんて気持ちが出るのです。なんでしょう、この矛盾した感じ。

　で、「あの素晴らしい歌をもう一度コンサート」でも、アンコールの曲が書いてありました。

　一曲目は、天国のムッシュかまやつさんに捧げる「我が良き友よ」。出演者全員で歌った後、司会っぽく話していた南こうせつさんが「お客さんがとっても喜んでくれてるよ。みんな、どうする？

もう一曲、やる？」とステージに集合したミュージシャン達に叫びました。すると、泉谷しげるさんが「もうやるの決まってるんだから、とっととやろうよ！　さんざん練習したんだから！」と突っ込みました。みんな、あんまりだと思いながら笑いました。

ライブの途中でも、南こうせつさんと坂崎幸之助さんが二人でかぐや姫の曲をさんざんやっていると、突然、泉谷さんが「お前ら！　いい加減にしろ！　いつまでやってるんだ！　と予定調和で乱入する俺はなんなんだ？」と言いながらステージに現れました。

「なんで俺は予定調和の乱入してるんだ」と疑問を語りながら乱入してきたのです。こうせつさんも坂崎さんも観客も爆笑しました。まるで、徘徊《はいかい》暴走老人のように素敵でした。

最高だったのは、イルカさんと太田裕美《おおたひろみ》さんと尾崎亜美《おざきあみ》さんの三人が登場して、「私達三人にはユニット名があるんです。題して『昼下がりのアイドル、もののけクローバーZ！』」とポーズを決めながら自己紹介した時のことです。

何回か、ポーズ付きで自己紹介した後、イルカさんが「ふう。やること、やりました。それでは、女王蜂をお呼びしましょう。森山良子さんです！」と叫びました。しばらく、森山さんは現れず、観客がザワッとしかけた時、息をはあはあと乱しながら森山さんが走って現れました。

そして「イルカちゃん。あたし、ここで出る？」とぜえぜえしながら言いました。

イルカさんが「え？」と驚いていると、尾崎亜美さんが「イルカちゃん。私達、歌ってないよ」とぽつりと言いました。太田裕美さんもうなづきました。「おかしいなって思ったんだけど、イルカちゃんが森山さんを呼んじゃったから」

「でしょう！　私、楽屋にいてびっくりして走ったのよ。ほんとにびっくりしたの！」森山さんが叫びました。

イルカさんは深く反省し、もののけクローバーZの三人は「翼をください」を歌い、森山さんはせっかく来たからとコーラスで参加しました。

三人が去った後、森山さんは、ギターをポロポロと弾きながら、

「この前、台湾にコンサートに行ったんです。『涙《なだ》そうそう』を胡弓《こきゅう》の名人の伴奏で歌ったんです。とても素敵な音色でした。あんまり感激したので、『さとうきび畑』も歌おうと決めました。胡弓の人に伝えて、ギターを弾き始めました。『さとうきび畑』と『涙そうそう』のギターコードは最初の部分、同じなんです。私、気がついたら、また『涙そうそう』歌ってました。イルカちゃんを笑ってはダメです。人間、歳を取ると、こんなことが二度や三度、七度や八度、十度や二十度、あるんです」

そう言って歌った『涙そうそう』はとても素敵でした。

新幹線内で肉まんを食べる

大阪に仕事に行って、帰りの新幹線の中で、たこ焼きと肉まんを食べるのが至福の時間でした。

それが去年夏、いきなり、新大阪駅改札内で販売されている「たこ家道頓堀《どうとんぼり》くくる」のパッケージに、「新幹線車内および駅構内でのお召し上がりはご遠慮願います。空き容器は店内のくずもの入れにお捨て願います」という注意書きシールが貼られました。

最初、このシールを見た時は凍りました。新幹線の中でたこ焼きの臭いがするのがダメなのかなあ、しょうがないなあ、と駅のホームで出発前までの短い時間に必死であふあふしながら頬張《ほおば》りました。口の中が若干火傷しながら、もう一度シールを見ると、「駅構内でのお召し上がりはご遠慮願います」と書かれていることに、あらためて気付きました。ということは、ホームでも

豚まんは指定された場所でお食べください。
豚まんルーム

ダメじゃんとひりひりする口で気付きました。

でも、車内で隣の人が文句を言うのはまだ分かるけど、屋外のホームのベンチで食べるのがどうしていけないのと、臭いは風と共に消えていくよと、猛烈に悲しい気持ちになりました。

そもそも、買って食べないままずっと車内に置いておくと、臭いが長時間にわたってずっと出続けないかと心配になりました。

ネットの記事によれば、それは「くくる」さんの決断ではなく、JR東海からの要請だそうです。

で、JR東海さんの言い分は、もうこれは当然ながら、「車内でたこ焼きを食わすな。禁止しろ！」という臭いに対するクレームの電話があったからだということだそうです。

昔は、新幹線の中で「たこ焼き」が売られていました。1980年代です。けれど、今、新幹線の中ではたこ焼きは食べられません。

そして、衝撃的なネット記事「IT media ビジネスオンライン（窪田順生）」を見つけました。

なんと、「551蓬莱《ほうらい》」の豚まんが問題になっているというのです。

「551蓬莱」の豚まん、美味しいですよね。ホカホカをあふあふと食べれば、幸せを感じますよね。

でも、「豚まんのように強烈な臭いのするモノを車内で広げられたら、気分が悪くなる人もいるし、目的地まで眠りたい人の邪魔になる」とか「食欲がそそられるので、『豚まんテロ』」と、新幹線の車内で食べることは重大なマナー違反で、禁止すべきだという声が上がっているのです。

現在、「くくる」さんは、改札内のお店なのでJR東海さんの指導に従い、「551蓬莱」さんは駅構内なので、JR東海直接の管轄ではないことが、「ご遠慮願います」というシールのあるなしを分けているようです。

でも、「ニュースサイト『しらべぇ』がJR東海に問い合わせたところ、「駅弁や豚まんなど『シールがないもの』については一概にはお答えできませんが、周囲からご意見があった際は、ご協力いただくこともあるかもしれません」とその可能性を否定しなかったそうです。

つまりは、「クレームがあったら、豚まんも駅弁も禁止にしますから」ということです。もう、お客様の声が一番なんですね。

「社会」と「世間」の違いをよく分かってない日本人は、クレームに対してとても弱いです。どんなTVCMも、クレームの電話数本でオンエア中止になります。

お客様は神様だから、その言葉は「世間」様の声で、従うべき身内の指摘《してき》だと思うのです。

でも、それは「社会」の声です。神様ではなく他人の声です。客観的に分析し、実証し、判断するデータなのです。

いったい、一日、何人の人が「たこ焼き」を新幹線に持ち込み、何件の苦情があったかを調べるべきなのです。

それが、例えば1割なら無視してはいけないと判断します。でも、1日5000人がたこ焼きを持ち込み、3人の人が苦情の電話をかけてきたら、割合は0・06%です。それは逆に問題にしてはいけない数字だと思います。

最近は、「隣で酒を飲まれると、臭いが漂ってきて不愉快だという人が出てきた」そうです。たこ焼きから豚まん、そして、駅弁、お酒とどんどんクレームと共に新幹線はクリーンになっていくのでしょう。コーヒーの臭いが不快な人もいるでしょう。そういう人のクレームにも、JR東海さんはやがて対応していくのでしょうか。

子供の泣き声も聞こえる車両でたこ焼きや肉まんを食べたい

前回書いた「新幹線車内、たこ焼きを食べるのがダメで、このままだと551の豚まんもダメになるんじゃないか問題」に関して、担当編集者の鈴木さんが、「いずれ、『飲酒可車両』とかできるんじゃないかと思いますね。だとしたら、他人の食べもののニオイがイヤ、子供が泣くのもイヤ、酒飲みもイヤという人が乗る『不寛容車両』を作ればいいのにw」というメールをくれました。

なんてするどい。たしかに、JR東海さんは「たこ焼きの臭いに対するクレーム」に対して、誠実に対応して禁止にしたわけですから、これから増えていくであろう、お酒や駅弁の臭いや子供の泣き声に対するクレームにも誠実に対応するでしょう。

しかし、子供の泣き声に関しての、日本のお母さんの気の使い方は、痛々しいぐらいです。

バスでも電車でも、子供がちょっとした声を上げると「しっ！　静かにしなさい」と叱ります。それで、静かになるなら、子供ではありません。小学校に入るぐらいなら、物事の分別がつく奴もそれなりに出てきますが、保育園・幼稚園のガキんちょに、「声を出すな。音をたてるな」と強制することは不可能です。

ましてて、赤ん坊に「泣くな」というのはありえません。でも、泣き始めると、母親は真っ青になって周りに気を使います。座っていては泣き止まないから、通路を歩いたり、車両の間に立ったり、見ていて胸が痛くなります。

僕は「子供が騒ぐ（泣く）に任せて放っている日本人親」より「子供が騒いだり

（泣いたり）すると、オロオロして、周りに気を使い、子供をきつく叱り続けている日本人親」の方をたくさん見てきました。

海外では、子供が泣いても「子供は泣くもんだ」と自然にしている親をたくさん見ました。オロオロと立ち上がり、通路を歩き、「すみません。すみません」と謝り続ける親を見た記憶がありません。

やがて、日本ではクレームの結果、「子供不可」という車両が生まれるかもしれません。

じつは、世界で車内の携帯電話を禁止している国はほとんどありません。本当は日本以外ゼロと言いたいのですが、中に、地下鉄はダメとかバスはダメという国がほんの少数あるからです。

この規則は外国人からすると意味不明です。「うるさいから」というのなら、車内で大声で会話している二人組はうるさくないのか、迷惑なのにこれは禁止しないのか、という議論に当然なります。

一度、「電話は相手の声が聞こえないから意味不明の会話にしかならない。それが聞いていて不快なんだ」と説明している人がいました。そんなの、二人いてとんでもない会話を聞く方がもっと不快です。

以前、電車の中で、おばちゃん二人が、「日野の2トン」トラックのＴＶＣＭに出ていたリリー・フランキーさんの話をしていました。おばちゃんは当然のようにリリー・フランクさんと言い、もう一人のおばちゃんが、「違うわよ、あれは吉田鋼太郎《よしだこうたろう》さんよ」と訂正し、フランクのおばちゃんが「あら、芸名変えたの？」と驚き、もう一人のおばちゃんが「本名にしたんじゃないの？　日本人だからいつまでもリリーじゃダメよ」とメデタシメデタシという顔で答えました。

二人の目の前でシートに座っていた僕は、「二人とも違う！」と、もう少しで叫びそうでした。

車内でどんなにトンチンカンなことを話してもいいのに、どうして携帯はダメなのか、というのは、理屈では説明できません。

唯一できるとしたら、「日本人は静かな環境が好きなので、本当は電車の中では話してもいけないんだ。やがて、電車では沈黙することがマナーになるだろう」という言い方でしょう。これなら、一応論理的に矛盾はしていません。

そういう車両を表向きは「クリーン車両」なんて言うようになるんじゃないかと思います。でも、それは裏からいえば、編集鈴木女史が言ったように「不寛容車両」です。この言い方、すごくいいです。自分が不寛容であることを周りに宣言してるんですからね。

もうクレームに誠実に対応するなら、これしか方法はないと思います。

僕はうるさくて、臭いがあっても我慢します。「不潔車両」別名「寛容車両」で「くくる」のたこ焼きも、「551」の豚まんも食べたいと思います！

イギリス留学時代の恩師と歌舞伎座前で待ち合わせ

イギリス留学時代の演劇学校の先生が友達と日本に遊びに来るというので、色々と世話をしてきました。

18年ぶりの再会で、歌舞伎や相撲見学のプランを滞在スケジュールにあわせて練りました。

歌舞伎は再会を祝って一緒に見ることにして、銀座の歌舞伎座の前で待ち合わせました。

僕はじつに日本人らしく約束の10分前に着いて待ちました。「歌舞伎座の向かって右側にいます」なんてメールまで送るわけです。

が、約束の時間になってもウェンディー先生は現れません。小学館文庫『ロンドン・デイズ』に登場するアニマル・クラス担当のウェンディー先生です。生徒達に、「毎週末、ロンドン動物

時間にルーズなイギリス人
オット!ティータイムデース!!
飛行機出ちゃいますよ〜!!

園に行って動物を観察して、真似して下さい。今週は、まずはライオンね」なんて指示を出して、僕達生徒の週末を奪ってしまった先生です。と言って恨《うら》んでいるわけではなく、ウェンディー先生の動物の真似がムチャクチャうまくて、みんな唸《うな》りました。なるほど、動物を観察して、やがてそれを人間に応用して、いろんなキャラクターをやるんだなと感心したのです。

そこらへんのことは、じつはこの連載から『ドン・キホーテのロンドン』という一冊になっていたのですが、現在、絶版です。うむむ。

「今、どこにいますか?」なんてメールを約束の時間の3分後に送りました。日本人ですね。で、5分過ぎてさすがにドキドキし始めました。連絡はないし、約束の時間は過ぎてるし、18年ぶりの再会だし、さあ、困ったぞと思って

いると、10分近く遅れて、ウェンディー先生は現れました。そして「今、みんなでお茶してるから、ショージも来ない？」なんて楽しそうに言うのです。

「今日は、築地に行って、相撲部屋を見ようとして、皇居行って疲れたから、みんなでお茶してるのよ」

歌舞伎座のすぐ傍の喫茶店に入りながら、ウェンディー先生は説明しました。

ああ、この感じ。こっちは時間にひりひりして、イギリス人はノンキな感じ。と強烈に思い出しました。

2007年、『トランス』という作品をロンドンで上演した時のことです。

初日の前日、リハーサルを終えて、「明日は2時から舞台の上で今日の感想（ダメ出し）をします」と伝えたのに、2時になってもイギリス人の俳優達は現れませんでした。

10分ほど待って、じりじりして楽屋に行ってみると、全員、優雅にお茶を飲んでいました。僕は思わず、厳しい顔で見つめました。

一人が「どうしたの、ショージ？」と聞きました。もう一人が、ハッとして「ごめんなさい、ショージ」と謝りました。そして「ショージもお茶が飲みたいのね。私達だけで飲んでごめんね」と微笑んだのです。

僕は腰が抜けそうになりながら「ありがとう。お砂糖を多めにね」と答えました。コントみたいですが、本当の話です。

イギリス人でさえこうなんだから、ラテン系のイタリア人やスペイン人は推して知るべしです。時間を守ることより、人生を楽しむことを優先しようとする人達です。やろうと思っても、日本人はできそうにありません。つい、時間を守ることを最優先しそうになります。

歌舞伎座では、たくさんの外国人がいました。本当にインバウンドが盛り上がっているんだなあと実感します。ちゃんと、英語字幕の翻訳ボードがレンタルされていました。小さな液晶のデータボードで、前の席の背に簡単につけられるようになっています。ちょうど、飛行機のエコノミー席のテレビ画面みたいになります。

役者のセリフが英語で表示されます。日本語を聞いてよく分からない時は、僕も思わず翻訳ボードを覗《のぞ》き込みました。そっちの方がよく分かったりするのですから、困ったもんです。

ウェンディー先生は、今、演劇学校で中国人生徒を教えているんだそうです。オーランド・ブルームやユアン・マクレガーが卒業したギルドホールという所なのですが、なんと北京の演劇学校の生徒が2年間、英語で特別授業を受けているのです。北京で2年、ロンドンで2年のカリキュラムだそうです。

思わず絶句しました。なんという戦略。

世界に通用する俳優を着々と用意しているのです。おそるべし。

革命的な英語教本！

相変わらず英語でひーひー言っています。いくつになっても、ちゃんと聞けないし、ちゃんと話せません。

と言って、通訳なしで海外で英語で自分の芝居を演出するのが目標ですから、毎日、しこしこと英語の勉強を続けています。

良さそうな英語の本なら、すぐに買います。でも、ここんとこずっと英語の本売り場では悲しい気持ちになっています。

一日何分やったら英語がしゃべれるようになるだの、外国人に笑われないような英語をしゃべれだの、日本人を英語から遠ざける書名ばかりが並んでいるような気がするのです。

一日、5分とか10分とか30分やるだけで英語が話せるのなら、こんなに苦労はしません。

だいたい、アメリカ人が「ワタシハ、ニホンゴ、ハナシタイノデ、イチニチ、15分、ベンキョウシマス。コレデペラペラデス!」と言ったら「日本語をなめるな!」とみんな突っ込むはずです。なのに、どうして英語だとだまされるのでしょうか。

英語教材を売るためならどんなタイトルでもつけるのかと思います。まるで、売れるためなら日本人は何もしなくても素晴らしく、中国や韓国は何もしなくてもサイテーだと連呼する書名みたいです。みんながやってるから、編集者の良心とか痛まないということでしょうか。

「外国人に笑われない英語」というような言い方も、罪作りです。このことを過剰に日本人は気にするから、海外でまったく話せなくなるのです。「上品な英語」とか「失礼にならない英語」を求めるのも同じことです。

笑われたくなくて、上品な英語を話そうとして、日本人はみんな黙ります。でも、その横でイタリア人だのフランス人だの中国人が、自分なりの英語でガンガン話して自己主張するのです。

『難しいことはわかりませんが、英語が話せる方法を教えてください！』（スティーブ・ソレイシィ　大橋弘祐著／文響社）は、そんな中、とても実用的で優れた本でした。

many とか much とか plenty、numerous とか習うけど、「たくさん」の意味を不可算か加算なのかを使い分けようとすると混乱するから、とにかく「a lot of」を使うと決めなさいとか、冠詞で a か the か迷ったら、「ん」を使いなさいとソレイシィ先生は言います。

これ、感動的なアドバイスです。僕がイギリスの英語学校で冠詞の問題ができずひーひー言っていると、イギリス人の先生から「あ、日本人はね、a と the、理解できないからやってもムダだよ」とあっさりと放り投げられました。

英語学校の先生なのにこんなことを言うので、あっけに取られて感動さえしたのですが、後から考えてものすごく悲しくなりました。

が、ソレイシィ先生は、a でも the でもなく「ん」と軽く言うことで乗り越えられるというのです。

他にも有益で実践的なアドバイスがてんこ盛りなのですが、英語を話せるようになるためには、

「オンライン英会話」と「スピーキングテスト」しかないと、ソレイシィ先生は断言します。

「日本の英語の試験は能力を測るために、マイナーな英語のパズルを解かせるから、学校や塾でも英語パズルの解き方を教えて、成績のいい人でも全然話せない人がたくさんいる」「社会人になっても、ほとんどの企業で英語の評価基準として採用されているのはTOEICで、社会人になっても受験勉強の続きをしているよ」と、20年以上英会話を教えているソレイシィ先生は憤慨するのです。

日本人は「間違ったマラソンコースを用意されて、みんなその上を一生懸命走ってる」ようなもので、つまりは、「日本の英語教育が正義に欠けている」とまで言うのです。

ソレイシィ先生のアドバイスに従って、始めましたよ、オンライン英会話。

スカイプでイギリスだのアメリカだのオーストラリアだのの人達と話し始めました。やっぱり女性がいいかな、でも恥ずかしいなと最初はドキドキしましたが、だんだん慣れてきました。一日25分で一回分が数百円ですからお得です。

スピーキングテストというのは、TOEICでも英検でもやっています。英語で苦しんでいる方、共にがんばりましょう。

セクハラをハニートラップと言うゲスな言説について

ツイッターでフォローしている丸谷才一《まるやまさいいち》ボットの言葉を見て、思わず唸《うな》りました。

「これは大正、昭和のことになるが、斎藤茂吉《さいとうもきち》の論争術も鷗外《おうがい》に学んだもので、よく言へば猛烈、悪く言へば下等なことを平然と口にして、相手をげんなりさせ、向こうが厭《いや》になつて黙り込むと、勝つた勝つたとはしやぐ、程度の低い読者も茂吉が勝つたと思ふ、それが彼の戦略であつた。『月とメロン』」

なんだかネット時代の今を予見したかのような闘い方ではないですか。

本当に、あまりにゲスというか、相手にすることが嫌になるという言説はあるわけで、アカデミズムの人になればなるほど、そういうのを無視するのだと思います。

でも、そうすると、「程度の低い読者は勝った」と思うわけです。

五月雨を　あつめて早し　キスしたい

五月雨や　上野の山も
おっぱい触っていい？

五月雨に　ぬれ細りたる　縛ってもいい？

五月雨や　名もなき川の　うんこしたい

　ネット社会は、バカを増やしたのではなく、バカを可視化したのだと思っています。

　問題は、可視化されるとそれが量となり、一定の力を持ってしまうということです。量は力ですからね。少数の良質の声を大量の悪質な声が打ち倒していく歴史は何度も繰り返しています。

　なんの話をしているのかと言えば、ハニートラップなのですよ。

「キスする？」と財務省の福田《ふくだ》淳一《じゅんいち》事務次官が聞き、

「じゃ、キスする記者になんかいい情報あげようとは思わない？」と女性記者が返し

「そりゃ思うよ」

「ええ？　本当ですか？」

「好きだからキスしたい。キスは簡単。好き

だから情報」

「へぇ」

というやりとりが公開されると、「これはハニートラップじゃないか」という書き込みが殺到しました。有名な作家もツイッターでつぶやきました。

みんな本気かと思います。

上司の命令で送り込まれ、相手が圧倒的強者で逃げきれない時に、「キスする?」と言われる。その時、「またまたあ」とか「冗談でしょう」とか「やめて下さい」とか言えるのなら、まだ問題は深刻ではないです。

または、最初はそう答えていても相手が何度もしつこく繰り返していけば、それは強制力を持ちます。「嫌です」とか「ふざけないで下さい」ときっぱり言えるのなら問題は簡単ですが、絶対に言えません。

男がこのシチュエイションを理解するのはどういう場面と出くわせばいいのでしょう。

大切な取引先の男性に好かれて、でも自分はストレイトでその気はなく、でも機嫌をそこねると将来の取引がどうなるか分からない、なんて経験をした人ならすぐに理解できるでしょう。そういう支配的な相手から言われる「キスする?」というのは、圧倒的な暴力なのです。

そういう時、どうすればいいのか? きっぱり断ってすねられたら終わりです。といって冗談にもできません。相手の目がマジなら、いくらとぼけてもムダです。

そういう時、人は生き延びるために条件を出します。

あなたが男で、取引先の男性がとにかく酒好きで、毎晩、朝の5時まで連れ歩かれ、飲むことを拒否するといきなり機嫌が悪くなり、もう取引を断ると言われそうな時には、あなたはなんと言うか。

夜中の1時に「次行くぞ」と言われ、拒否できないあなたは、「もう一軒だけですよ」と条件を出すのです。「飲みに行くというあなたの命令には従いますが、次で帰りましょうね」と。

「キスする？」と言われて、断れず、冗談にもできない時は、「じゃ、キスする記者になんかいい情報あげようと思わない？」と条件を出すしかないのです。

キスは嫌じゃない。でも、いい情報が出せないならキスはしませんよ、と、ギリギリ、相手の土俵に立ち、相手を尊重したフリをして生き延びるのです。

このやりとりが下劣なのは、「好きだから情報」と、相手のギリギリの抵抗をいとも簡単に無視していることです。

彼女が先に「キスします？」と言い出したのなら、ハニートラップ説は出てきます。が、相手が先に言って条件を出すのは根本的に違います。

そんなことに気付かない男達がどれだけ多いのかと心底うんざりするのです。

不死身の特攻兵について

『不死身の特攻兵　軍神はなぜ上官に反抗したか』（講談社現代新書）は、おかげさまで16万部を突破しました。

これだけ売れているのは、僕の力ではなく、9回特攻に出撃して、9回生還した佐々木友次《ささきともじ》さんという人の凄さだと思います。

佐々木さんの存在をどうしても知って欲しくて、本を書いた甲斐がありました。

テレビ朝日の『テレメンタリー2018』という番組が佐々木さんのことを取り上げてくれることになり、僕もナビゲーターというか案内人のような形で参加しました。佐々木友次さんが急降下爆撃の訓練を受けていた茨城県の鉾田《ほこた》飛行場跡にも行きました。

当時の整備工の方がご存命でした。鬼澤留次郎《おにざわとめじろう》さんという方で89歳でしたが、じつにかくしゃくとして記憶もたしかでした。

鬼澤さんは、佐々木友次さんのことも、佐々木さんが所属した万朶《ばんだ》隊の隊長、岩本大尉のことも覚えていらっしゃいました。ただ、鉾田飛行場を万朶隊が出発した時は、特攻に行くとは知らなかったそうです。

その日の朝、全員に赤飯が出ました。

やがて、万朶隊は特攻隊だったと鬼澤さんはニュースで知りました。

「どう思われましたか?」とお聞きすると「それはさびしかったよね」としみじみとお答えになりました。

その後、鉾田飛行場から何人も特攻隊として出撃しました。

操縦士と整備工は一心同体なので、特攻隊に選ばれたということを整備工に話してくれたと、鬼澤さんは説明しました。

その時の操縦士の様子はどうだったんですかとお聞きすると、

「みんな、青い顔になったね。さっと顔色がなくなった」

「喜んだ人はいたんですか？」

「いたね。これで敵をやっつけられる。手柄を立てられる。神になれるって喜んだ人もいた」

「どれぐらいの割合ですか？　真っ青になった人と喜んだ人は？」

「9対1だね」

「どっちが9なんですか？」

「青くなった人が9割。喜んだ人が1割」

鬼澤さんは、「今でも思い出すと、さみしくてたまらないね」と目を潤《うる》ませました。

鬼澤さんは高等小学校を出た後、14歳で整備工として半年間訓練を受けて鉾田飛行場で働き始めました。

特攻隊に選ばれた操縦士から故郷の親への手紙を託されて、遠くの郵便局まで出しに行ったことが4回ほどあるそうです。軍隊内で手紙を出すと、検閲され、本音が書けないからです。

「下っぱだけが特攻に選ばれたよ。偉い人達は特攻に行かなかった」

鬼澤さんはかみしめるように言いました。

3年前は、鬼澤さん以外、何人も鉾田飛行場関係者の方がご存命でした。けれど今、話をお伺いできるのは鬼澤さんだけになりました。この数年で急速に状況が変わっているのです。佐々木友次さんがお亡くなりになったのも2年前でした。

佐々木友次さんの生まれ故郷、北海道の当別町《とうべつちょう》（当時は当別村）にも行きました。

佐々木さんのクラスメイトの女性がご存命でした。出征の日、佐々木さんは当別駅のホームで見送りの人達に「必ず生きて帰ってくる」と発言したそうです。そんなことを言う人はいなかったので、クラスメイトの女性は強烈に覚えていました。

佐々木さんが体当たりを成功させて、軍神になったと言われて、佐々木さんの生家にお参りに行った、当時の小学生だった人達にも会いました。吹雪の日に、クラス全員で佐々木さんの家まで歩き、合掌して帰ったそうです。

習字の時間には「仰げ　万朶隊」や「佐々木少尉　万歳」と書いたそうです。それを教室の後ろに貼り出したのをみんな覚えていました。

戦後、故郷に戻ってきた佐々木さんに、特攻隊のことを聞こうとしたけれど、答えてくれなかったそうです。

21歳の若者が大人から命令された理不尽な要求に対して、徹底的に戦ってくじけなかった。奇跡のような出来事です。

ブラック企業やブラックバイトで苦しんでいる人達に、佐々木さんの存在は生きる希望になると僕は思っています。

特攻隊とブラック企業

『残念な職場　53の研究が明かすヤバい真実』（PHP新書）を出された河合薫《かわいかおる》さんから対談の指名を受けました。

ブラック企業やブラックバイトと『不死身の特攻兵　軍神はなぜ上官に反抗したか』（講談社現代新書）が似ているという理由からです。

『残念な職場』を読んで、なんだか情けなくて笑ってしまいました。河合さんは、いろんな職場の調査や相談をしているので、じつにケースが具体的です。そうか、日本の職場はこんなになっているのか、なんだか70年以上前と似ているなあと、とほほな気分になります。

だいたい、1時間当たりの労働生産性がOECD加盟国中20位、主要先進国7カ国中最下位なんですからねえ。つまりは、休暇を満喫し、愛を語らい、人生を楽しんでいる（に決まってい

る）スペインやイタリアより低いんですから、日本人はなんのために長時間労働してるんだあ！　と叫びたくなりますね。

特攻は最初、艦船を沈めることが目的で死ぬことを選んだのですが、やがて途中から、「死ぬ」ことが目的で、艦船を沈めることは二の次になりました。9回出撃して9回帰ってきた佐々木友次さんは「とにかく、死んでこい！」と何度ものの しられたのです。

これなんか、仕事を仕上げるために残業していたのに、いつのまにか「残業すること」が目的になってしまった職場と似ています。上司がいるから仕事が終わっているのに帰れないとか、定時に帰っているとなんか言われそうで怖いなんて職場です。

初期の特攻に対して、アメリカ軍はすぐに

対応策を打ちました。レーダー網の充実、戦闘機の増配備です。

事実をちゃんと見つめたのです。

特攻の成功率がどんどん減っていく中、日本軍は事実を見つめませんでした。精神力さえあれば、結果はついてくると信じたのです。

バブル崩壊後、「銀行の不良債権」というレポートを発表したイギリス人経済アナリストのデービッド・アトキンソン氏のことが『残念な職場』では紹介されていました。

このレポートでは、不良債権の総額を当時の大蔵省や銀行の試算を大きく上回る20兆円として「銀行経営の喫緊の課題は不良債権」としました。が、発表されるや「そんなわけがない！」「日本経済を潰す気か！」とバッシングの嵐が起きました。それに対しアトキンソン氏は「日本人はファクトを見ようとしない」と反論したのです。

そして、このレポートに沿って調べていくと不良債権の山が見つかったのです。正確な数字は未公表ですが、一部では20兆円をはるかに超える額だったとも報じられています。

日本人だって、見る時はちゃんとファクトを見ます。見なくなるのは、「見たら大変なことになる」予感がする時だけです。この時は、リアルではなくファンタジーにすがりがちになるのです。とほほ。

以前、若い女性の過労自殺が問題になっている時に、「月当たり残業時間が100時間を超えたぐらいで過労死するのは情けない」と某大学教授がコメントして炎上したことがありました。

これに対して河合さんは、「裁量権」があるなしは、極めて重要な問題だと言います。大学教授という職には、裁量権（自分で決める自由）が一般的なビジネスマンよりはるかに多いのです。休む時間、がんばる時間、その配分がわりとコントロールできます。つまりは、自分の体調と精神に対して自分で責任が取れるのです。

けれど、裁量権の少ない職場は、たとえ残業時間が少なくても過酷なものになります。定時に帰れても、トイレに行く時間が決められている職場は（実際に珍しくないですが）肉体的にも精神的にもハードになります。

熟練パイロットだった佐々木友次さんが、9回の出撃命令を受けながら、落ち込まず、絶望せず、不条理な罵声に耐えられたのは、パイロットという「裁量権」の多い任務だったからではないかと僕は思っています。

階級が上であろうが下であろうが、大空に飛び立てば技量だけがすべてになる。

そこで、佐々木さんは、束の間の自由を満喫したのではないか。

その時間が佐々木さんに勇気と力を与え、ブラックな組織で生き延びられたのではないかと思っているのです。

日大アメフト部事件と特攻隊

日大のアメフト部の事件を見ていたら、強烈なデジャブに襲われました。怒りを越した無力感にも。

『不死身の特攻兵　軍神はなぜ上官に反抗したか』(講談社現代新書)を書く過程で、特攻隊に選ばれた人の手記や資料をたくさん読みました。

戦後、自分が明らかに命令していたのに、特攻隊員は全員が志願だと言い張り、年に一回の慰霊祭に率先して現れ、涙を流す上官達の姿を見ると怒りを通り越して人間に対する深い絶望を感じると、ある特攻兵の人は手記に書いていました。

日大のアメフト事件も続々と現れてくるコメントや発言が、もう、「人間はここまで腐ってるんだ」という事実を示してくれます。

「QBつぶす」
QBハウス(1000円カットの店)にアフロで行って
店をつぶしてこいの意味

でね、だから書くのも嫌なんだ、となったら、この構図は繰り返されるんだと思うのです。どんなにしんどくても、どんなに無力感を感じても、やっぱり、ちゃんと確認しておかないといけないんだと思います。

宮川選手の勇気ある発言の後、日大は、「つぶす」という言葉が誤解されているとして「これは本学フットボール部においてゲーム前によく使う言葉で、『最初のプレーから思い切って当たれ』という意味です。誤解を招いたとすれば、言葉足らずであったと心苦しく思います」というコメントを発表しました。

正気かと思います。本気ではなく、正気を失っているとしか思えない発言です。

これが事実なら、試合前の井上奨《つとむ》コーチの「監督に、お前をどうしたら試合に出せるか聞いたら、相手のQBを1プレー目でつぶせば出してやると言われた。『QBをつぶしに行くんで僕を使って下さい』と監督に言いに行け」という発言は、「相手のQBを1プレー目で最初から思い切って当たれば出してやると言われた。『QBを最初から思い切って当たりに行くんで僕を使って下さい』と監督に言いに行け」という意味になります。

これ、なにが言いたいんでしょう。

最初から思い切って当たることが試合出場の条件になるんでしょうか。他の選手は最初から思い切っては行かないのでしょうか。

試合当日、井上コーチは、さらに、監督への直訴を命令し「QBに突っ込みますよ」と確認する宮川選手に「思い切り行って来い」、さらに直前の整列時にも「できませんでしたじゃ、すまされないぞ。分かってるな」と念を押しました。

「最初から思い切って行け」ができませんでしたじゃ、すまされないぞと言っていることになります。

日大のコメントを書いた人は本気でこの言い方が通じると思っていたのでしょうか。だとしたら、思考が停止しています。

特攻は、戦後、「志願」だったと言う人達に対して「命令」だったと反論する人達が現れました。自分は命令を受けたと。

そうすると、今まで「志願」だったと主張していた人達は、「自分達の思いと兵士達の受け取り方が違っていたんだ」と言い出しました。

日大が最初に出したコメント「指導者の指導と選手の受け取り方に乖離《かいり》があった」という表現です。

海軍最初の特攻では、「特攻隊を志願する者は手を挙げよ」と参謀は言いました。けれど誰も反応せず、長い沈黙が続きました。その時、突然、参謀が苛立った大声で「行くのか行かんのか、はっきりしろ！」と叫んだのです。兵士達は上官の恫喝《どうかつ》に反射的に手を挙げました。その姿を見て、参謀は「お前達の気持ちはよく分かった」と答えたのです。

参謀はあくまで志願を問うたのに、兵士達は命令だと思った。お互いの受け取り方に乖離があったと強弁したのです。

もう、何もかもが似ていてうんざりします。

特攻では、特攻を命じた最高司令官ではなく、その部下の参謀が活躍します。内田正人《まさと》監督はチームメイトの前で宮川選手は使えないと言うだけです。その言葉を受けて、井上コーチは、宮川選手が退場後、号泣してしまうような命令を出すのです。

戦後、「兵士達は志願した」「私は命令してない」と言い続けた司令官の多くは、天寿を全うし、昭和の終わりから平成まで生きています。どんなに「私は命令された」と言う兵士がいても、「私は命令してない」と耳を貸さなかったのです。

ニューヨークのセントラル・パークでひとり

ニューヨークに来ています。8月に上演する音楽劇『ローリング・ソング』の台本を書くためです。

日本にいると細かい仕事がどうしても入ってきて、中には人間的に断りにくいものもあって、これはあかんと二週間弱、ニューヨークに行くことにしました。

ニューヨークでは、いつも、タイムズスクエアのど真ん中のホテルに泊まります。やっぱり、劇場街にいたいのね。

このホテルのすぐ傍に、テーブルとチェアがただ置いてあるだけという理想郷のようなこぢんまりとした広場があります。

前回来た時は、ここに一日中座って、日テレの深夜ドラマを書きました。

広場の何カ所かにはライトつきのおしゃれなポールが立っているのですが、この根元にコンセントまでついているのです。あ、もちろん、ここから電源を取るのは違法でしょう。と言いながら、街の兄ちゃん風の人がたくさん、自分のスマホを充電していました。

今回も、さあここで書こうと、ニューヨークに着いた翌日に広場に行くと、テーブルとチェアが全部、撤去されていました。管理している人がキレたんでしょうかねえ。こっちは、親切でテーブルもチェアも出してるのに、電気盗んで充電するとはどーいうことだあ！　なんてね。

しょうがないので、そのまま、歩いて15分ほどのセントラル・パークをさまよって大きなテーブルとチェアがある広場を見つけました。

結果的に、前回よりはるかに快適に、木々に囲まれながら、書き始めることができました。

なんで外で書くかというと、これはもう、ホテルで書こうとしたらすぐに寝るに決まってるからですね。

僕は自分がそんなに意志が強いとは思ってないので、なるべく、書くしかない状況に追い込もうとします。

ホテルだと、「あー、この後のストーリーは、どうしたらいいいんだ！」とか言いながらベッドに倒れたら、それで終了です。ただでさえ、時差ボケで、昼間簡単に寝られますからね。

なので、外で太陽の光を浴び、風に吹かれながら書くのは、寝ないための絶対条件なのです。

前回の広場執筆で学んだので、今回は、わざわざ低反発クッションを日本から持ってきました。

これで快適だあと思っていたら、意外な敵がいました。

木々に囲まれた大きなテーブルは、やっぱり人気で、みんな座りたがります。タイムズスクエアのど真ん中の広場は、みんな忙しそうですぐに空いたのですが、セントラル・パークはみんな長居しがちです。

一応、広場には3つテーブルがあるので、午前中に行くと、どれかは空いています。でも、しこしこと書き続けるうちに、周りにどんどん人が増えてくるのです。

そのまま3、4時間書いていると、さすがに、尿意をもよおすのです。人間だもの。でも、トイレに行くためにテーブルを離れたら、すぐに取られる状況なのです。しょうがないので、なるべく尿意を我慢して書きます。そうすると、どんどん集中力が落ちていくのです。

じつに悩ましい状況です。

一度、若い三人組が同じテーブルに座ったので「すぐ戻るので、ここ見てて」と頼みました。良い奴らでした。でも、たいていは、頼もうとする前に家族連れがどかどかと近づいてくるのです。

それでも、一日いると、いろんな人と出会います。黒人の若者が、突然、話しかけてきて、「芝居の台本を書いているんだ」と言うと「僕は大学で芝居を学んだ」と言い出し、「おお、そうかそうか」と喜んでいると、「ところで、神の愛を信じるか？」と突然聞かれ、「ちょっと待って。芝居の研究と神様の研究、どっちが大切なの？」と聞くと「神様の研究に決まってるじゃないか」と怒られました。すぐに下を向いて書くことに没頭しました。

バッグを見ててくれと言われて、なんだろうと思ったら、パルクールの見事な練習をする若者でした。

一人でニューヨークに来て、一人で起きて、一人で座って、しこしこと書き続けています。

結局、作品を書き上げるというのは、才能とかひらめきなんてことじゃなくて、体力と孤独に耐える力なんだよなあとニューヨークでしみじみしています。

カルト宗教と母親

『ママの推しは教祖様～家族が新興宗教にハマってハチャメチャになったお話～』（しまだ著KADOKAWA刊）は、凄まじいコミックエッセイでした。

カルト宗教にはまった母親に育てられた娘の実話です。

「私の母はいくつになってもどこか純粋さの残る少女のような女性でした」と作者のしまださんは母親を描写します。

娘はオタクで、自分の趣味を人に理解されないつらさを知っているため、何を大事に思うかは人それぞれと、母の信じるものを否定するようなことはしない、というスタンスを取ります。

13歳、中学生の時の判断です。

教祖様の言葉に涙し、同じDVDを繰り返し見る母親に対して、「私が漫画やアニメで『心揺

さぶられた瞬間』と変わらない気がする」と分析します。

「ママはそれがたまたま宗教で……それがカルトだっただけ。何度も言うが宗教が悪いのではない」

「ただ『それひとつだけ』を完全に正しいと思いこみ、盲目的になることが何より恐ろしいと……ママを見る度に思う」

母親は宗教活動にお金をつぎ込み、弟は給食費の督促状を受け取り、電気代も水道代もガス代も払っていませんでした。

もちろん、父親は充分な生活費を母親に渡していました。

最初、宗教は趣味だと考えていた娘も、さすがにこれは度を超えていると感じ始めます。が、父親は母親のことを諦めていました。

「ママから宗教を取ったら生きていけない」「ママという人格は宗教で成り立っている」と言うのです。

ママは「家族みんなが宗教に入れば間違いなく幸せだもの！　合理的よ！」と繰り返します。

やがて、大人になり、マンガを描こうとしてママのことをあらためて思います。

「仮にママが宗教にハマっていなくても別のものに依存していたと思う」「常に何かのせいにしてなければ平穏でいられなかったんだろうし、何かに固執しなければ生きていけなかったのだろう」「でも、だからって、好き放題していいワケじゃない」

つまりは、ママは好き放題していたのです。

娘は中学時代、強引にママに宗教合宿に誘われ、偶然、教祖と遭遇した時のことを思い出します。

「ママがあんなに心から信じていた教祖とたまたま私が身近で話した時、『あ……人間だなあ』ハッキリと思ったのを覚えている。あの教祖は何を支えにして生きているんだろう。たくさんの人間に寄り掛かられて。それこそ、お酒とか漫画だったりして」

ネットに連載している時は、母親は可憐な少女漫画風に描写されていて、ほのぼのさえしました。

単行本になり、出版される時に、書き下ろしが加わりました。

この描写が凄まじい。

母親のダークサイド、自分の信じる教祖を受け入れない子供達に対する暴力、攻撃、ののしりが徹底的に描かれています。子供達に感情のままに、皿を投げつけ、辞書で殴り、水をかけ、血が出るまで爪を食い込ませ、そして「私はなんにも悪くない」と言い続ける母親の姿です。

兄と作者のしまださん、そして幼い弟は、父親が離婚した後、その嵐の中に放り込まれました。

それでも作者は書きます。

「大人になってわかったことがたくさんある。母がいつも言ってた『本物』や『真実』っていうのは……ようするに母の狭い価値観の中にしか存在しない崇高で理想的な『まやかし』だった。そしてその可能性を宗教に求めていたんだろう」

「そういう事を充分に理解できたので——私にとって得るものが色々とあったんじゃないかと思う」「そう考えてみれば、わりと面白い子ども時代ではあったかもね」と。

そして、「母の良かったところだけを思い出してみて——せめて漫画の中では『ママ』を愛そう」

その言葉と共に、可憐な少女漫画の登場人物のように母親が描かれているのです。

作者の知性とエネルギーに震えます。

自分の生きてきた地獄を批評し、ユーモアさえもって描写する姿勢に本当に感動するのです。

システムそのものを疑う教育

かれこれ、37年ぐらい演劇の演出家をやっていて、つまりはその期間、ずっと若い奴とつきあってきたわけです。毎年、オーディションをして、20歳前後の俳優志望やスタッフ志望と出会い、共同作業を続けてきました。

最近、彼ら彼女らから何度も聞く言葉があります。

「そんなことしていいんですか?」です。

先日、『虚構の劇団』というおいらが若い奴らとやっている劇団の新人発表会のようなものがありました。

俳優も新人なら、スタッフも新人です。慣れないまま、音響と照明の操作をしようと、オペルーム室に入りました。

「そんなことしてもいいんですか⁉」
で思い出したが、この前 有楽町線
の車内でカップ焼きソバUFOを
作って食べ始めたおばさんがいた。
お湯はどこかで
切ったあと

オペルーム室、通称「オペ室」はたいてい、客席の一番後ろの壁の奥にあります。小窓が空いていて、そこから舞台を見るようになっているのです。

音響と照明を担当する新人が、それぞれ並んで、オペ室に立ちました。

目の前にあるアルミサッシの長方形の小窓が閉まっていると、俳優の声がよく聞こえないので、なるべく開けようとします。が、この小窓はスライド式なので、音響側が開けると照明側が閉まり、照明側が開けると音響側が閉まる仕組みになっています。音響と照明の二人は、俳優の声をちゃんと聞きとろうと、自分の目の前の窓を広く開けようとモメていました。

新人を育てるためには、ぎりぎりまで試

行錯誤を放っておくことが大切なのですが、ここまでかと、音響と照明の二人に「じゃまなら、窓、外せばいいじゃん」と言いました。二人は同時に、「そんなことしていいんですか⁉」と叫びました。

「なんでダメなの？」と僕は返しました。

この劇場は我々が借りていて、備品を破壊したり、改装したりしない限り、自分達がベストの状態で上演できるようにすることは当たり前のことなんじゃないの？　だから、アルミサッシの窓をいったん外しても簡単に戻せるんだからいいんだよ。

そう説明しましたが、鳩が豆鉄砲のオートマチック連射を食らったような顔をしていました。

別の芝居で、百円均一で釣り竿を若いスタッフが買ってきたことがありました。竿と糸の長さがうまく合わず、俳優が苦労し、スタッフが悩んでいたので、「釣り竿、短く切ればいいじゃん」と言いました。

「そんなことしていいんですか⁉」とスタッフは叫びました。

与えられたことをどう料理し、どう受け止めるかという訓練は受けてきても、与えられた枠そのものを疑うという訓練は受けてないというか、禁止されていたんだなあと僕は思いました。

僕はじつは、これは小学校、中学校、高校の校則によって作られた考えだと思っているのです。

6月18日の大阪の地震の後、19日に、中学生か高校生のツイートが流れてきました。それは、余震の可能性があるから親が緊急連絡のために携帯を持たせたら、学校は携帯禁止だからと言われて教師に取り上げられたというものです。

本人がじつに憤慨して書いていました。携帯を持っていくように事前に学校に言ったはずなのに、まったく通っていなかった、こんな非常事態なのに、校則を1ミリの狂いもなく押しつけてくる教師はおかしいと嘆《なげ》いていました。

僕が中学や高校の時は、校則は戦う対象でした。それは論理的におかしかったからです。下校時に買い食い禁止と言われて、でも、いったん、家に帰ってすぐに外に出たらカバンを持っていても校則違反にならない、なんてのは、不合理を通り越して笑い話です。

でも、今の中学生に聞くと、みんな当然のように「下校時は自動販売機だってダメですよ」と答えます。

制度そのものに対する疑問は、完全に封じ込まれていると感じます。

でね、そんな環境で育った人達が、クリエイティビティだの世界をリードするアイデアなんて持てるはずがないと思うのよ。日本がここんとこ、世界をリードする商品が作れないのも、グローバルレベルの企業が生まれないのも、小学校以来の「システムに疑問を持たせない教育」のせいだと僕は確信しているのです。

五木寛之作品と暗いエンタテインメント

五木寛之《いつきひろゆき》さんと対談させてもらいました。僕の『不死身の特攻兵　軍神はなぜ上官に反抗したか』（講談社現代新書）を読んでお声をかけて下さったのです。

モノを書く人間からすると、「五木寛之」という名前はちょっと別格で、昔、タモリさんのオールナイトニッポンで雲上人であるゆえの愛情ある茶化し方を覚えています。

20代の頃『蒼ざめた馬を見よ』を読んで、そのあまりの技巧に、「いやっ、これは自分の読むものではないっ！」と遠ざけました。若い頃は、意味もなく壊れているものが好きだったのです。おほほほほ。

五木さんとお話しするというので、あらためて読み返してみると、その上手さに唸りました。勢いでデビュー作の『さらばモスクワ愚連隊』や『戒厳令の夜』など読み漁りました。

暗いといえば、映画「青春の門」の主題歌「織江の唄」(山崎ハコ・唄)も相当暗かった。
だいって〜くれ〜んね〜しんすけしゃん♪
杉田かおる

どれも面白く、五木さんはデビュー時に「自分は文学ではなく、文芸を目指す」と書かれているのですが、文芸がエンタテインメントの意味だとすれば、本当にどの作品も時間を忘れて読みふけりました。

ただ、これも五木さんが自分で仰っているのですが、どの作品も「暗い」のです。それも、結末が特に暗い。誰かが生き残ったり、奇跡が起こったり、偶然から助かったりもしない。

ただ、起こるべきことが起こっている。

純文学ならまだしも、エンタテインメントでそんな暗い結末なら、普通は大衆レベルでは受け入れられるはずがないのですが、多くの作品が何百万部のベストセラーで、コンスタントに何十万部が売れています。つまりは、その暗さを大衆は支持したのです。

これが僕はじつに不思議でした。

この暗さの根っこは、戦争体験があります。

この連載で少し書きましたが、五木さんは終戦時、12歳、平壌で迎えます。終戦の数日前から、じつは、平壌駅は高級将校とその家族でごった返し、飛行場では家財道具も積んだ別の高級将校が家族と共に軍用機に乗って日本へ帰って行ったと言います。

つまりは、敗戦の情報を事前に知っていたのです。

五木さんの父親は教員でしたが、8月15日の前日になっても「明日、重要な放送がある。どうも、ソ連と手を組んでアメリカをやっつける発表のようだ」と12歳の五木さんに話していたそうです。教員というインテリでさえも、事情を理解していなかったのです。基地はまだしも、将校でごった返す平壌駅を見ても、誰もまさかそれが「我先に逃げ出す軍人」だとは思わなかったのです。

「情報弱者というものが一番悲しい」と五木さんは仰います。

そして、終戦後、地獄が始まります。僕は司会を担当しているBS朝日『熱中世代』で、この時の話を宝田明さんやなかにし礼さんから聞いて、この連載に書きました。

宝田さんの「夕食を取っていたら、ソ連兵が二人入ってきて、父親と自分そして兄の目の前で、母親を寝室に連れて行った話」は壮絶でした。残された家族は、ただ黙々とカレーを食べたと宝田さんは仰いました。

その後、宝田さんは大人になってもボリショイバレエもソ連映画もソ連音楽も、生理的に受け付けなかったそうです。

なかにし礼さんは、引き揚げの時、乗せてくれと列車に群がる人達が貨車を掴《つか》み、けれど、その人達を乗せる余裕がないので、その指を一本一本剝がした記憶が忘れられないと仰いました。

五木さんも同じく『熱中世代』に出演して下さったのですが、その時、「ある時、道を歩いていると美しい歌声が聞こえてきたんだ。終戦後、娯楽なんかないから、その声に聞き入った。そしたら、それは、行進するソ連兵達が歌う曲だったんだ。あんなひどいことをする奴らが、こんな美しい声で歌を歌う」それは衝撃だったと五木さんは語りました。

どうしてあんな残虐なことをする存在がこんな清らかな声を出せるのだろう。それは人間とはなんだろうという強烈な疑問だったのでしょう。

五木さんは、たくさんの小説を書かれていますが、戦争中のものは書かれていません。書く気はないと仰います。「そんな小説を書いてほめられたら嫌じゃないですか」と五木さんは仰います。どんな地獄を見たのだろうかと思います。

読みたいものしか読まない人達にどう届けるか

ある雑誌から『不死身の特攻兵　軍神はなぜ上官に反抗したか』（講談社現代新書）の取材を受けました。

言いたいことを明確にするために、あえて雑誌の名前は書きませんが、その広告がサンケイ新聞に出ました。

特集のキャッチフレーズは「祖国のために戦い抜いた凄い男たちがいた！　不死身の日本軍人は語る」というタイトルでした。

雑誌がそもそも右翼的なスタンスで、いかにもの特集でサンケイ新聞の広告ということで、左翼的な人達がネットで炎上祭りを始めました。

僕がそもそも取材を受けたのは、じつは、その雑誌が右翼的な人達が好む内容のものだから、

ちゃんと読んでから
騒ごう!
右だ〜!!
ウヨクだ〜!!
ウ・ヨ・ク〜!!

という理由が大きいです。
『不死身の特攻兵』を読んでもらった人は分かると思いますが、理不尽な命令に右翼も左翼もありません。死に物狂いの訓練をしていたベテランパイロットに、ただただキャンペーンのために体当たりを命ずるというのは、右翼的な愛国心情とは全然違います。

飛行機で突っ込むと揚力《ようりょく》によって、直接爆弾を落とした場合より、速度はほぼ半分になります。爆弾の艦船に対する破壊力は、高さ×速度ですから、体当たりする方が破壊力が落ちるということをベテランパイロット達はみんな知っていました。

それは、特攻が「命令」か「志願」か、という論争を決着させる重要な要素です。高度な技術者であるパイロットが、攻撃力が半減する方法を自ら選ぶはずがないのです。

というようなことを、僕はサヨクが大嫌いで、アジア・太平洋戦争を大東亜戦争と呼ぶ人達にも知ってもらいたいと思いました。

どうも、僕のパブリック・イメージは「左翼・リベラル」に近いようで、『不死身の特攻兵』が出た時も、あきらかに内容を読まないまま、（または他人の酷評を鵜呑《うの》みにして）攻撃するコメントがいくつかありました。批判する多くの人のツイッターのアイコンには、日の丸が貼りつけられていました。僕は「読んでもらったら、分かるのになあ」と嘆息しました。

だからこそ、普段、僕に好意的でない人達が読む雑誌でも紹介して欲しいと思いました。他の特集が戦争賛美だとしても、それは雑誌の編集権であり、僕がどうこうできることではありません。ただ、僕は自分の本の紹介の文章だけは校正しました。

ですが、新聞広告が出た段階で、雑誌を読まないまま、数々のツイートが炸裂しました。以下、代表的なものを紹介します。

「全く、口あんぐりですね。鴻上（尚史）氏がとうとう〝国策協力文豪〟になり始めている点も、要注意ですね」

「しかし鴻上尚史終わってる。自分の仕事がパッとしないからといって安易にビジウヨに手を出すのは、闇金を利用するのと同じでは？」

「鴻上尚史はこんなこと言ってるのか。太鼓持ち演芸家だな」

「鴻上尚史はBSか何かで、ニッポンスゴイ系番組の司会もやってたしな。どこか甘いんだよな」

まあ、炎上に少し耐性がつきましたが、それでも、悲しい気持ちにはなりますね。それは、「右だろうが左だろうが、レッテルを貼る人は同じなんだ」という事実を突きつけられるからです。

もちろん、中には知性を感じるツイートもあります。

「本誌で確認しましたが、鴻上さんのところでは末尾近くで『理不尽な命令を出した人間が罪を問われず、その命令を受けた現場の人間が最も苦しむことは、現在も続く日本社会の宿痾《しゅくあ》である』と指摘されていました。その他はすごく遊就館《ゆうしゅうかん》っぽい」

何が知性かというと、もちろん、本誌を手に取ったということです。新聞広告で「！」と思い、鴻上に反感を抱きながら、それでもちゃんと本誌を確認する。こういう人なら、右でも左でも、僕は議論もできるし、何かで歩み寄れると思います。

どんな内容であれ、あの雑誌に出ることが許せないと言われてしまえば、相手の言い分ではなく存在そのものが敵になります。行き着く先はかつての新左翼が歩んだ殲滅戦《せんめつせん》、つまり殺し合いの道です。

ネット社会になって、人は読みたい文章だけを読んで一生を終えられるようになりました。

そんな時代に、どうやって「放っていたら読まない人達」に届けるかというのは、重要な戦略だと僕は思っているのです。

「避難所は体育館」という思い込みについて

小学校入学の時のランドセルや就職活動の時の黒一色のリクルート・スーツなど、この国特有の思い込みに対しては、いろいろと突っ込んできました。

大学の新卒一括採用なんてのは、日本特有の現象で、入社式なんてのは、世界で日本及び日本に影響を受けたほんの一部の行事にすぎないんだぞ、とも言ってきました。

つまりまあ、この国で当然だと思っていることが、世界だと特殊なんだぞ、なんの根拠もないんだぞ、ただの思い込みなんだぞ、ということです。

それは、ネトウヨがよく使う「反日左翼」だからではなく、「思い込みだから、絶対の根拠があるわけじゃなくて、だからこの国のシステムは変革可能なんだぞ。君と僕の周りの世界はどん詰まりじゃないぞ」と伝えたいからです。

が、普段から気を付けている僕もこの「思い込み」だけは気付きませんでした。

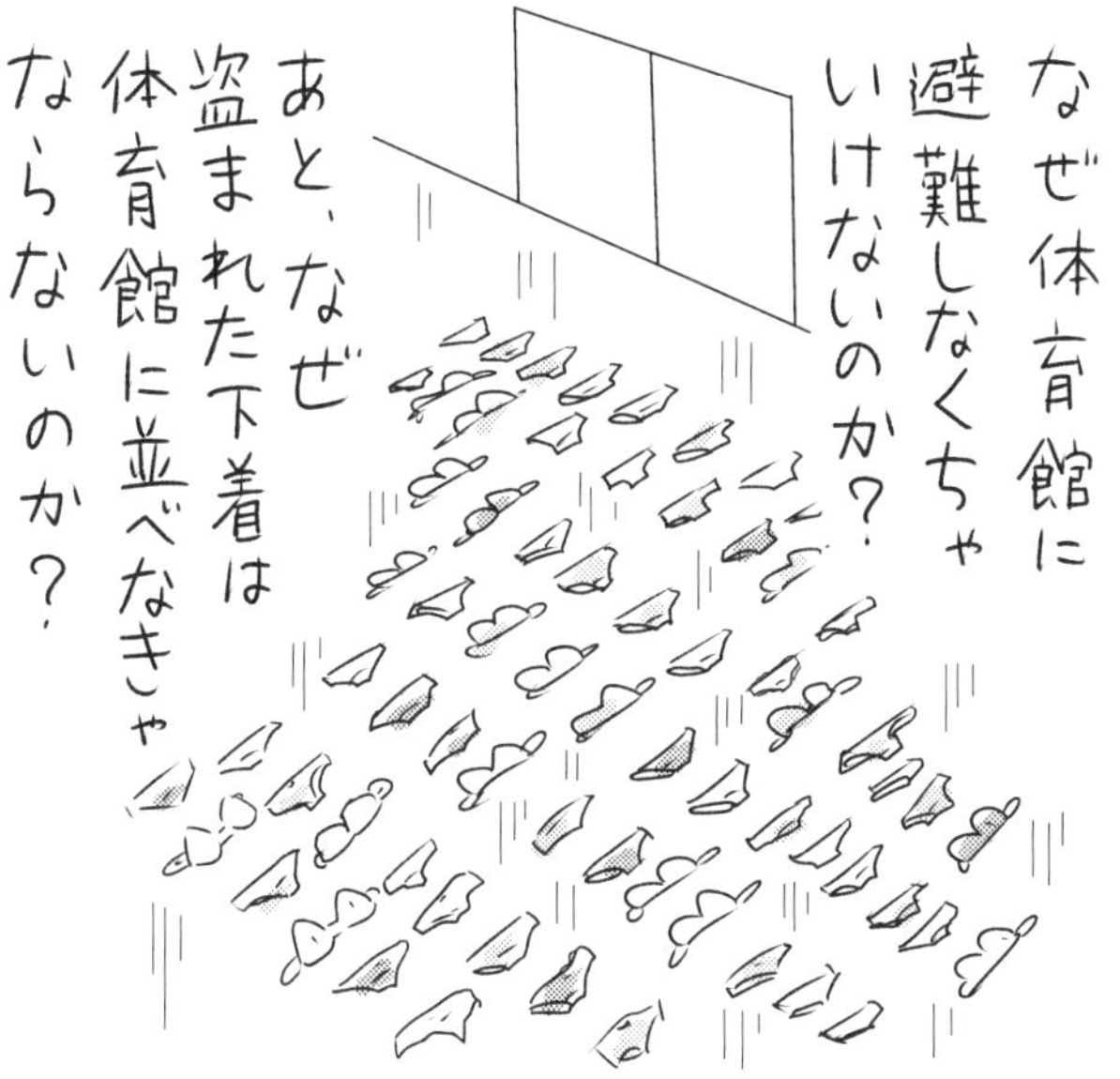
なぜ体育館に
避難しなくちゃ
いけないのか？
あと、なぜ
盗まれた下着は
体育館に並べなきゃ
ならないのか？

ネットの『現代ビジネス』で「自然災害大国の避難が『体育館生活』であることへの大きな違和感」（大前治）という記事がありました。

　西日本を襲った大きな水害で、多くの人は体育館に避難しました。クーラーが付いているかどうかが問題になりましたが、そもそもそんなことじゃないと、この記事は教えてくれます。

「日本と同じ地震国であるイタリアでは、国の官庁である『市民保護局』が避難所の設営や生活支援を主導する」と紹介して、

「2009年4月のイタリア中部ラクイラ地震では、約63000人が家を失った。これに対し、初動48時間以内に6人用のテント約3000張（18000人分）が設

置され、最終的には同テント約6000張（36000人分）が行きわたりました。

このテントは約10畳の広さで、電化されてエアコン付きで、各地にテント村が形成され、バス・トイレのコンテナも設置されました」

これだけでもすごいなあと思っていたら「テントに避難したのは約28000人であり、それより多い約34000人がホテルでの避難を指示された。もちろん公費による宿泊である」ということなのです。

あたしゃ、雷に打たれたようなショックを受けました。そ、そうか。ホテルに避難すればいいんだ。そうだよ。なんで、無条件に体育館とか小学校って決めてるんだよ。

災害や紛争の時に国際赤十字が避難所に対して提唱する最低基準を見てみると、日本の体育館避難生活は大きく下回ります。

一人当たりの空間もせまく、一人当たりのトイレも少なく、クーラーもない。なんと、紛争地の難民キャンプより状況がひどいのです。いやもう、驚いた。

国際赤十字は「＊災害や紛争の避難者には尊厳ある生活を営む権利があり、援助を受ける権利がある。＊避難者への支援については、第一にその国の国家に役割と責任がある」と宣言しています。

つまりは、避難者は「援助の対象者（客体）ではなく、援助を受ける権利者（主体）として扱われるべきであり、その尊厳が保障されなければならない」ということなのです。

だから、ホテルなんて選択肢も簡単に出てくるのです。

日本で、避難民の快適なホテル生活がマスコミに報道されたら、どうなるでしょうか。

いやもう、「災害さまさまだなあ」なんて悪意ある書き込みが増える気がしてゾッとします。

でも、「援助してもらう」ではなく「援助を受ける権利がある」と考えるべきなのです。

そうすると、「避難所の運営や援助の方法については、可能な限り避難者が決定プロセスに参加し、情報を知らされることが重要とされる」となります。

避難民が求めるものと救援物資がすれ違ったり、生理用品が届かなかったりするのは、避難者が主体的に運営に関わってないために起こってしまうのです。

難民キャンプは貧しい国が多くて、それでも国際赤十字は、最低限、これだけは守りなさいと基準を提唱します。

自然災害が多発するこの国で、紛争地のような経済的な貧しさもないこの国で、どうしてみんな、当然のように体育館生活を強いられるのか。いやもう、真剣に考えれば、驚くしかないのです。

激しい水虫と歯痛……戦争の恐怖が体に伝わるお勧めの一冊

おかげさまで『不死身の特攻兵　軍神はなぜ上官に反抗したか』（講談社現代新書）は、18万部を超えました。今週からは、『ヤングマガジン』で東《あずま》直輝《なおき》さんによるマンガ連載も始まります。

そんな中、これもまた多くの人に知って欲しいという本があります。去年の12月に出版されて、10万部を突破している『日本軍兵士——アジア・太平洋戦争の現実』（吉田《よしだ》裕《ゆたか》著／中公新書）です。

戦争はダメだとか、国際紛争を解決する手段としてやってはいけないなんてことは、たぶん、みんなが思っています。

けれど、隣の国が気に入らなくなると、「戦争もあり？」と思う人も出てくるのでしょう。

そういう時、「反戦」とか「厭戦《えんせん》」とか、漢字レベルの言葉で主張してもあんまり意味はない

んじゃないかと僕は思っています。

本当に戦争をするのが嫌になるとしたら、それは、「身体的実感」というか、体を巻き込んだインパクトで訴えないとダメだろうと思っているのです。

で、これはそういう本なのです。

丁寧に、戦争ということは具体的にどういうことなのかを教えてくれるのです。

例えば、戦争では水虫が猛威を振るいました。水たまりや泥濘《でいねい》での塹壕戦《ざんごうせん》が続き、ある歩兵兵士は半年間も靴を脱げず、「言語に絶するほど」の悪臭を放つ水虫に感染したと告白します。その水虫には、戦後も十年以上、悩まされ続けました。

3千人から4千人に一人の割合でしか軍隊には歯科医がいなかったという事実も驚きます。

ただでさえ、行軍の間、一度も洗顔も歯磨きもできないという状態で、虫歯にならない方がおかしいのです。

けれど、歯医者が足らないので自分でなんとかするしかなく、「クレオソート丸（現在の正露丸）を潰して埋め込むか、自然に抜けるのを待つという荒療治」しかなかったのです。結果、歯をすべて失う兵隊が続出します。

歩兵が背負う武器や装具の重さも想像を超えます。

1943年の徴兵検査の記録では、20歳の合格男子の平均身長161・3センチ、平均体重53・2キロ。運ぶ重量は、体重の50％を優に超え、ひどい場合は、自分の体重に近い負担量を持って行動していました。

それで、一日何十キロと歩くのです。空襲が激しくなると夜間歩行に変わります。極端な疲労と過激な睡眠不足の中、自分の体重の50％を超す荷物を背負って、激しい水虫と歯痛に苦しめられながら歩くのです。

いやもう、ゾッとする話です。

『不死身の特攻兵』を書くために、特攻の実情を調べている時は、悲しくて悔しくて辛くて、本当に苦しい思いをしました。

それは「なんでこんなことが？」という理解できない命令を下し、実行した人達に対する怒りでした。

『日本軍兵士』で紹介されている、野戦病院に横たわる兵士達への「処置」に対しても、また、「なんでこんなことを」という理解を超えた怒りが湧いてきます。

部隊が撤退する時に、上官は病人達に自決を迫ります。その能力がないものには、毒薬をふくませたり、注射したりしました。

抵抗した衛生兵の手記があります。「処置すべし」という命令に対して、「多少のヒューマニズムも持ち」「国際赤十字条約も少しは知っており」処置の指示に抵抗すると、上官に「この大馬鹿者奴《め》、帝国軍人として戦友に葬られる事こそ最高の喜びじゃ！　やれ！」と大喝《だいかつ》されます。

結果、「判りました」と答えていました。

捕虜になって、敵軍の飯を食い、敵軍に世話されるというのは、当たり前に考えて、別の戦い方だと思います。それを拒否するというのは、そもそも理解できない作戦です。名誉とか戦闘意欲の関係で、捕虜になることを禁ずるのは、愚かだと思いますがまだ判ります。

けれど、動けない自軍の病人を処置することは、敵軍の治療や介護の負担と手間を減らすことはあっても何のメリットもないとしか思えないのです。かつて、自国の軍隊がこんな愚かな命令を堂々と組織決定していたことに心底恐怖を感じるのです。

お勧めの一冊です。

『ローリング・ソング』と還暦

8月11日から始まる新作音楽劇『ローリング・ソング』の稽古をがしがしと続けています。

3世代の男達、20代の中山優馬《なかやまゆうま》さん、40代の松岡充《まつおかみつる》さん、60代の中村雅俊《なかむらまさとし》さんが、歌い、ぶつかる物語です。

松岡充さん演じる山脇雅生《やまわきまさお》は、昔、ロッカーでしたが売れず、夢を諦《あきら》めて、家業である納豆会社を継ぎました。ある日、雅生の所に一人の青年、中山優馬さんが演じる篠崎良雅《しのざきよしまさ》がやってきます。そして、「私はあなたの子供だ」と言うのです。

自分の母親は若いころ、ロッカーだったあなたの熱烈なファンだった。

母親はずっと父親の名前を言わなかったけれど、死んだ後、日記を見たらあなたの名前が書いてあった。

けれど、そう言われた雅生は、「やったのかなあ。やんなかったのかなあ。なにせ、ロッカーはそういうところ、ルーズだからなあ」と答えるのです。

息子と名乗る良雅は憤慨します。母親は、父親は有名なロッカーだと言ったのに、今のあなたはなんだ？　納豆を売っているただのくたびれた中年じゃないかと。

一方、中村雅俊さん演じる小笠原慎一郎《おがさわらしんいちろう》は、夢を売る結婚詐欺師で、雅生の母親、久野綾希《くのあき》子《こ》さん演じる山脇久美子をだまそうとします。

また、雅生は離婚していますが、娘がいます。その娘、森田涼花《もりたすずか》さん演じる原口綾奈《はらぐちあやな》は、ライブハウスで出会った良雅に兄であるとは知らず、恋をしてしまうのです。

「そんな失敗した韓流ドラマみたいな展開なの

⁉」と父親である雅生は驚きます。でも、好きになっちゃったもんはしょうがないのです。雅生は会社が傾き、母親に借金を申し込みます。けれど、母親は結婚詐欺師の口車にのり、嘘のチャリティー・ミュージカルに出資しようとしています。若者は、売れないままバンドを解散し、途方に暮れています。恋する娘は、なんとか応援しようとします。

5人が、それぞれに「自分にとって一番大切なことはなにか?」を考え、あがきます。「夢を見ることのしんどさと素晴らしさ」がテーマの音楽劇です。

なんだか、楽しいです。全部で7曲、歌うのですが、自分で言いますが、どの曲も素敵で、思わず口ずさんでしまいます。

音楽劇にしたのは、ミュージカルの楽しさとセリフ劇の情報量の両方が欲しいと思ったからです。ミュージカルとセリフ劇の両方のいいとこ取りですが、絶妙なバランスになったと思います。

中村雅俊さんは永遠の青春スターで、稽古場をとにかく明るく楽しくしてくれます。雅俊さんが微笑むだけで稽古場の体温が上がります。

松岡充さんには、今回、「俳優・松岡充」を徹底してもらうように頼みました。歌が上手いのは誰もが知っているので、俳優としてさらに爆発してもらおうとしています。

中山優馬さんは、若いのにじつに達者です。こんなに上手いとは思いませんでした。すごい集中力で、ちょっと感動しています。

ミュージカルスターだった久野綾希子さんは、見事なコメディエンヌで、こんなに笑いが上手い人だとは思いませんでした。

元アイドルの森田涼花さんもまた関西人の血が騒ぐのか、笑いに対してじつに敏感で、上手いです。

全員がじつに歌が上手いのです。

この稽古をしている間に、おいらはなんと、60歳の誕生日を迎えてしまいました。あっと言う間でした。自分が60年も生きているなんて信じられません。世間的には還暦《かんれき》ですが、脳内ではまだ33歳ぐらいです。

夜、稽古が終わった後、雅俊さんと一緒の取材がある、とマネージャーに言われてレストランに行くと、出演者全員（アンサンブルも4人出ます）と森雪之丞《もりゆきのじょう》さんで、サプライズ・パーティーをしてくれました。人生初でした。部屋に入った途端、クラッカーが鳴って、ハッピーバースデーの歌声が迎えてくれました。

Tシャツとパーカー、靴、スーツケース、キャップ、ちゃんちゃんこをプレゼントしてくれました。全部、真っ赤でした。ちゃんちゃんこ以外を身につけて記念写真を撮りました。

60歳の記念の日に、中村雅俊さんをはじめとして、先達の人達と仕事ができていることは、本当に幸せだと思いました。

オリンピックとサマータイム

いやもう、書くのもバカバカしいんだけど、でも、「バカバカしい」と思って何も発言しないと、そのまま進んだりする時代になっているから、やっかいなんですなあ。

何の話かというと、「サマータイム」ですわ。

僕が最初に目にしたのは、産経新聞の記事でした。

「政府・与党は、東京五輪・パラリンピックの酷暑対策として、夏の時間を2時間繰り上げるサマータイム（夏時間）導入に向け、本格検討に入った」なんてことですよ。で、「秋の臨時国会への議員立法提出を目指す」と説明して、「サマータイムは、昭和23年、連合国軍総司令部（GHQ）の指示で導入された」と、サラッと書いているわけです。

でもね、昭和23年からのサマータイムは、1時間でした。新聞記事なのに、肝心なことが書い

サマータイム導入
よーし明日もオリンピックのマラソン選手が熱中症で倒れないように2時間早く起きるぞー!!
ってなんだそれ?

てないのです。意図的に避けたのか、そもそも調べるつもりがないのか。

だって、毎日、規則的な生活を送っている人に、「明日から1時間、早く起きろ」と言うのと「2時間、早く起きろ」と言うのは、大きく違うと思いませんか？　この記事を書いた新聞記者さんは、1時間も2時間も関係ないんでしょうかね。

でね、サマータイムの説明では「日照時間の長い夏に、一斉に時間を1～2時間繰り上げ、明るい時間を有効活用する制度」なんて書いているのですよ。あたしゃ、2時間のサマータイムなんて、聞いたことないですね。欧米では、ほとんどが1時間。まれに30分ですよ。

いつのまに、「2」という数字が入ったん

でしょうか。ひょっとしたら、僕の知らない国で2時間があるのかと思って、ツイッターで「博識な方、教えて下さい」と聞きました。

すると、「メタリック」さんという人が、「かなりのレアケースですが、連合国占領下のドイツで１９４５年と１９４７年に実施された事が。１９４５年の場合はソ連占領地域とベルリンで＋2時間のサマータイム。１９４７年の場合はドイツ全土で＋１と＋２時間の二段階のサマータイム」と教えてくれました。

それで、サマータイムに「2」を入れるなんて、無理がありすぎないか。そもそも、政府が言い出すまで、どこも「時計を1時間早めること」と書いていました。

1時間だとダメだという判断でしょう。この制度が導入されると、朝7時からのマラソンが、朝5時から走れるようになる、としています。

8月14日の産経新聞では、「麻生氏は『確か俺の記憶だけど、違ってたらごめん』と付け加えた上で」、ある新聞社がサマータイムをあおり、そして中止にしたと発言して新聞社を攻撃したと報道しました。

そして、「北緯40度以上の国では多分、日本以外はみんな（サマータイムを）やっていると記憶している」と。

いや、これ、新聞記事じゃないでしょ。僕は産経新聞に知り合いの記者が何人もいるし、芝居の時は取材を受けます。僕は産経新聞はちゃんとした新聞社だと思っています。でも、この記事は個人ブログ以下です。『確か俺の記憶だけど、違ってたらごめん』と付け加えた上で」と書いていいのなら、何でもありです。何でも書けます。たとえ本人がそう言ったとしても、それをこんな前提で新聞は活字にしては絶対にいけないのです。

なおかつ、「北緯40度以上の国では多分、日本以外はみんなやっている」が、調べればすぐに嘘だと分かります。ネット時代なんですから、5分もあれば分かります。そもそも、北緯40度は秋田県・岩手県以北です。日本を北緯40度以上の国と定義するのは無理があります。

北緯40度以上に首都（主要都市）があって、サマータイムを実施していない国・地域は、ざっとあげても、ロシア、ベラルーシ、アイスランド、カザフスタン、キルギス、ウズベキスタン、カナダ・サスカチュワン州等です。

産経新聞はどうしても、国策としてサマータイムを推進したいのでしょうか。

でもね、サマータイムなんてやらなくたって、ただ、マラソンの開始を午前5時にすればいいだけですよ。

なぜ、国民を総動員して、オリンピックのために、人間の生理を無視した2時間というサマータイムを導入しないといけないのか、まったく理解できないのです。

昭和研究の第一人者
保阪正康さんが解き明かす昭和の謎

「保阪止康《ほさかまさやす》×鴻上尚史トークイベント　戦争と特攻～歴史を語り継いでいくこと～」という企画を、ジュンク堂さんでやりました。

昭和史に興味がある人間からすると、保阪正康さんは半藤一利《はんどうかずとし》さんと並んで、両巨頭、昭和研究の第一人者です。

そういう方と、いろいろとお話できたのは、じつに幸福でした。とても活字にできないことも、いろいろと話せました。

もともとは、保阪さんが『昭和の怪物　七つの謎』（講談社現代新書）という本を出して、『不死身の特攻兵』を出した僕と終戦記念日前に話そうという企画でした。

保阪さんの本はじつに興味深いものでした。

「話せばわかる」ではなく
これからは「話を聞こう」で！
おしり触ったでしょ!!
ちょっと来なさいよ!!
ん、話を聞こう。

僕の『不死身の特攻兵』を読んだ人なら、東條英機《とうじょうひでき》という人がいかにとんでもないか分かります。

「戦争は負けたと思った方が負けなんだ」とか「高射砲は精神力で撃つんだ」なんてことを言った人です。

長年、東條の秘書官を務めた赤松貞雄《あかまつさだお》氏に、保阪さんは、「東條英機という人は、文学書を読んだことがありますか」と聞きます。赤松氏は、陸軍大学校を出た秘書官として、「小説のことか？　ないと思う。われわれ軍人は小説を読むなんて軟派《なんぱ》なことに関心を持ったら、軍人なんか務まらないよ」と当然のように答えます。

軍人だけなら、そう言ってもいいのかもしれませんが、外務・内務大臣や文部大臣だけでなく、総理大臣まで務めた人は、それじゃまずいだろうとすぐに思います。だって、政治をするためには、人間そのものを思索し、思慮することはとても大切だからです。

「精神論が好き」「妥協は敗北」「事実誤認は当たり前」というのが東條のような軍人の特徴だと保阪さんは書きます。

東條という人は、人事を動かすのが大好きだったそうです。周辺にイエスマンを置き、諫言《かんげん》の士を遠ざけました。結果、有能な将校、学究肌の軍人、世界を肌で知っていた駐在武官達が東條体制から外されました。つまり、陸軍の中枢には、東條の言いなりになる人しかいないまま、戦争を始めたことになります。

僕はずっと「どうしてこんな人が首相になれたんだろう?」と思っています。それがこの本で、少し分かりました。

二・二六事件で、陸軍内で対立する派閥が力を失い、いきなり主流派になったこと。近衛文麿《このえふみまろ》首相が陸軍の好戦論に疲れて辞意を示した時、木戸幸一《きどこういち》達は、強行派の陸軍を取り込むために、あえて東條を首相にしたこと。一か八かの賭けに出た、ということです。

そして、その賭けは最悪の結果を生みました。

この本は、東條英機と石原莞爾《いしはらかんじ》を比較したり、何人かの昭和の興味深い人達を描写しているのですが、その一人に、犬養毅《いぬかいつよし》首相がいます。

五・一五事件の時、首相官邸に押し入った青年将校達に対して、犬養首相は、「話せば分かる」と答えたと言われています。けれど、将校達は、引き金を引いたと。

けれど、実際は、「まあ、靴でも脱げや、話を聞こう」でした。

僕は「話せば分かる」という言葉にずっと強烈な違和感を持っていました。銃を持って押し入ってきた将校達に対して、「話せば分かる」と言うのは、あまりに楽観的で、現実を見ていないように感じたのです。

「話を聞こう」なら分かります。冷静になれ。とにかく話そう。落ち着け、という技巧も感じます。

では、なぜ、「話せば分かる」という言葉が広く伝わっているのか。

保阪さんは、そこに政治的なカラクリを見ます。

「話せば分かる」という表現は、それだけで存在するわけではない。「その話なら」と限定された言葉と対になって使われるはずである——と分析し、「その話とは一体何だったのか？」と続けます。それは、張学良《ちょうがくりょう》から犬養首相が金をもらったという噂であり、そのことなら「話せば分かる」、というのです。

それは、陸軍の憲兵隊が意図的に流した噂であり、張学良から金をもらうような首相は、殺されても仕方がないと思わせ、五・一五事件の実行者達を弁護するための政治的噂なのだと、保阪さんは分析するのです。今に通じるお勧めの一冊です。

谷川俊太郎さんと
高橋一生さんと売れない戯曲と

『ローリング・ソング』の東京公演を終え、今週は九州・久留米《くるめ》での公演です。

という間に、新刊が三冊出ました。

一冊目は、『そんなとき隣に詩がいます～鴻上尚史が選ぶ谷川俊太郎の詩～』（大和書房）です。

はい。おいらが谷川俊太郎《たにかわしゅんたろう》さんの詩を選ばせてもらいました。谷川さんが70年以上書き続けた詩を全部読みました。三千以上、ありました。

じつに幸福な時間でした。

で、それを症例別に薬のように分類しました。

もともと、『飛ぶ教室』などで有名なエーリヒ・ケストナーは、『人生処方詩集』という有名な詩集を出しています。自分の詩を、人生のさまざまな症例の治療別に分類したものです。

で、谷川さんの詩でそれをやってみたくなりました。「さみしくてたまらなくなったら」「毎日、しかめっつらだけになったら」「愛されなかったら」こんな詩を読むといいんじゃないですか、と選んだのです。

谷川さんは、三度結婚して、三度離婚しているのですが、ドロドロとした暗い詩は少ないです。それよりは、愛する素晴らしさとか、愛される楽しみとかのポジティブなものが多いです。本当にもててきたんだなあと思います。

物事をネガティブに語らず、できるだけギリギリポジティブに語ろうとすることが、谷川さんの国民的人気の理由のひとつなんだと思いました。

分類した後、それぞれの症例に対するエ

ッセーを書きました。僕は「さみしくてたまらなくなったら」どうするのか。そういう状態をどうやりすごすのか。

もちろん、そんな時、谷川さんの詩を読むことを勧めているのですが、僕なりの処方箋《しょほうせん》も紹介しています。自分で言うのもなんですが、いい本です。谷川さんのファンにも楽しんでいただけると思います。

二冊目は、『俳優入門』（講談社文庫）です。昔、ちくまプリマー新書で出した『俳優になりたいあなたへ』を大幅に加筆して、なおかつ、高橋一生《たかはしいっせい》さんとの対談も入れて、文庫にしました。

もともと、根強い人気があった『俳優になりたいあなたへ』でしたが、ちくまさんから「もう印刷しないよ」と連絡が来ました。アマゾンを見ると、中古書で定価よりずっと高い値段で取引されていました。これが、「その本がいまだに需要があるかどうか」の指標だと思います。

絶版になった本の多くは、1円なんて値段で売られているのですが、まれに、出品している全部の古書店の値段が、定価以上という場合があるのです。

巻末の高橋一生さんとの対談はエキサイティングでした。単純に売れたいと思う時期から、多くの人に評価されなくても、これはという人に認められればそれでいいんだ、自分は芝居がしたいんだという心の変化は、一生さんにしか言えない重い言葉だと思いました。

俳優になった以上、売れたいと思うことは普通のことです。でも、いきなり、テレビの連続ドラマの主演になれる確率なんて、宝くじに当たるよりはるかに低いでしょう。

誰もが、「自分はなぜ俳優になりたいのか（続けるのか）？」という問いにぶつかるのです。

その答えに、その人の資質が出ます。「もてたい」というスタートのまま続けている人もいれば、そこから「役を演じていろんな人生を生きたい」と動機が変わる人もいます。

その動機が、その俳優の立ち姿を決めるのです。

これ一冊あれば、俳優の仕事の全体図と演技のノウハウが分かります。俳優志望者も現役の俳優にもぴったりの本だと思います。

で、三冊目が『サバイバーズ・ギルト&シェイム／もうひとつの地球の歩き方』（論創社）です。

はい、戯曲です。売れないジャンル、戯曲です。昔、井上ひさしさんが、「あんまりよくない小説を書いても出版社はすぐに出版させて欲しいと言ってくる。でも、どんな優れた戯曲を書いても頼まないとなかなか出版してくれない」とぼやいていた戯曲というジャンルです。

『虚構の劇団』と『KOKAMI@network』の最新の公演の戯曲二本を一冊にしました。読んでもらえるとじつに嬉しいです。というか、戯曲を買ってくれると心底、嬉しいです。

使える英語のための最も効果的な方法

以前、この欄で、この英語の本はすごい！　と紹介したのが『難しいことはわかりませんが、英語が話せる方法を教えてください！』（スティーブ・ソレイシィ　大橋弘祐著／文響社）でした。

この本では、使える英語を身につけるためには二つの方法しかないと断言しています。ひとつは、「スピーキング・テスト」。英検にもＴＯＥＩＣにもありますが、とにかく話すことに特化した試験です。スピーキングの試験のない通常の英検やＴＯＥＩＣを受けても、使える英語は身につかないとスティーブ先生は言います。

じつは僕も賛成です。ＴＯＥＩＣで８００点以上取っても、英語でまったくビジネスができない日本人が山ほどいます。ＴＯＥＩＣの点数は、知識としての英語の目安になっても、使える武

面会室で英語しか話せない
弁護士と話して無実を勝ちとれば
出所できる「刑務所英会話」という
のはどうだろう？
え!?
あ〜〜…
う〜〜…
Is there the
witness testifying
that there was
you there?

器としての英語の指標にはならないのです。

スティーブ先生が言う、使える英語を身につけるもうひとつの方法は、「スカイプ英会話」です。

いくつかの会社が運営していますが、スカイプを使っての個人レッスンです。

外人さんと一対一ですからね。いくらスカイプ越しとは言え、ハードルは高いなあとビビりました。

んがっ！　使える英語のためだと、決心しましたよ。一日一回、ネイティブと英語を話すことができれば、間違いなく英語力は向上するでしょうからね。

僕の申し込んだのは、一日一回25分間の会話です。たったの25分だと思いましたか？

いやいやいやいや。

その昔、イギリスの演劇学校に留学した時、帰りの地下鉄が一緒になった相手との10分間の会話がどれだけしんどかったか。食堂で目の前に座られて、20分間、話しかけられることがどれだけ辛かったか。

大勢いれば、なんとかなるのですよ。授業もそうですが、数人いれば、みんなでわいわいしてるフリしながら、会話から逃げることも可能です。

でも、一対一になったら、もうどこにも逃げられないのですよ。なおかつ、意味が分かんないのにふんふんうなづいていたら、間違いなく途中で「～ということをどう思う？」なんて聞かれて「ふぎゃあ！」という目にあいます。三人ならもう一人に任せられるんですけどね。

ですから、25分間って長さは、じつは大変なのです。

英語の先生は性別、国籍、年齢が選べるシステムでした。迷うことなく女性ですね。男性に怒られたりしたら哀しい気持ちになりますからね。

申し込んで、スカイプの画面に現れたのは、リスボンに住む30代のイギリス人女性でした。

登録している人達は、みんな、英語教師の自覚があるので、ちゃんと話をつないでくれました。なおかつ、会話が終わった後、五段階で生徒が先生を評価しますから、気を抜くこともできないんですね。

でね、終わってみれば、なんだか楽しいのですよ。

25分間といえ、イギリス人女性と一対一でしゃべるなんて経験はなかなかないですからね。なおかつ、スカイプですから、みんな自宅でやっているのです。僕は夜中の11時半からでしたが、リスボンは時差で夕方の3時半で、窓から午後の日差しが差し込む室内が背景で、なんだか、いきなりプライベートを見るようでドキドキしました。

気がつけば、僕ははまっていました。授業料としては、月会費で毎日やれば、一回25分が数百円の計算になります。もちろん、サボって月に一回だけだと、バカ高い25分になります。なんか、スポーツクラブの月会費システムに近いですね。

毎日は無理ですが、週に何回か、本当にいろんな人と僕は話しています。

元気がないのでどうしたのと聞くと「三日前にボーイフレンドと別れたの」と突然言い出した女性や「タイに旅行に来て、タイ人と恋に落ちたので今、彼とタイの南の島に住んでるの」と微笑む女性や「生活のために国の世論調査の仕事もしているの。今、『EUから本当に抜けることをどう思う？』というアンケートを取っているの」という中年女性や「夫の仕事のためにコロンビアに来ているの。夫の仕事は～」と説明してくれた女性など、さまざまな人と夜中、25分間出会います。

これ、なんだか楽しいのです。

大坂なおみさんと恥ずかしい質問

テニスプレイヤーの大坂なおみさんの帰国記者会見を見て、じつに複雑な気持ちになりました。大坂さんとは規模も意味も違いすぎますが、僕も芝居の制作発表でマスコミが集まる会見をやります。

一般新聞や雑誌・ネットの記者さんだけなら、比較的真面目に芝居の内容を聞いてくれます。でも、テレビやスポーツ新聞、芸能雑誌が中心になると、まず、芝居のことは聞かれません。芝居の制作発表なのに、メインで聞かれるのは、出演者の人柄だったり、稽古場の爆笑エピソードだったり、お互いの印象だったりします。

何がテーマで、どんな内容なのかは、ほんの付け足しです。

今回の『ローリング・ソング』でも、内容に関しては数分、それ以外が30分以上でした。

抹茶アイスは食べましたか?
食べてない…
井村屋のあずきバーは?
ガリガリ君リッチメロンパン味は?

僕はこういうマスコミ会見を30年近くやっているので慣れっこというか、諦めています。派手な会見の時は、芸能ニュースになることが目的で、内容を誠実に伝えることは不可能なんだと腹をくくっています。

くくっていますが、20歳で全米オープン優勝という偉業を達成した人に、「食べたいと言っていた抹茶アイスクリームは食べたのですか?」とか「週末までに行ってみたいところはどこですか?」「日本語でメッセージをお願いします」「かけてもらって一番嬉しかった言葉はなんですか?」なんて質問を連発している会見を見ると、「いや、テニスのこと、もっと聞いてあげなさいよ」とジリジリするのです。

偉大な業績をあげた人をじつに理解可能な

地平までひきずりおろしたいんだなと感じるのです。

「かけてもらって一番嬉しかった言葉はなんですか？」「日本のファンの声は届いていましたか？」なんてのは、誰でも言えて、誰にでも使える質問です。そもそも、質問自体が恥ずかしいです。

また、「海外で、大坂さんの活躍や存在が古い日本人像を見直したり考え直すきっかけになっていると報道されているが、自身はアイデンティティを含めて、その辺をどのように受け止めているか？」という、じつに英語の翻訳に苦しむ質問もありました。

これね、共通の価値観の存在を前提にした質問なんですよ。日本人とだけしか仕事してないと、これがどうして翻訳困難なのか、気付かないと思います。

だって、「海外」とはどこのことなのか？「古い日本人像」とはなんのことなのか？「報道されている」とは、どこが報道しているのか？「その辺」とはどの辺なのか？

すべて、日本語に特有のあいまいな表現のままです。日本語で日本人仲間に向かって話せば、なんとなく、ニュアンスは伝わるかもしれません。

けれど、英語に翻訳しようとした時には、つまづくのです。

予想通り、大坂さんも戸惑い、

「私は古い日本人像ってこと？」「それはテニスに関して？」と逆質問していました。

そして、「まず、私は自分のアイデンティティについて深く考えません。私は私である、としか思っていないところが多いです。私が育てられてきたように生きてきた」という言葉を返しました。

「私は私である」は、本当に素敵な言葉です。「あなたは何人《なにじん》なの？」と好奇の目で問いかける人に対する完璧な返答です。

日本人と日本人以外の人を両親に持つ子供は昔、あきらかに差別的なニュアンスで「混血児」と呼ばれました。そして「ハーフ」という表現が生まれ、やがて、「ダブル」という言葉も生まれました。が、当事者達は、「ハーフ」「ダブル」に関して賛否両論のようです。

「ハーフ」はまるで半分の人間のようだから「ダブル」が良いという意見と、「ダブル」はまるで二つの国の価値や文化両方を備えていたり知っているようなプレッシャーを感じるから嫌だという否定意見が、当事者達の間にあるようです。

「日本は単一民族」と思い込んでいる人々の間で生きるのは大変だなあと思います。

わざわざ、こういう言葉を言う必要がないぐらい多様な状況になることが理想なんじゃないかと思います。そうすると、テニスの優勝会見でアイデンティティの質問が出ない国になるんじゃないかと思うのです。

『タモリ倶楽部』に久しぶりに出演した

仕事で松山に出張した飛行機の中で、美人のフライトアテンダントさんから「タモリ倶楽部、毎回、楽しみにしています」と話しかけられました。

『不死身の特攻兵』でも、芝居のタイトルでもなく、『タモリ倶楽部』と言われて、お尻がこそばゆくなりました。

「『タモリ倶楽部』のエロ担当」とウィキペディアの鴻上尚史の項には書かれていますが、じつは、思われているほど出演していません。

細かい事情を語れば、13年間司会を担当している『ｃｏｏｌ　ｊａｐａｎ』と収録が同じ土曜日で、何度も、出演依頼がかぶりました。

タモリさんにとっての『タモリ倶楽部』が、僕にとっては『ｃｏｏｌ　ｊａｐａｎ』なので、

おれら世代のクリーニング屋さんイメージ
えーと「洗濯屋ケンちゃん」？
あー「洗濯屋ケンちゃん」！
洗濯屋ケンちゃん!!

まさか、「ちょっと、タモリ倶楽部に出て来るので収録を休みます」なんて言えるはずもなく、何度も「おお！　エロの特集じゃないか！　俺が出ないで誰が出るんだ！」と悶絶《もんぜつ》しました、が、無理なものは無理でした。

先週、久しぶりに出演させてもらいましたが、テーマはエロではなく、

「今夜解決!!　クリーニング業界に『舎』が多い理由」というものでした。

全国的には、これから放送される場所が多いので、「舎」が多い理由は書きませんが、(あっと言う間に解明されてしまうのですが)その後、時間がどーんと余り、しょうがないので「クリーニング屋あるある」に企画を変えたものがとても面白かったです。

都内の個人経営のクリーニング屋さんが5

人ほど集まっていろいろと教えてくれました。

あるクリーニング屋さんは、「テレビドラマに出てくるクリーニング屋で働く人はみんな貧乏。クリーニング屋が貧乏人の記号になっている」と憤慨していました。

思わず笑いました。

『ひとつ屋根の下』もそうでしたし、最近の映画『万引き家族』の安藤サクラさんも、クリーニング屋さんで働きました。なんでしょうねえ。作家側のイメージの貧困でしょうかね。

それから、「どのクリーニング屋さんにも、引き取り手が何十年も来ない洋服がある」ということにじつに想像力を刺激されました。

実物を見せてもらったのですが、ものすごくオシャレなジャケットやカラフルなシャツなんかが、ずっと引き取られないまま、倉庫に眠っているのです。さすがに捨てるわけにはいかないそうです。

いつも御用聞きに行って、箱一杯にクリーニングを頼んだ家の人は、ある時、訪ねたら誰もいなくなっていたと、クリーニング屋さんは語りました。

箱から出して広げてみれば、昭和の香りのするカラフルな洋服で、それなりの値段のものに見えました。

何があったんだろう、夜逃げなんだろうか、いつか引き取りに来るんだろうか、と考え出すといくらでも想像が膨らみます。

別の二代目のクリーニング屋さんは「血がついた洋服を預かったら、警察に届けるように」と、父親から言われたそうです。

「なるほど、事件かもしれないですからね」と、タモリさんと共にうなづいたんですが、よく考えると、「いや、人殺して、返り血を浴びたから、これをクリーニングしてくれ、なんて殺人者はいるのか」という疑問が浮かびました。

本当はよく考えなくても浮かばないとダメなんでしょうね。

で、「いや、どうしてもお気に入りの一着だったからとか、思い出の洋服だったとか、父親の形見の洋服だったからとか、そういう場合なら、殺人者もクリーニング屋に出すかもしれない」と、強引な解釈で盛り上がりました。

「で、今までそういう血まみれの服はあったんですか？」と聞けば、「いえ、事件性を感じるものはありませんでした」と、その二代目のご主人は、じつに残念そうに答えました。

あきらかに鼻血とかケガだと分かる場合はあって、それはちゃんと落とせるんだそうです。

些細《ささい》なことを面白がるためには、知的な遊び心が必要で、同時にうんとくだらないことを楽しむ『タモリ倶楽部』のような番組は本当に少なくなったなあと思っています。

外国人の「変な日本語」を笑っている限り

新宿を夜歩いていたら、素朴な英語で話しかけられました。

アジア人の顔をした男性は、「自分のホテルが分からなくなった。こんな名前のホテルを知らないか」と不安げに「ロースホテル」という名前を連発しました。けれど、グーグルマップで調べても見つからず、彼は焦り、「フラワー、フラワー」と繰り返すので「ロース」のスペルは何だい？　と聞くと「ＲＯＳＥ」だと言うので、「そりゃ、ロースじゃなくてローズだ。バラじゃないか！」とようやく場所が判明しました。

すぐ近くだよと案内しながら、どこから来たのと聞けば、「昨日、ベトナムから」と言い、何しに来たの？　観光？　と聞けば、コンビニで働くために来たと、日本人がよく知っているコンビニチェーンの名前を挙げました。

変な日本語で笑わない練習
きのーポクのハナシ
お聞きいらっしゃいませ
笑た男をハンゴロシ
なお姿に
あわせて
さしあげ
ましょたー
はい
はい
へ〜……

「ベトナムで募集があったんだ。明日からトレーニングが始まるんだ」と、ベトナム人の若者は言いました。

大変だなあと思わず声が出ました。

昨今、コンビニの業務はどんどん拡大していて、銀行振込の代わりまでできるようになりました。

現金以外の支払方法もどんどん増えて、「モノを売って、お金をもらう」なんてシンプルな労働から一番遠い「専門職」になったと言ってもいいと思います。

そこに、外国人の店員さんが増えました。

先日、コンビニで順番を待っていて、「ちゃんと日本語話せよ！」とお客さんが叫ぶ現場に遭遇《そうぐう》してしまいました。

こういう時、胸が潰れそうに痛みます。

外国人の店員さんは、あたふたしていました。すぐに日本人の店員が飛んできて、対応を始めました。

「日本に来るんなら、日本語ぐらい話せるようになってから来いよ！」と叫んでいるお客さんを目撃したこともあります。

こういう言葉を聞くと、僕は1年間のロンドン生活を思い出します。

ロンドンで留学生活を始めた時、はっきり言って、田舎から来た学生ほど僕の英語を笑いました。

悪意はありませんでした。ただ、田舎なので、変な英語を話す人を聞いたことがなかったのです。

「日本語は母音が5つある」という英語を言おうとして、「母音」の「vowel《バウル》」の「V」が唇を噛めず「B」になりました。「bowel《バウル》」は「内臓《はらわた》」という意味です。つまり、「日本語は内臓が5つある」という意味になります。

クラスで大声で笑ったのは、イギリスの田舎から来た生徒でした。

ロンドンに住んでいる生徒はまったく笑いませんでした。彼ら・彼女らは、中国系やインド系、他の移民の英語を知っているので、「その文章は他の意味があるはずだ。きっと、内臓ではなく母音なんだ」と察することができるからです。

大声で笑われた僕はもちろん傷つきました。できることなら、人前で英語を話したくないと思いました。けれど、授業ですから、話さないわけにはいきません。

日本では、テレビで「外国人の変な日本語を笑う」ことがあります。見ていて、僕は笑えません。

昔から、英語の発音の大切さを言うために、「日本人は米を食う」の米を「rice《ライス》」じゃなくて「lice《ライス》」と言うと、しらみを食うと思われる、なんて脅す文章がありますが、都会に住む英語母語人が誤解するはずがないと思います。

ただ、田舎者は笑うだろうという予感もします。普段、英語母語人以外の英語を聞いたことがないからです。

でも、少しの教養と知性があれば、世界ではいろんな英語があると想像がつくのです。

先進国G8の中で、パスポートの取得率が最低なのは日本です。その次がアメリカです。言葉をうまくしゃべれないことがどれほど辛いかを経験する機会が少ないことを意味します。

「ちゃんと日本語しゃべれよ!」と叫ぶことが、どれほど愚かなことかは、海外で言葉の苦労をしないとなかなか分からないでしょう。

けれど、変な日本語を笑っている限り、変な英語でも堂々と世界を相手に戦ったり、商売したりすることはできないんじゃないかと思っています。

どんどん外国人が増えてきても、その拙《つたな》い日本語を笑う日本人は、減って欲しいと心底思います。

「SNS投稿禁止」について

故郷の秋祭りに帰って、ノンキな時間を過ごしました。僕が勝手に言っている「日本三大荒《あら》くれ祭」のひとつ、「新居浜太鼓祭り」です。

高さ5・5メートル、長さ12メートル、約3トンの太鼓台《たいこだい》を150人から200人の男達がかき上げます。かき棒の太さは、電信柱ぐらいあります。

まあ、巨大な御神輿《おみこし》だと思ってもらえると見たことのない人も想像できるでしょう。

この祭のことは、この連載で何回か書きました。

今回は、一日だけ、山根グラウンドという場所に行きました。

太鼓台が20台集まり、いろいろとかきくらべをしてくれるのです。

途中で、地元新居浜を舞台にした映画の主演男優と監督が挨拶をしていました。

SNSには投稿禁止なアイドル
バッ
SNSには投稿禁止!!
キャー
キャー

主演男優は、じつに気さくなスピーチで、たぶん、1万人以上はいるだろう観客を沸かせていました。

監督もじつに誠実に、内容を語っていました。

観客の中に、「お、もうすぐ公開なのか。じゃあ、ちょっと見てみるかなあ」という良いムードが流れて挨拶が終わりました。

と、アナウンスの女性が「皆様にお願いです。主演の○○さんを撮った写真は、SNSに投稿しないで下さい」と告げました。観客に小さなどよめきが起きました。

たたみかけるように「なお、監督の△△さんの写真はSNSに投稿してもオッケーです」というアナウンスが続きました。

今度は、小さな失笑が漏れました。

僕は、ぐわっと1万人近くいる（公称だとのべ3万5千人だそうです）群衆の中にいました。主演俳優に関するアナウンスが流れた途端、周りから「なんでダメなんぞ。気取っとるのか」という、舌打ちのようなつぶやきが何人かから聞こえてきました。

自分の故郷を自分で言いますけど、地方都市です。そこに、映画の主演俳優が来た。田舎者は浮かれますね。で、地元に対するリップサービスを含めた素敵なスピーチを聞いた。けっこう、好きになるパターンです。

で、「写真はSNSに投稿してはいけない」といきなり、釘を刺される。好感を持ったからこそ、あっと言う間に急転直下、反感です。どうしてダメなのか、なんて芸能界事情は想像できませんからね。

監督がオッケーしている分だけ、「気取んじゃねえ」という反発になります。

この俳優さん個人には何の責任もないです。間違いなく事務所の方針です。

でね、ツイッターとかに写真を上げることを禁止するという事務所の方針の意味は分かるのですよ。

飲み屋で、いきなりファンに迫られた。止めるまもなく、酔っぱらった赤い顔を写真に撮られた。それを上げられると、イメージが崩れる。

道を普段着で歩いていた。握手を求められて、写真を撮られた。このファンは大切にしたいけど、普段の姿を公に知られるのはまずい。

プライベートの時は、本人自身が何をしているのか知られたくない、というのもあるかもしれません。

僕は、芝居を見に来てくれた甲本ヒロトさんとツーショット写真を撮り、ただの素人みたいに「これ、ツイッターに上げていいですか？」と聞いて「ダメ」と言われたことがあります。いいんです。ファンはそれでもいいんです。僕のスマホにちゃんと残っているんですから。

という話はさておき、事務所のSNS投稿禁止の言い分はよく分かるし、納得できるシチュエイションも多いのですが、今回だけは、複雑な気持ちになりました。

また自分で言いますけど、田舎ですからね。集まっているのは、高齢者も含めた、ノンキな人が多いです。

都会でイベントをやって、みんなスマホを片手に、投稿したくてウズウズしてる、なんてことじゃないですからね。

あえて事務所の方針をアナウンスする意味はあるのか、同行しているはずのマネージャーは現場レベルの人で、事務所の方針に従っただけなのかと考え込みました。

結局、この主演俳優さんは、本人の懸命の努力にもかかわらず、マイナスのパブになってしまったんじゃないかと、気配りのスピーチを聞いた後だったので、しみじみしたのです。

冬のロンドンでいろいろと考えた

ロンドンに来ています。ロンドンは寒いです。もう冬です。

何が悲しくて、わざわざ、寒い場所に来たんだろうと、ちょっと後悔しています。

計画を立てた時は、10月だから、まだなんとかなるんじゃないかと思っていたのです。

ロンドンの寒さをなめていました。

寒い上に、ロンドンに行くからと日本でぐわっと仕事を片づけて、転がるように来たもんだから、疲労が一気に爆発しました。

今、この原稿を書きながら、頭がぐるんぐるんしてます。

ロンドンでぐるんぐるんするのは、三回目です。

昔、ロンドンに住んでいたプロデューサーから「日本で無理して仕事を終わらせるから、疲れ

宙に浮きそうな有名人
集中し過ぎて
宙に浮く
羽生善治竜王

切ってロンドンに来る人が多いのよ。ロンドンに来て、そのまま寝込んだって人もいるし」と言われました。

たしかに、50メートル潜水みたいな気持ちで仕事を片づけて飛行機に飛び乗ることが多いです。

これで温かかったら、身体もホッとするんでしょうが、寒いですからねえ。

でもまあ、やっぱり、街を歩けばウキウキします。

「若者の旅離れ」なんてことも言われていますが、一人で行く旅は、旅立つまではおっくうなものだと感じます。

駅の改札を通るまでや空港の出発ゲートを通過するまでは、なんとなく、気持ちが重いのです。

でも、改札やゲートを通った瞬間に、ふっと身体が軽くなります。

自分でもびっくりするぐらい気持ちが変わるのです。なんでしょうね、この変化。

今日は、コベントガーデンで、「宙に浮く労働者」の仕込みをじっと見つめてしまいました。

知ってます？　全身を銀色に塗った労働者が、シャベルを立てて、それを握ったまま宙に浮いているという大道芸というかパフォーマンスです。

この宙に浮くトリックは、世界的にかなり有名になりました。

透明な椅子に座っているように見えたり、仙人が杖を立ててそれにつかまって浮いているように見えるものです。

全身を銀色に塗った労働者が、浮き上がる仕組みを用意するために、ひとりでいそいそと道端で準備していました。

ほほお。そういう仕掛けなのね。だから、浮けるのね。でも、ひとりで準備は大変ね。と、写真を撮りながらじっと見ていたら、じつに嫌な目でにらみ返されてしまいました。

そりゃ、そうですね。ものすごく隠したいことですもんね。

演劇学校時代の懐かしい友達にも会っています。

演劇学校のクラスメイトで、一番の出世頭は、オーランド・ブルームです。『ロード・オブ・ザ・リング』の弓矢の使い手、レゴラスですね。

こんなに有名になるなら、もっと仲良くしておけばよかったと後悔しています。イケメンだったけれど、中身はそんなに感じなかったんですよね。わははは。すまん、オーランド。

みんな演劇学校を卒業して18年ぐらいたってますから、半分以上がもう役者をやっていません。

いえ、仕事がないからやめざるをえませんでした。

ケーキ屋さんになったり、子供を産んで主婦になったり、ビジネスマンになったりしています。

俳優を続けていても、普段はバーやスポーツジムでバイトしている人がほとんどです。

みんな、40歳前後になりました。

昔は、未来を語ることが希望でした。どんな俳優になりたいとか、どんな作品に出たいとか、こんな演劇を創りたい、こんな映画がいいと、パブでビールを飲みながら、いつまでも話せました。

みんな、目がキラキラしていました。

僕はその当時、すでに40歳前後、彼ら彼女らはみんな20歳前後でした。

それが、20年近くたって、変わりました。俳優をやめたクラスメイトとは、なんとなく疎遠になります。

お互いに話すことがないと思っているのかもしれません。俳優を続けている人の話を聞きたくないのかもしれません。

気持ちは分かるのですが、じつに切ないなあと思うのです。

ロンドンでサイフを盗まれた！〈前編〉

いやあ、大変な目にあいました。ロンドンでサイフを盗まれて、いきなり一文無しになりました。人生、いろんなことが起こります。

東京で仕事を詰め込みすぎて、ロンドンで疲労のピークになり、風邪もひき、少しぼーっとしながら、ケンジントン駅を歩いてたんですね。

オイスターカードという、JR東日本のスイカみたいなカードをサイフから出して、改札をタッチして通りました。

数歩進んで、バッグのチャックが開いていることに気付きました。

リュック型のバッグで、半分だけ肩にかけていました。すぐに、バッグの中を見ると、サイフがないのです！　どこを探してもないのです！

ロンドンの鴻上さん（想像図）
ボ〜〜…
ゲホゲホゲホ
半開き

瞬間的に背中が寒くなりました。

サイフの中には、キャッシュカードとクレジットカード2枚、現金全部が入っていました。

それを一度に奪われました。

いきなり、僕はロンドンで一文無しになったのです。いやもう、脳がショートしましたね。

そんなバカなとか、スリの腕前凄すぎるだろとか、いろんな思いがぐるんぐるんしました。

正確には、両替したポンドを入れた封筒と、日本円とカードを入れた小さなサイフの二つを、バッグの中に入れていたのですが、スリは両方を見事に盗んでいったのです。

手持ちは、ポケットに入っている小銭とオイスターカードだけでした。

最初にしたのは、ツイッターへの投稿でした。

いやもう、どうしようと思ってね。

すると、『トッカン』などの作品で知られる小説家、高殿円《たかどのまどか》さんが、「鴻上さん、私、すぐ近くにいるよ！」と返信をくれました。

その昔、『トッカン』を2時間TVドラマにする企画があって、僕がシナリオを担当していたのです。自分以外の作品では、初めてシナリオ化しました。なおかつ、シナリオは書き上げたのに、大人の事情で作品にはなりませんでした。

と、いろんな意味で思い出深い高殿さんが助けてくれるというのです。

すぐに、ツイッターで翌日、お金を借りる約束をしました。

その夜は、レイモンドと芝居を見る予定でした。名作映画『スリー・ビルボード』の監督マーティン・マクドナーの新作戯曲です。

レイモンドとはホテルで待ち合わせでした。オイスターカードがあったからホテルまでは約束の時間に戻れました。サイフを盗まれたよ、芝居のチケット代払えないよ、と告げると、「大丈夫。お腹も空いてるだろうから、おごってあげる」とパスタをごちそうしてくれました。

レイモンドは、ずっとバイトで生活を支えながら、俳優を続けているので、これ以上甘えてはいけないと深く感謝して「大丈夫。なんとかするから」と別れました。

次の日、高殿さんが泊まっているフラット（マンション）の前に、約束の朝9時半に行きました。高殿さんは帰国日で10時チェックアウトだったのです。

雨が降っていて、気温は5度でした。お店で傘を買おうとしたら12ポンド、レインコートは5ポンドで、手持ちは3ポンド43ペンスしかなくて、濡れながら歩きました。

フラットの前に着くと、インターホンが6つ規則的に並んでいました。

この部屋のどれかなんだなと思って、「今、着きました」とDMしました。けれど、反応はありません。寝ているのかなあ、どうしたのかなあと、何度かDMしても返事はありません。

と、玄関外の半地下フラットから階段を駆け上がって来るイギリス人女性がいました。そのまま、2号室のインターホンを押して「朝からうるさいです。静かにして!」と文句を言い始めました。応答した人は、「ごめんなさい」と謝っていました。

そんなことがあって、寒くて足踏みしながら30分待ちました。これはおかしいと、インターホンを部屋ごとに順番に押すことにしました。

2号室の声はさっき聞いたからと、3号室から順番に押しては、「タカドノを探してます」と英語で聞きました。返答があったのが3部屋、反応がないのが2部屋。こうなりゃ、またツイッターです。「高殿さんのお知り合いの人、高殿さんに直接連絡して下さい。鴻上はフラットの前にいます。40分待ってます」

そしてどうなったか? おお、続きは次回! 連載物だな。

ロンドンでサイフを盗まれた！〈後編〉

前回の続き、鴻上はロンドンでサイフを盗まれ、カードも現金もないいきなりの一文無しになりました！

時は2018年10月27日土曜日夕方5時半頃（ロンドン時間）。

まず最初に、鴻上がやったことは「どうする。さあ、どうすんだ、俺⁉ いきなりドラマチックだぜい」というツイートでした。すると、知り合いの小説家、高殿円さんが「鴻上さん、今、私近くにいるよ！」とツイートで応えてくれたのです。そして、次の日、朝9時半、鴻上は高殿さんにお金を借りるべく、高殿さんが泊まっているマンションの前に立ったのでした。

が！　んが！　んがが！　マンションの前に立つこと40分。待っても待っても高殿さんからの返事はなく、寒い雨が降るロンドンの朝に鴻上は立ち尽くしたのでしたあああ！

サマータイム
殺人事件!!
殺されている!!
高殿さんは多分・・・

ツイッターのDMで何回か「マンションの前にいます」と送りました。6つあるうちの部屋のうち、5つの呼び出しボタンは押しました。けれど、高殿さんはいないのです。

もう、頭の中をいろんな妄想がぐるんぐるんしましたね。

夜中、高殿さんは襲われて、マンションの中で死んでいるんじゃないか。高殿さんの壮大なイタズラで、今、本当は東京にいて、ツイッターでロンドンにいるふりをしているだけなんじゃないのか。昔、僕の言葉の何かが高殿さんを激怒させて、ただイジワルしているんじゃないか。

でも、どう考えてもイジワルされる理由が浮かばないので、やっぱり結論は「高殿さんは殺されているんじゃないか」にたどり着くのです。

で、「日本にいる高殿さんの友達の方へ。鴻上がマンションの前にいると伝えて下さい」とツイートしました。この時点で、45分が過ぎていました。

すると、数分後、どかどかと足音がして、高殿さんが玄関に来てくれたのです！

「鴻上さん！　今、日本の友達からラインが来て、鴻上さんがマンションの前にいるって知らせてくれました！」

ああ、ありがとう、ツイッター。ツイッターという文明の利器よ。友達にもありがとうだけど、ツイッター、本当にありがとう。

で、「いったい、何が起こったんですか⁉」と思わず聞きました。

高殿さんは、「えっ？」という顔をした後、すぐに「鴻上さん、今日、サマータイムが終わった日だってご存知ですよね？」とためらいがちに口を開きました。

「サマータイム……？」

なんと、その日は、6月の最初の日曜日から始まったサマータイムが終わった10月最後の日曜日だったのです。

つまり、僕は前日の続きだから9時半にマンションの前に立ったと思っていたのに、じつは、1時間、時間は戻され、8時半だったのです。

高殿さんは、時間が修正されるのがチェックアウト当日なので、イギリスの知り合いから何度も念押しされていました。

僕は、んなこと知るわけもなく、昨日までは9時半、でも今日から8時半になった時間にマンションの前に立っていました。その時、高殿さんは、「あと1時間ある」と、僕のために一生懸命、朝食を作ってくれていました。ツイッターをチェックする理由なんてなかったのです。

高殿さんはなんと2号室でした。抗議するイギリス人女性に返事をする声は、僕にはすっかりイギリス人に聞こえてしまい、2号室をチェックしなかったのです。もし、2号室からインターホンを押せば、もっとはやく事態は解決していたのです。

さて、そんなこんなで、高殿さんと同行していた早川書房編集者の小塚麻衣子《こづかまいこ》さんから、ちゃんと食事ができてなおかつ芝居も見れる大金をお借りしてなんとか生き延びました。

昨日の夜、カード会社にカードの緊急発行を頼んでも、土曜を挟んでいるので最低でも3日はかかると言われました。それから郵送で、それがカード会社の中では最速でした。

もし、高殿さんがいなかったら、いったいどうなっていたんだろうとゾッとしました。

日本からの緊急送金とか大使館に頼るとか、その間は水で過ごすとか、まだ見ぬドラマが待ち受けていたのでしょう。それは誰かのレポートで読みたいのでぜひお任せして、僕からの報告は以上です。

昔、ニューヨークでバッグを盗まれた

そんなわけで、一文無しになったロンドンから無事に（?）戻ってきました。

東京は暖かく、それだけで泣きそうでした。

10月下旬のロンドンをなめていました。あまりに寒く、「なんで暖かい東京から、わざわざ寒いロンドンに来たんだろう」と自問していました。あっと言う間に風邪をひいたのが、結果的に集中力低下を招き、スリに気付かなかった原因なのです。

人生でモノを盗まれたのは、これで2回目。2回とも、海外でした。

一度目は、ニューヨーク。

今回、「ロンドンでサイフを盗まれた!」とツイッターで騒いでいたら、何人かのフォロワーさんから「ニューヨークのマック事件以来ですね」という書き込みをもらいました。

覚えてくれているんですね。ありがたいことです。

はい。その昔、ニューヨークに一人旅をしました。

昼飯を食べようと、タイムズ・スクエアにあるマクドナルドに入りました。

ガラス越しに道路に面したカウンター席に座り、ビッグマックを食べていました。

すると、道路側から男が一人、近づいてきました。男は、ニコニコしながらガラスをこんこんと叩いて、僕に何かを話しかけていました。

ガラスを叩く手には、100ドル札が何枚も握られていました。

「なんだろう。なんでこの人は、僕に向かって話しかけてるんだろう」

そう思って、しばらくその男の人を見つめました。

何秒ぐらいでしょう。たぶん、10秒から20秒。

ハッとして、椅子の横に置いていたバッグを見ました。

ありませんでした。

すぐに立ち上がって、周りを見ました。店内は混んでいて、たくさんの人がいました。

でも、僕のバッグを持っている人は見つかりませんでした。

ガラス越しに立っていた男もいなくなっていました。

つまりは、連携プレーなのです。外で一人、ガラスをこんこんと叩いて注目させている間に、店内にいる仲間がサッとバッグを奪う。

慌ててお店を飛び出しましたが、誰もいませんでした。

そういえば、最初、店内に入った時、じっと見つめられている視線を感じました。なんだろうと少し気になりましたが、無視しました。あの時、物色されて狙われたのです。

飛び出して、キョロキョロしていると、お店から出てきた人に何か話しかけられました。でも、何を言っているか分かりませんでした。英語力の問題です。

バッグの中には、この時も、全財産が入っていました。

今回と違うのは、全財産の半分がトラベラーズ・チェックという再発行が可能な「金券」だったことです。懐かしいですね。トラベラーズ・チェック。もうすっかり使わなくなりました。

この時は、『週刊朝日』でエッセーを連載していたので、さっそく、この事件を書きました。「お金と、今日送る予定だった原稿がバッグに入っていた」と書きましたが、原稿は嘘でした。混乱して、締め切りを一日過ぎてしまったので、とりあえず、「原稿は書いたけど盗まれた。だから、また書くから待ってね」ということにしたのです。

今回と同じで、何回かニューヨークに来て、「なんだか、慣れてきたなあ。俺ってニューヨーカーに見える？」なんて油断した時に、こういうことが起こるのです。

あの後、ずっと気を付けているつもりでした。でも、今回のロンドンは、見事すぎる手腕でした。プロの技でした。

前回のニューヨークでは、店内と道路側の二人のチームプレーに感動しました。アメリカ人だって、心をひとつにまとまれるんじゃん、と。

今回は、スリの技術に感動しました。手先の器用なのは、日本人だけじゃないんだ。イギリス人かどうかは分からないけれど、気配を完全に消して近づき、そして、チャックを開けて盗む手口の見事さに唸りました。風邪じゃなくても、見抜けなかったかもしれません。

そんなわけで、まだ風邪と時差ボケは完全には治っていません。とほほなイギリス旅行でしたはい。

被災地で演劇をするということ

ＮＨＫのＥテレの企画で、『未来塾』というものに出演して来ました。

東日本大震災の復興プロジェクトの番組です。

最初「東北の若者と演劇を創って、被災地で上演して、みんなを元気にしてくれませんか」と言われたので、「それは無理です」と答えました。

「元気にする」ということが目的なら、不可能です。芝居を見て、元気になる人もいるかもしれませんが、落ち込む人もいるかもしれません。

間違いなく元気にする作品が書けるなんて言い切れるほど、僕は能天気ではありません。

「それでは、とにかく震災をテーマに被災地の人に見せる作品を創っていただけませんか？」と言われたので、「一カ月という短い時間では無理です」と答えました。

僕は震災をテーマに一度だけ作品を創りました。『キフシャム国の冒険』という演劇です。ただし、この時も「演劇で被災した人を癒《いや》すことはできない。慰《なぐさ》めることもできないかもしれない。ただ、演劇を見ている2時間、せめて悲しいことを忘れられる作品にしたい」とインタビューなどで答えました。

7年前の3月11日、僕は東京の「水天宮ピット」というスタジオにいて、芝居の稽古をしていました。そんな僕が、被災地の人に向かって芝居を創るのは、簡単なことではありません。番組の企画では、被災地での発表まで一カ月ほどしかありませんでした。

自分に何ができるのかを自分自身に問いつめ、探り、表現するには短すぎる時間です。「じゃあ、何ができますか?」とさらに聞かれたので「被災地で芝居を創っている人がいたとしたら、その芝居の内容がより人々に伝わるために、演出上のアドバイスはできます。僕はプロの演出家ですから」と答えました。

番組スタッフがリサーチすると、大船渡《おおふなと》高校の演劇部の顧問の多田知恵子《ただちえこ》先生が震災をテーマに作品を書かれていました。

その戯曲を読んで、アドバイスをさせてもらうことにしました。演劇部の高校生達とも何回か会いました。

最初の稽古で、震災によって家族か親戚かを亡くした人はいますかと問いかけました。何人かの生徒が手を挙げました。

物語の主人公は、震災の津波で家族を亡くした男子高校生でした。彼は毎日、海を見つめています。そして、もう二度と大切な人を作らないと決めています。また失ったら、つらくてたまらないからです。

その役を演じる男子高校生が、なかなか演じにくそうに見えたので、いろいろとアドバイスをしました。

二週間後、また稽古をした時、彼は苦しそうな顔で、「僕が演じる主人公は両親を失った設定です。でも、僕は、幸いなことに震災で家族も親戚も失っていません。なのに、僕は被災地の人達の前で演じるんです。お客さんの中には、家族や親戚を失った人もいるでしょう。僕はどんな顔で演技したらいいのか分かりません」とゆっくり語りました。

上演を予定していた大槌《おおつち》町は、役場が津波に襲われて町長や役場の人達が大勢亡くなった所です。

大槌町に地元の劇団がありますが、震災をテーマに取り上げたことはまだ一度もありません。僕は「作品がとても誠実だから、心配しなくていい。この作品は、単純に『絆《きずな》』を強調したり、簡単に希望を謳《うた》っているわけでもない。肉親を失ったことに戸惑い、どう生きていいか分からない高校生が描かれているんだ。だから、想像力で誠実に演じれば大丈夫」と答えました。

演技に、実生活は関係ありません。必要なのは、リアルな想像力です。実生活が問題になるのなら、DVに苦しむ生徒役は、実際にDVを受けた人にしか演じられなくなります。

大槌町での上演の後、観客に感想を求めました。中年の女性が、「分からないと言っているのがとてもよかった」と発言しました。

主人公の男子高校生は、自分の気持ちが分からないと正直に言います。今、何が必要でどうしたいのか、分からないと。そもそも、演劇部も、「震災をテーマにした作品を創るべきだ」という生徒と「無理に創る必要はない」という生徒に分かれています。一人一人の震災は違うのです。

そして新たな問題が生まれます。7年たって、震災と共に「震災の記憶」をどうするかが問われるようになっているのです。

働く母親の料理の一手間

イオンが「一家だんらん」のCMから、惣菜や生鮮食品を充実させた「夜市」のCMにシフトさせたとニュースになっていました。

「仕事帰りの母が娘の手を引いて、メンチカツを手に取る。家で食卓に並べれば娘も夫もにっこり笑顔」とか、「仕事を終えてイオンに立ち寄り、レンジでチンするだけのカレーを買って自宅で食べるサラリーマン」というCMです。

「母親がイオンの安売りで賢く食材を買い、料理をし、家族全員で夕飯を囲む」というCMは幻想を描いているんじゃないかという社内の声が始まりだそうです。

子供と共に惣菜を選ぶというのは、現在では全然珍しくないですが、CMとして打ち出すのは、なかなかに勇気がいると思います。

「母親の料理」といえば子供の頃母が時々おすしを握ってくれたんだけど少しで腹いっぱいにするためなのかシャリがおにぎりみたいにでかくて、子供の頃はずっとそれが普通のすしだと思っていた。

僕は、ちょっと前、朝日新聞に食に関するエッセーを書きました。

それは、共稼ぎだった母親の思い出です。教師だった母親は、ブラックという意識もない時代でしたから、本当に夜遅くまで学校で働いていました。

結果、食卓には、スーパーの惣菜が並びました。

お前のソウル・フードは何かと聞かれたら、スーパーのちらし寿司とコロッケです。

インスタントラーメンもよく食べました。

ただし、母親は惣菜を買ってくると必ず、一手間、足しました。

といって、たいしたことではありません。コロッケを買ってくると、キャベツを千切りにして横に添えました。

天ぷらの惣菜を買ってくると、天ぷらうどんにしました。

お刺身の場合は、プラスチックのトレイから、お皿に移しました。

子供にとって、それだけで、それは「スーパーの惣菜・刺身」から「母親の料理」になったのです。

僕には、なんの不満もありませんでした。

それはなによりも、母親が教師という仕事に充実していることが感じられたからです。

母親は家事をしたくないから、スーパーの惣菜や冷凍食品を買ってくるのではなく、仕事が忙しく、そして満足し、働きがいを感じているから、こうしているんだと思っていました。

だから、惣菜やスーパーのちらし寿司が続いても、まったく問題はありませんでした。

そして、母親の一手間が「母親の料理を食べている」という気持ちにさせてくれました。

もし、母親がスーパーの惣菜をスーパーのトレイのまま食卓に出していたら、母親の料理とは子供心に思わなかったかもしれません。でも、母親はちゃんと、一手前、加えていたのです。

というような文章を朝日新聞に書いたら、驚くほどの反響がありました。

全員が働く女性、母親からでした。

思わず、読んで涙ぐんだというメールをたくさんもらいました。

スーパーの惣菜や冷凍食品を出すことに罪悪感を感じている母親達でした。多くの働く母親達から、「救われた」「ありがとう」「泣きました」という熱烈な反響がきました。

僕は驚きました。

日本の現状は、まだここなんだと思ったのです。

スーパーの惣菜で育った人間が言いますが、それで健康を害したことはありません。ちゃんと成長したと思います。身長・体重も人並みですし、これと言った持病もありません。

なのに、真面目な母親達は、惣菜とか冷凍食品を出すことに、いまだに心理的な抵抗があるのです。

もしここに「仕事しながら手作りの料理を出すことにこだわって疲れ切った母親」と「自分の仕事に生きがいを感じ、そのためにちゃんと手抜きをしている元気な母親」がいたら、子供としては、どちらが嬉しいか、どちらの母親を好きになるか、分かりきっていると思うんですけどね。

でも、例えば、夫が手料理じゃないと許さないとか、同居している義母がうるさいとか、惣菜を買う自分を自分で許せないとか、そんな理由で苦しんでいる人がいると思うと、悲しいなあと思います。

イオンのＣＭが、そんな日本の風土を少しでも変えられるのなら素敵だと思うのです。

日本体操協会のパワハラ問題の残念な結末

体操の宮川紗江《みやかわさえ》選手が、日本体操協会の塚原光男《つかはらみつお》副会長と塚原千恵子《つかはらちえこ》女子強化本部長からパワハラを受けたと主張していた訴えは、認められませんでしたね。

第三者委員会の結論です。

ただし、「パワハラに準ずる行為はあった」というじつに微妙な表現がついています。なんだか、ものすごく「和をもって尊し」とする日本的な結論だなあと、残念な気持ちになりました。

塚原夫妻による「配慮に欠け不適切な点が多々あった」けれど、「悪性度の高い否定的な評価に値する行為であるとまでは客観的に評価できない」ですと。第三者委員会の文章ですよ。

結果として、塚原夫妻は処分されず、一時職務停止が解除されます。

18歳の女性が、必死になって、自分の所属する組織の70歳と71歳の権力者に対して申し立てたアクションは実を結びませんでした。

ぶっちゃけ言うと、これが「パワハラ」じゃないなら、日本体操協会ではなんでも許されるんじゃないかと思います。

宮川選手は、合宿の時に塚原夫妻から個室に呼ばれました。

そして、暴力を振るった速見コーチとの関係をやめるように言われました。塚原夫妻は、宮川選手のためにそう指導したと言います。

その中では、宮川選手の速見コーチに対する態度を「家族でどうかしている、宗教みたいだ」と発言しています。また、「あのコーチはダメ、だから、あなたは伸びない」とも言いました。

「あのコーチはダメ。私なら100倍教えられる」と言われたと宮川選手は言っていますが、塚原夫妻はこの言葉は否定しています。「言ってないことにしないと、この問題は、「速見コーチからの引き離し」だけではなく、「塚原夫妻が経営する体操クラブへの引き抜き」問題になってしまうからです。

宮川選手は、速見コーチの問題だけではなく、あきらかに、移籍の強要だと感じたから、「パワハラ」だと記者会見したのです。

でね、一万歩譲って、塚原夫妻は良心的な指導者としてただ「速見コーチから引き離したかった」としましょう。

それでもね、18歳の女性と権力者2人の3人だけで個室に入って誰も第三者を立ち会わせなかったこと。自分自身が体操クラブを経営していて、担当コーチが不適格だと言うことは、そのまま自分の体操クラブへの引き抜きだと思われる可能性があること。

そういう配慮がまったくないまま、話をしているのです。なおかつ、速見コーチとの関係を宮川選手のために切りたいのなら、呼ぶべきは宮川選手ではなく速見コーチです。個室に呼んで、きつく指導すればいいのです。

これは、あきらかにパワハラです。

「家族でどうかしている、宗教みたいだ」という発言を71歳の権力を持つ女性が18歳の女性にしているんです。本人だけじゃなくて、家族まで否定しているんです。これはもうアウトでしょう。

「いじめ認定」の時もそうなのですが、生徒が「いじめられていた」と言っているのに、平気で「いじめはなかった」という結論を教育委員会や第三者委員会が多く出します。

訴訟になって勝つか勝たないかという基準ではなく「生徒がどう感じたか」という教育現場の原則が忘れられているんじゃないかと感じます。

今回も同じです。訴訟としてのパワハラの定義ではなく、「選手がどう感じたか」という基本を忘れていると思うのです。

「パワハラとは何か？」という議論も起こっているようです。

「パワハラを受けたと言った者勝ちか」と疑問を呈する人もいます。

スポーツの世界は、特に昔は「ガッツ、根性、気合」で、「熱血鉄拳指導」なんてよくありました。

選手との濃密なコミュニケイションが取れていた時代は、選手も多くが受け入れたのだと思います。

でも、かつてのような深く濃い人間関係は少なくなりました。酒の席に無条件でつきあう後輩も減ったし、プライベートを優先する人が増えました。

そういう時代には、濃い「熱血指導」はパワハラとして受け入れられないだろうし、適切な関係を作るための言葉が必要だと思うのです。

1年の終わりに立ち止まって思い出してみる

1年が終わりますなあ。1年の終わりには、やっぱり、亡くなった江戸風俗研究家の杉浦日向子《すぎうらひなこ》さんの「七味五悦三会《ひちみごえつさんえ》」を思います。

はい。ずっとこの連載を読んでいてくれているあなたなら、もう分かるでしょう。

江戸時代、庶民は除夜の鐘を聞きながら、今年初めて食べた美味しいものと、今年あった楽しかったことと、今年初めて会って嬉しかった人を思い出し、味なら七つ、楽しいことなら五つ、人なら三人という条件を満たしたら、「今年はいい年だったなあ」と喜ぶという風習です。

SPA!の年内最後の原稿になると、いつも、このことを思い出します。で、ここ数年、いつもこの「七味五悦三会」を振り返っています。

仕事がら、いつも簡単にクリアするのが、「三会」です。これは、幸福なことかもしれません。

別に楽しいことではありませんが、
先日入院して生まれて初めて
下半身の毛を全部剃りました。
あと
病院の
ジャムパンが
うまかったです。
じ〜

今年は『ローリング・ソング』という芝居をして、久野綾希子さん、中山優馬さん、森田涼花さんという三人と出会いました。『虚構の劇団』の公演では、秋元《あきもと》龍《りゅう》太朗《たろう》、橘《たちばな》花《か》梨《りん》、一色洋平《いっしきようへい》の三人に会いました。

本当は顔合わせとかで去年会っていますが、実質、深く知り合ったのは今年なので、今年にします。

全員、会えて本当に良かった人だと思っています。

特に、久野さんから伺《うかが》った、劇団四季が『キャッツ』を始めて、ミュージカルのロングラン公演に舵を切った時期の話は、ぞくぞくするほどスリリングでした。やっぱり、渦中にいた当事者の話は、伝聞とか記録とは違って本当に面白いものです。

「五悦」は、まず、還暦のサプライズ・パーティーです。
生まれて初めて「サプライズ・パーティー」というものを経験しました。「取材です」と言われて、部屋に入ったらクラッカーが鳴りました。本当に、頭が一瞬真っ白になるんだということを具体的に経験しました。

二つ目は、『オールナイトニッポンPremium』というラジオ番組を三カ月担当できたことです。

昔の懐かしいリスナーとも再会したし、新たなリスナーとも出会いました。「くたばれ文春砲」というコーナーで、絶賛不倫中のリスナー達を応援しました。

三つ目は、『ほがらか人生相談』の連載を始めたことです。ネットを見てくれている人もいると思います。

本来は、朝日新聞出版の『一冊の本』という雑誌の連載です。やがて、本になると思います。

四つ目は『不死身の特攻兵　軍神はなぜ上官に反抗したか』が、20万部を超えるベストセラーになったことです。はい。もちろん、人生初めての部数です。これは、やっぱり、9回特攻に出て、9回帰ってきた佐々木《ささき》友次《ともじ》さんの凄さだと思います。

じつは本にするなんていう気持ちはまったくないまま、ご存命だった佐々木さんに会いに札幌の病院に行きました。何度かお会いして、佐々木さんの人生を知っていくうちに「この人のことを絶対に日本人に伝えたい」と思うようになったのです。

五つ目は、『ローリング・ソング』が上演できたことですが、もうひとつ、分かる人には分かると思いますが、ＡＮＡのスーパーフライヤーズカードを手に入れられたことです。いえ、分からない人には何も分からないと思いますが、とにかく嬉しかったのですよ。

で、「七味」ですわ。はい。はたと、ここで止まるのです。これは、俺だけなのだろうか。あなたはどうですか？　ちゃんと今年初めて食べた美味しいもの、七つも覚えてます？

というか、七つも今年初めての美味しいものに出会えるのか？　これがどうにも、僕は苦手です。どうして江戸時代の人は、七つもあったんだろうか？　娯楽が少ないから、食べものの喜びをしっかりと覚えていたのでしょうか。

いろんな仕事をしすぎるぐらいしていますが、食べるものはだいたい同じです。いえ、もちろん、今年初めての美味しいものをいくつかは食べているはずなんですが、あんまり記憶にないのです。あ、長崎に講演会に日帰りで行って、楽屋で出された長崎チャンポンは美味しかったなあ。ひとつありました。

さあ、あなたはどうですか？　今年最後に立ち止まって思い出してみませんか？

これが、この原稿が一番言いたいことです。はい。

どうして日本人はこんなにイライラしているのか？

新年、明けましておめでとうございます。今年こそ、この連載をまとめた新しい本を出したいと思います。

さて、『ニュース23』という番組から「どうして日本人はこんなにイライラしているんでしょう？」というタイトルのゲスト出演を頼まれました。

打合せの席で、ディレクターさんから素朴に「どうしてなんでしょう？」と聞かれました。

「ふむ」と考えました。

もちろん、先の見えない経済とか割引計算がメチャクチャな消費税という金銭的な不安によってイライラしているという理由はあるでしょう。

同時に、やっぱり、スマホの影響が大きいんじゃないかと思ってしまいました。

電車に乗ると、もう、殆どの人がスマホを見ています。マンガ雑誌や新聞を見ている人は減りました。

スマホは、「見たいものだけを見れる」という奇跡のような状態を実現しました。

右翼さんは右翼的な言説だけを、左翼さんは左翼的な言説だけを見ていれば、時間が過ぎます。オタクはオタク的な言説や動画を見ていれば、一生を終えることが可能になりました。これ、考えてみればすごいことです。

つまりは、「自分が気持ちいいこと」にだけ、「どんな状況でも」接することが可能になったのです。

ちょっとした待ち時間も、電車に乗っていても、歩いていても、退屈な飲み会でも、授業でも、会議でも「自分が見たいもの・読みたいもの」だけ、接することをスマホは可能にしたのです。

新聞やテレビは、自分の見たいものと同時に、見たくないものも提示します。興味のないもの、無視したいものも、有無を言わさず突きつけます。

でも、スマホはそんな無粋なことをしません。

見たいものだけに囲まれた快適な環境から、異物が満載の日常に放り出されて、イライラしない方がおかしいと思うのです。

電車の中でスマホを見る。興味あることが続く。で、駅に電車が止まる。降りようとしたら、出口で立ち止まっている奴がいる。

これ、瞬間的にイラッとしますよね。なおかつ、この立ち止まっている人が、スマホを見ていたりするとイライラは倍加します。「あなたは自分の快適さを追及していて、こっちはホームに降りられない」という、あなただけいい目を見ているという感覚になるのです。

インターネットによって、自分の評価が「見える化」しました。「いいね」がいくつ押されるか、フォロワーが何人いるか。スマホはそれを日常の生活に持ち込みました。

みんな、自意識を肥大せざるを得ない状況に放り込まれました。昔だったら、評価される場はテレビや新聞のマスメディアしかありませんでした。基準は全国レベルでした。

けれど、ネットの発達で、なにげないことで評価されるようになりました。自意識がどんどんと育てられます。

一番簡単に書ける文章は批判です。なにかにケチをつけて、文句を言うことは、なにかを0から創造するよりはるかに簡単です。

でも、批判すると批判され返される危険があります。

批判だけして、絶対に文句言われないのは、「正義の発言」です。

20歳未満がお酒を飲んでいたとか、信号無視していたとか、タレントの愚かな行動に関しての発言は、絶対に否定されません。

すべて、「自分はこんなレベルじゃない症候群」の結果です。自分はもっとすごい奴なんだ、もっと人から認められるし、発言の影響力があるんだ、ほら、ツイート数がこんなにある。

本人の問題ではありません。スマホというシステムが、この症候群を生んだのです。

そして、結果的に、みんな相互監視の状態になりました。道徳的に厳しくなったのは、道徳の大切さに目覚めたのではなく、道徳的に厳しい発言は誰からも責められないからです。

息苦しい国に、ますます、なるでしょうなあ。

さて、そんな２０１９年をどうやって生きるか。

少しでも楽になる方法を、ああでもないこうでもないといろいろ探っていこうと思います。

今年もよろしくお願いします。

日本語の悪口について

ネットをさまよっていたら、ロシア系関西人の小原《こばら》ブラスさんの書いた「『外国人が見るニッポン』なぜ？　日本人の罵《のの》り言葉が『酷《ひど》すぎる』と外国人に驚かれるワケ」（zakzak）という興味深い文章と出会いました。

「一般的に日本語には罵り言葉が少ないと言われています」とブラスさんは書きます。

「ロシア語の場合、『バカ』の一言をとっても10種類以上の言い回しがあります。またそれぞれ『バカ』の度合いが違います」

へえっと思った人も多いでしょう。これは、日本語だけを使っているとピンと来ないかもしれませんが、（ロシア語は分かりませんが）英語と比べると本当に少ないのです。

演劇のレッスンで、二人向き合い、悪口を言い合うというものがあります。感情を解放したり、

言葉の力を経験したりと、いろんな目的があるのですが、英語でこのレッスンをやると、えんえんと続きます。

ところが、日本語でこれをやろうとすると、「バカ」「アホ」「キ○○○」など数種で終わってしまうのです。もちろん、「アンポンタン」だの「すっとこどっこい！」「トンマ」「オカチメンコ」など、無理して言おうと思えば言えますが、こういう言葉を連発しているうちに、思わず笑ってしまうのです。

このことに、僕は昔から不思議でした。「日本人は優しいから、罵る言葉が少ないのかなあ」とノンキに考える人がいるかもしれませんが、事情は違うようです。

ブラスさんは書きます。

「一般的に世界で許される罵り言葉は『行動

や状況に対する罵り』となります。例えば性にだらしない女性を罵るような言葉（あえてここでは単語を出しません）や、『馬鹿』などもその人の行動に対する罵りとなります」

「一方で、許されない罵りが『その人の普遍的な特徴に対する罵り』です。つまり人種、容姿、年齢、宗教等を罵るような言葉です」

日本語の悪口でポピュラーなのは、「ブス」「チビ」「デブ」「ガリ」「ハゲ」「ジジイ」「ババア」などです。

これは「よくよく考えると、容姿や年齢等、その人がどうしようもない普遍的な特徴に触れた、世界基準では許されない罵り言葉」だとブラスさんは書きます。

ちょっと、ハッとする指摘です。

ロシア語には、「ブス」のような女性の容姿を気軽に罵る言葉はないし、英語にも「醜い女性」というような直訳的な言い方しかないだろうとブラスさんは書きます。

だから、容姿や体型に関する日本人の罵り言葉を聞くと、外国人は「酷い」と感じてしまうのだと解説しています。

原稿の後半では「日本人がこんなに気軽に女性の容姿を罵ることが出来るのも、日本に『空気を読む文化』があるからだと考えています」と書きます。

「空気を読めるからこそ、それを言ってはいけない相手、言ってはいけない場面で言葉を使い分けることが出来るのです」とし、「また、容姿に関して不必要に配慮をしすぎることで、距離の遠い関係となってしまうことを防ぐような使い方もされますよね。『愛のある罵り』を使いこなすことが出来るのは、世界中で日本人だけかもしれません」とまとめています。

日本人としては、このまとめ方はどうも好意的すぎているんじゃないかと感じます。僕達が、相手の行動や状況ではなく、なぜ、普遍的な特徴を罵るのか。そして、それが社会的に許されると思っているのか。

じつに興味深い問題だと思います。

もっとも、「ブス」という言葉もだんだんと肩身が狭くなっています。

昔は、おおっぴらに「おい、ブス」と言っていた人達が、陰でこそこそと「ブスのくせに」ぐらいに引っ込んだ感じはします。

この文章が面白かったので、ツイッターで紹介したら、知り合いの女性が「日本では、議論の際に批判の対象が『意見・考え方・行為』ではなくて、しばしば『相手の人格』に及んでしまうのと似てますね」と書き込みました。

なるほどなあと思いました。

日本語における悪口の問題は、考える意味のあることだと思います。

かつて希望だった「目に見えないネットワーク」

2月22日から始まる「虚構の劇団」公演『ピルグリム2019』の稽古をがしがしと続けています。

もともとは、30年前に「第三舞台」の公演として上演されたものです。

この時は、「目に見えないネットワーク」として「伝言ダイアル」を取り上げました。

覚えていたり、知っている人はいるでしょうか？

電話に誰でも伝言を残せるシステムをＮＴＴさんが始めて、いきなり、巨大な匿名伝言掲示板のようになったものです。

思えば、日本人が現実世界とは違う「目に見えないネットワーク」を意識した初めてかもしれません。

今でも強烈に覚えていますが、いくつかの番号には、切実な伝言がたくさん吹き込まれました。「実の妹を愛してしまいました。どうしていいか分かりません」なんていう、声の調子から判断して相当深刻なんじゃないかという伝言の後に「僕もです。姉と関係を持っています」なんていう、これまたシビアな声が続いたりしました。

僕は、いろんな番号に電話して、いろんな伝言を聞きまくりました。

絶望のつぶやきあり、ナンパの誘いあり、人生相談あり、本当にバラエティーに富んでいました。聞きながら、僕は希望を感じました。ここには、「目に見えないネットワーク」がある。現実の社会がどんなに行き詰まっても、このネットワークによって、情報と情報が、人と人がつながることができるんじゃないか。

そう思って書いた『ピルグリム』は、「目に見えないネットワーク」に希望を感じる作品になりました。

それから、14年後、今から16年前に、新国立劇場で再演しました。

この時は、「分散型コンピューティング」に「目に見えないネットワーク」の希望を見ました。「分散型コンピューティング」は、今も行われていますが、個人のパソコンにソフトを入れて相互につなぎ、ひとつの巨大なコンピューターにして、例えば、宇宙からの電波を分析するプロジェクトです。16年前は、これが希望でした。

そもそも、インターネットは「目に見えないネットワーク」を実現したものであり、情報と情報、人と人とをつなぎました。

その最も美しい形が、民間の一台一台がつながり、スーパーコンピューターと化し、未解読の文字の解析や宇宙の知的生命体からの電波の発見でした。

けれど、このシステムは、一台一台への信頼が基本になります。もし、参加しているパソコンがソフトを改悪し妨害したらすべてが終わります。

その危険は、いくつかのプロジェクトで現実化しました。インターネットは、人の悪意を「見える化」したのです。

そして、2019年、「目に見えないネットワーク」であるインターネットでつながることは、希望ではなくなりました。

つながることは、希望ではなく、重荷や苦痛になりました。

SNSによって、知りたくもない知人・友人の風景を目撃します。彼ら彼女らがアップする風景は、どれも楽しそうに、美味しそうに、幸福そうに見えます。自分だけが取り残されているような気分になります。つながらなければ、こんな気持ちにはならなかったのです。

僕が30年前、夢想した「目に見えないネットワーク」は実現し、そして、僕達を孤独にしました。

もうひとつ、30年前はSFが人気でした。ミステリーも人気でしたが、SFおよびSF的手法はそれと同じかそれ以上に広がっていました。

16年前は、1995年に起きた阪神・淡路大震災とオウムの地下鉄サリン事件の影響によって、SFが壊滅した時期でした。

世の中が訳が分からないのだから、せめて、「どんなに複雑でも最後にちゃんと正解がある」ミステリーが読みたいと人気が盛り上がり、「世の中が訳が分からないのに、さらに訳の分からない不思議なものは読みたくない」と、SFが敬遠されました。

そして、今、SFは依然売れていませんが、唯一、その中でディストピア小説だけは売れています。

そんな時代に『ピルグリム2019』を上演します。よろしければ劇場で目撃して下さい。

ぶさいく村・表現地区の住人とツイッター

ツイッターを見ていたら「Twitterに登録した日を覚えていますか？ #MyTwitterAnniversary」という表示と9という数字が示されていました。

ということは、なんと9年もたったということです。

ちょっと信じられませんが、ツイッターさんが教えてくれているのですから、本当なのでしょう。

SNSで初めてツイッターにはまりました。ミクシィにもフェイスブックにもインスタグラムにも、そもそもブログにもはまらなかった僕が、ツイッターにだけははまりました。

もちろん、それは、ツイッターのリアルタイム性だと思います。去年、ロンドンで有り金とカード全部盗られても助けられたのは、ツイッターがリアルタイムだったからです。

10年後のおれと20年後のおれと
30年後のおれと40年後のおれが
殴りに来た

でも、それだけじゃなくて、ツイッターという文化に、なんというか、表現の可能性を見るのです。

例えば、スドーさん（@stdaux）という人の文章。

「『昔の私をぶん殴ってやりたい』という言い回しを見るにつけ、『知らないおじさん・おばさんがいきなり殴りかかってきた』事件には未来の自分によるタイムスリップが含まれてるのではないか」

いやもう、このツイートを初めてみた時には唸りましたね。ものすごい才能です。プロフィールによると弁護士さんみたいですが、見事なもんです。

才能びんびん系じゃなければ、あおきさん（@DT_aoki）のツイート。

「母に『おじさんになってやっと少しモテてるようになった気がする』と言ったら『それは単純に女がお前を恋愛対象として見なくなって気さくに話してくれるようになっただけだ』と言われたので耳と心を閉ざした」

もう、見事に切ないとしか言いようがありません。円熟の自虐です。

若者はインスタに移っていると言われていますが、インスタは基本的にイケメン・美人さん用のメディアに思えてしょうがないのです。

ぶさいく村・表現地区の住人としては、「面白い文章をくれぇ！」と思ってしまいます。

イルマさん（@mrymmio）のツイート。「Twitterは割と『1人の時間がないと息ができなくて死んじゃう』タイプの人、インスタは『私を！見て！構って！』タイプの人、FBは『仲間最高、地元最高、家族に感謝』タイプの人が多い気がする」

もちろん、どのSNSが優れてるだのイケてないだのの話ではなく、相性の問題だと思います。

実際、僕の友人には、フェイスブックにがっつり長文を書くのが好きな人もいるし、インスタグラムのストーリーにハマっている人もいます。

で、僕は、とにかく、面白い文章を読みたいのです。

サチエさん（@bettybeat）のツイート。「大坂なおみさんの会見時、日本の記者勢がよく口にする『日本語でお願いします』に、私は心底うんざりしてるのだけど、なおみさんの『英語で言います』というキッパリとした姿勢に救われています」

このツイートを読んだ時、「おお、同じことを思っている人がいるんだ」と嬉しくなりました。

「しののめしの@腐女子交流記2巻発売中」さん（@sino_0717）のツイート。「某ロックバンドファンの友人が『嵐はきっと復帰するよ！メンバー仲良いし！誰も捕まってないし！誰も死んでないし！誰も宗教にハマってないし！』と前向きなんだか後ろ向きなんだかよくわかんない鍛えられた歴戦のコメントをしてて目頭が熱くなる」

なんてのも、感動しました。

好きなロックバンドのメンバーが宗教にはまって解散したこと、ありましたからねえ。

面白いだけじゃなくて、「ゆうなぎ 林」さん（@ygT5qX2IPLtioyF）のツイート。

「入居者の方がお一人亡くなった。お葬式が終わり、ご挨拶に来られた息子さんが『介護士さんには、お世話になりました。みなさんは、母の生活を見てくれただけでなく、僕たちの生活も守ってくれました。そういう大事な仕事だと伝えてほしい』そう言われ、涙が出てしまいました」

感動的な言葉です。

ツイッターに、こんな言葉があるうちは、僕はまだまだ見続けると思います。

自分もなんか、いい文章をツイートしたいとも思うのです。

ツイッターと想像力

「僕は作家なので想像力はそれなりにあると思っていたのだが、子供を持って初めて『虐待によって殺された子供のニュース』がつらすぎて、なるべくなら見たり聞いたりしたくないという気持ちになる。子供を持つまでこんな気持ちになるなんて夢にも思わなかった。自分の想像力なんて大したことないと思った」

というツイートをしたらバズりました。「インプレッション」というユーザーに表示された回数が、百万を超しました。すると、いろんなツイートが飛んできました。

「私には子供がいませんが、つらいです」とか「虐待から目を背けないで下さい！」とか「子供を持たないと分からないと言いたいのですか！」とか「子供を持ちたくても持てない人を傷つけていることが分からないのか」とか、まあ、香ばしいのがたくさんきました。

百万回バズると現われるバズリじじい
ずいぶんバズリなすったね〜〜……

「ブレイクすることは、バカに見つかることと」と言ったのは、有吉弘行《ありよしひろゆき》さんだったでしょうか。

百万を超すと、本当に予想外のツイートが飛んできます。これもまた、自分の想像力なんてちっぽけなものなんだなあと思わされます。

「子供を持てない人を傷つける、こんなツイートはしないように気をつけよう」というのもありました。

僕が書いたツイートは、想像力について語ったものです。（とまあ、あらためて書くのもナンなんですが）

僕自身、子供を持つことでこんなに胸潰れるような気持ちになるとは、夢にも思いませんでした。

もちろん、子供を持つ前から、虐待のニュースはとても悲しく感じました。けれど、子供を持つと、その感覚が想像のはるか上だったのです。

で、「当事者にならないと分からないことってあるんだなあ。悔しいけれど、どんなに想像力を働かせても、当事者の思いに届かないことってあるんだなあ」と感じたのです。

「震災にあった人の気持ちも、ガンを宣告された人の気持ちも、子供を交通事故で亡くした人の気持ちも、許されない恋に落ちてしまった人の気持ちも、親を介護している人の気持ちも、どんなに想像力を働かせても分からない部分があるんだろうなあ」

この発見は驚きでしたが、けれど、ネガティブなことではないと感じました。

この発見によって、僕は謙虚になる自分を発見したのです。

「どんなに想像力を働かせても分からないことがあるんだ。当事者の気持ちに届かないんだ」

そう思えれば、「きっと、私が想像する以上につらいんだろうな。私が単純に想像するレベルじゃないんだろうな」と思えるのです。

「どんなに想像力を働かせても、当事者の実感にかなわない」ということは、つまりは「自分の想像力で他人の感情や状況を判断してはいけない。たいていの場合、当事者の苦しみは、自分の想像力の結果より、はるかに深い」ということを教えてくれるのです。

どんなことでも、一度、自分が当事者になると、その時の気持ちに自分で驚きます。そして、当事者になる前の自分は、分かっていたと思っていたけれど、分かっていなかったんだなと気付くことができるのです。

去年の11月、母親が脳梗塞で倒れました。

それまで「脳梗塞」という単語は、ドラマの中にしか出てこないものでした。

故郷で倒れ、飛行機に飛び乗り、病院にかけつければ、そこには、半身が麻痺し、意識がない母親がいました。

その姿を見た瞬間、涙が溢れてきました。が、泣いてる場合ではないので、感情を押し殺しました。

あの時から、親を介護している人の話や親が亡くなった人の話は、胸に迫るようになりました。

そして、本当に大変だなと、感じるようになりました。

蛇足ながら、「子供を産めない人を傷つけて平気なのか！」というようなツイートに対して、僕の代わりに「鴻上はそういうことを言いたかったんじゃない」と、たくさんの人が嘆《なげ》きつつ書いてくれました。

でもまあ、こういうツイートは、数百ほどでした。全体では百万ですから、とんでもないツイートをする人は、全体の0・1％もいないと考えられます。

これは、希望だと僕は思っています。

ネットでの承認欲求の満たし方

どうして急に、おでんを口にして吐き出したり、調理中の生魚をごみ箱に捨てて戻したり、値段シールを顔に貼り付けたりという「バイトテロ」というか「バカッター」事件が、今頃になって多発しているのかと思ったら、インスタグラムのストーリー機能を使ったものがほとんどでした。

なので、厳密な意味では「バカッター」事件ではなく、「ストーリー発バカッター化」事件になるわけです。

二つの意味で、今回、増えたのだと思います。

ひとつは、もちろん、「ストーリーは24時間で消える」という理由です。

ネットに上げたらマズいと分かっていても、24時間で消えるのなら、なんとかなるんじゃない

「バイト先で悪ふざけする映像」は粘土アニメで一年くらいかけて撮れば迷惑もかけないし「いいね」ももらえる

かと思ったんでしょう。

もうひとつは、「ストーリー機能」という「ニューメディア」への好奇心です。

数年前の「バカッター」事件も、間違いなく、ツイッターという新しいメディアへの好奇心が引き起こしました。

逆に言うと、多くの人の好奇心を強烈に刺激するようなニューメディアでなければ消えていくということでしょう。

しかし、いくら24時間で消えるとしても、危ないという「想像力」は働かなかったのかと、残念に思います。

前回の文章、「子供を持って初めて幼児虐待のニュースが胸を引き裂くように感じる」という経験の結果、僕自身の想像力は、作家のくせにたいしたことないなあと思ったのですが、ネット世界のこのヤバさは想像がつきます。

「バカッター」事件の時も、多くは友達限定の「鍵アカ」でした。それでも、見つかるのです。

「特定班」と呼ばれる人達ですね。

いったい、どんな嗅覚で、友達限定の「鍵アカ」からも、24時間で消えていく「ストーリー」からも、ヤバい動画を見つけ出すのでしょうか。たいしたもんです。

感心してはダメなんだけど、その手腕に唸ります。あっと言う間に、住所も名前も勤務先も特定していくでしょう。

その能力と情熱をそんなことに使っていいのか、ものすごくもったいないと心底思います。

誰にでも「承認欲求」というのがあります。もちろん、僕にもあるし、あなたにもあります。

周りから認められたいし、認められたら嬉しいです。

ツイッターでの、承認欲求の誇らしい満たし方の代表例は、ナイスな文章を書くことです。

もちろん、残念な満たし方は、批判したり、絡んだり、極端な正義のツイートをぶつけることです。

それなりに承認欲求は満たされますが、完全に喜ばしい満足ではないと思います。暗い喜びというか鬱屈《うっくつ》した情念というか。

その点では、自分が体験した笑える話や感動話またはネタが、たくさんリツイートされてコメントをもらえると、みんな正しく満足します。

インスタグラムは、文章ではなく写真です。

イケメン君や美人さんには、もってこいのメディアです。

そんなに美人さんでなくても、かわゆい小物やファッションをがんばれば、承認欲求を満たしてくれるコメントがつくことが多いです。

が、男にはこの道がなかなかありません。

パーフェクトなイケメン君だと、自分の写真をアップするだけで、いろんな反応がもらえて、承認欲求が満たされるでしょうが、中途半端な顔の男達が、小物やファッションで承認されるという状況はなかなかないでしょう。

そうすると、ナイスな文章は書けない、批判とか絡むだけのネガティブな行為もイヤだ、でもとりたててイケメンじゃない、という男の場合は、15秒の動画のストーリーで、「とにかく目立とう！」という形で承認欲求を求めてしまう道にはまってしまう可能性があるのだと思います。

手軽に満たした「承認欲求」は、あっと言う間に消えます。

「特定班」の人達の情熱と能力は、真っ当な方向に使えば、ナニモノかを生み出し、正しい「承認欲求」を満たすことになると思うんですけどねえ。

コンビニの24時間営業の快適さについて

日本の町が、世界のどの町よりも便利で快適なのは、間違いなく、コンビニの存在があるからです。

ニューヨークでもロンドンでもパリでも、深夜に電池や基礎化粧品など、日用品のあれこれは買えません。けれど、日本では、コンビニさえあれば、どんな田舎町でも手に入ります。これは、冷静に考えればすごいことです。

日本に住んでいる私達は、もう慣れてしまって当然のことだと思っていますが、日本にやって来る外国人からすると驚異的なことです。

深夜、小腹が空いたり、お酒が飲みたくなった時に、簡単に手に入る国なのです。それはパラダイスと言えるのでしょう。

この前二子玉川行ったら駅周辺にコンビニが見つからなくてパニックになりそうだった。
こ、こんな大都市なのにコンビニがない!!
ちょっと離れた所にありました。

欧米人がよく言うジョークで、「自分の国で働いて、日本で休暇を過ごしたいね。間違っても、逆は避けたい。日本で働いて、自分の国で休暇を過ごすのは、最悪だ」というものがあります。

自分の国は、サービス残業もないし、定時退社しても睨《にら》まれないから、快適に働ける。そして、日本で休暇を取ると、コンビニがあって便利だし、お客様は神様だから優遇されるし、最高だ。その逆で、日本で働くと、過労死の危険があるし、自分の国で休暇を取ると、サービスが足らないことが多い。

日本の便利さと快適さの象徴が、コンビニだと言えるでしょう。

そのコンビニで、24時間営業をやめたいというオーナーと、「24時間営業が原則だ」として、それを認めないフランチャイズ本部との対立がニュースになっています。

この店のオーナーは、一緒に働いていた妻が亡くなり、オーナー自身が連続16時間の勤務をせざるを得なくなりました。

アルバイトの時給を上げて募集しましたが集まりませんでした。

結果、24時間営業ではなく、深夜1時~早朝6時の間、店を閉めて、1日19時間営業にしました。

本部は、営業時間を戻さないと、チェーン店の契約解除と違約金1700万円を求めると通告しました。

「地域社会に必要な店舗として24時間営業を継続できるように」サポートすると本部は言います。

他の例でのアドバイスは「外国人を雇っては」「人材派遣を利用したら」というものでしたが、田舎では外国人は集まらず、時給を上げてもなかなか、集まらないのはどこも同じです。

24時間の営業をちゃんと回すためには、1週間で20人以上のバイトが必要な場合が一般的です。

けれど、コンビニのバイトは、だんだん避けられているようです。

ネットでは、「正月に働くことを強制された」とか「試験で休むのは許されないと言われた」なんてケースがよく出てきます。結果として、オーナーの夫が12時間、妻があと半分の12時間、働くなんていうケースもあるようです。

どうしてもバイトの調整がつかず、45分間だけ店を閉めようとしたけれど、本部が認めなかった、という例も報道されていました。

コンビニは、電気や水道のようなライフラインだから24時間営業することは必要なんだ、という言い方もあります。

でもね、外国に行って、「うん。この町にはコンビニはないんだ。深夜お腹が空いても簡単には食事できないし、お酒も12時を過ぎたら手に入らないんだ」と事前に分かっていたら、それに備えます。あらかじめ軽食を買っておくし、ビールを冷蔵庫に入れておきます。

僕はロンドンではそうやって生活しました。

昔々、日本にも雑貨屋さんしかなくて、コンビニがない時代には、そういう生き方をしました。

なにが言いたいのかというと、「なにがなんでも24時間」というルールは、見直した方がいいんじゃないのか、ということなのです。

24時間を死守しようとするから、バイト集めにも無理が出てくるし、バイト管理もブラックになるし、オーナー夫婦の身体も壊れるんじゃないかと思うのです。

コンビニの24時間営業の快適さは、本当に便利ですが、それを見直す時期にきているのではないかと思います。

少なくとも、オーナーの判断で営業時間が選べるようになることが必要なんじゃないかと思っているのです。

日本に留学したトリリンガルな高校生との話

今年の4月で、オンエア14年目に入るNHK『cool japan』で高校生記念特集をしました。

誤解されがちですが、経済産業省が「クールジャパン室」を作る5年以上前から、官民ファンドの「クールジャパン機構」ができる8年以上前から、番組は放送しています。

けれど、この二つの組織があるだけで、すっかり政府の広報宣伝番組だと思われたり、「日本バンザイ番組」だと思われたりして、司会をしている関係で、ツイッターでたまに「鴻上はリベラルのふりをしているが、愛国日本バンザイ主義者」とか「パヨクの皮をかぶったウヨク」なんて書かれたりしています。

一回でも番組をちゃんと見てくれたら、誤解は解けるのになあと、そのたびに、ため息をつきます。

ワラミニ
カテルト
オモテルカ!
イノチバ〜
オミクバ〜
日本語が
ヘタという
ことは
きさま…
バイリンガル
だな!!

で、高校生特集ですわ。

日本に留学した外国人高校生を集めました。

これ、簡単に言ってますが、大変なことです。

だって、例えば、フランスやブラジルから日本の高校に留学した若者は、まず、母国語であるフランス語やポルトガル語を話し、なおかつ、高校では日本語を話し、なおかつ、番組では英語を話すのです。

つまりは、英語を母国語とする国から来てない場合は、それだけでもう、「トリリンガル」なのです。

あたしなんかいまだに「バイリンガル」になれなくて、ひいひい言ってるのに、17歳ぐらいで「トリリンガル」なんですから、すごいです。

そういえば、最近、コンビニとかの外国人店員の「日本語を笑う番組トーク」がいくつかあるようです。

なんだか、心底悲しくなりますが、こういうことが起こるのは、日本人が本当に海外に行かなくなったからですねえ。

海外に行って、ちょっとでも言葉に苦労したら、日本にいる外国人の下手な日本語を笑うなんてことは絶対に起こらないでしょうに。

ツイッターで、素敵な英文が紹介されていました。

「Never make fun of someone who speaks broken English. It means they know another language (H. Jackson Brown,Jr.)」――下手な英語を話す人をからかってはいけない。下手な英語を話すということは、もうひとつの言葉を知っているということを意味するのだから（ジャクソン・ブラウン・ジュニア）

英語しか話せない人に比べて、どれだけすごいことか、ということを教えてくれるのです。

で、日本に留学した高校生に、まず、「なんで日本を選んだの？」と聞きました。

半分以上がアニメやマンガの影響を語りました。アニメに出てきた、あの教室、あの制服を着てみたいと。

続いて、「日本の高校に来て不思議なこと」を聞きました。

当然のように、「校則」が出てきました。「スカートは膝がかくれる長さ」なんていう、日本人だと「まあ、そういうのあるだろね」という校則がまったく理解できないようでした。中には、「恋愛禁止」なんていう人間を人間と思ってない校則がある高校に留学した外国人もいました。

こういう校則がきっかけで、日本を嫌いになったら嫌だなあ、不毛だなあと心底思います。念のために言っておきますが、もちろん、海外の学校にも校則はあります。でも、それは「ドラッグを持ち込んではいけない」「ガンやナイフを持ってこない」なんていう「人間としてのルール」です。

髪の色や長さ、スカートの丈を決めるものではないのです。

部活での「先輩・後輩」も不思議だったみたいです。「これはクールなの？　ノットクールなの？」と質問すると、15人の参加者がほぼ半分に分かれました。

もっとノットクールが多いかと思いましたが、クールと答えた人は、実際に学校の部活で、優しい先輩から指導を受けている人達でした。

ノットクールと答えた生徒は、「たった一つしか年が違わないのに、奴隷と王様みたいな扱いは変」と言いました。

部活自体がある高校は世界に少ないので、そもそも、部活は好意的に受け取られていました。

「だって、タダでスポーツができるんだぜ！」と興奮した生徒がいました。

不祥事による過去作品の封印は誰のためか

ピエール瀧《たき》容疑者に関して、これから放映予定の作品だけではなく、過去作品が葬られていきそうだったので、じつに当たり前の感想として、「出演者の不祥事によって、過去作品が封印されるなんて風習は誰の得にもならないし、法律的にもなんの問題もないし、ただの思考停止でしかない。ここで制作者は踏ん張って、作品と1人の俳優はイコールではないと持ちこたえないと、この国の文化は悲惨なことになってしまう」と、ツイートしました。

結果として、5日間でインプレッションという閲覧数が360万回。「リツイート」が約3万、「いいね」が6万になりました。僕自身のツイッター歴では、最大の数字です。マスコミからネットから、インタビューやら取材やら引用やらの依頼が殺到しました。

僕自身、まったく、予想できないことでした。反論も当然来ました。

マスコミでは、僕のツイートを紹介して、賛成と同時に反対の意見も紹介していました。
「薬物に汚染された芸能界では、これぐらいのことをしなくてはダメ」とか、「こんなことをしない人を集めて作品を作ればいいだけのこと」とか、「鴻上尚史は麻薬に賛成なのか」なんて反論でした。

360万の閲覧で、直接僕に返信してきたのは、275人。(こういうことが詳しく分かるのがすごい所です)

でね、そのうち「何を言ってるんだ! お前は犯罪者を擁護するのか!」と怒ったり、批判したりしたのは、約100人でした。

直接返信ではなくて、僕の名前を上げて、反論、中傷、批判、難癖などの発言は、ツイッターをエゴサーチした結果、約100人ほど。全体で（多くて）200人ほどでした。

でね、名著『ネット炎上の研究』（田中辰雄・山口真一／勁草書房）によれば、「過去1年に書き込んだことのある『現役』の炎上参加者は、インターネットユーザーの0・5％しかいない」という統計的調査があるわけです。

360万人が見て、そのうちの0・5％は1万8千人。けれど、どう見てもそんなに多くのツイートはありませんでした。

この本では、恒常的に粘着している人の数は、さらに減り、0・00X％だと書かれています。360万人が見て200人が怒り、それを（多く見積もって）計1万人がリツイートしたら、割合は、0・3％です。つまり、マスコミは、99・7％の意見と0・3％の意見を、両論表記して、平等に紹介したわけです。

これもまた、僕は「思考停止」だと思います。「一方の意見だけを紹介したら、後から何を言われるか分からない。両方、同じように並べよう」という機械的な判断です。

この割合は無視していいとか、紹介の仕方に割合を対応させよう、なんて柔軟な思考はありません。

もちろん、出演しているCMが中止になるのは、納得できます。CMは企業が選ぶものです。

これから放送されるテレビ番組の出演場面が削られるのは、（ドラマ創作者としては非常な苦痛ですが）しかたないかもしれません。

けれど、過去作品は誰にとって役に立つ封印なのかと思います。

東日本大震災以降、不通だった「三陸鉄道リアス線」が、3月23日にようやく開通する記念として、再放送が予定されていた『あまちゃん』の総集編後半が、ピエール瀧容疑者が「東京編」に出演していたので、放送中止になりました。

この鉄道は、番組では「北三陸鉄道リアス線」の名で何度も登場し、北三陸と東京をつなぐ重要な役割を果たしました。意味のある再放送になるはずでした。ＮＨＫは、ＤＶＤの販売についてもどうするか「関係者と協議中」と答えています。

ピエール瀧容疑者は、現在、社会的制裁を受けています。有罪判決が確定すればさらに受けるでしょう。

が、それと、過去作品が封印されていくことがイコールになるというのは、まるで、子供が犯罪を犯したら親までも罰せられるような大昔の連座制そのものだと思うのです。

ＮＨＫも民放テレビ局も、そして大手の映画会社も、１００万人が問題にしなくても、10人が抗議したら、機械的に封印するでしょう。

それは、文化にとってとても悲しいことだと思うのです。

声と音の想像力の傑作映画

いやもう、この手があったのか、まいったなあと唸ったのは、映画『THE GUILTY／ギルティ』です。

見たのは、少し前なのですが、評判が評判を呼んで、続々と公開が広がっています。デンマーク映画で、第91回の米アカデミー賞の外国語映画賞のデンマーク代表になっています。

舞台は、とってもシンプルです。なんと警察の「緊急通報指令室」だけ。本当に、これだけ。で、そこに、警察官なんだけど、事情があってオペレーターをしている男性アスガーが電話を受けます。

繰り返しますが、これだけ。本当にこれだけ。なのに、88分間、まったく退屈しないどころか、ずっとドキドキしながら画面を見つめ続けるのです！

声が色っぽいんでついプロポーズしてしまう
あの……
結婚してください!!
ニャゴ〜〜ウ

ネタバレしたくないので、公式サイトが紹介している部分しか書きませんが、アスガーさんが、細々とした苦情電話を受けて、やれやれと対処している「そんなある日、一本の通報を受ける。それは今まさに誘拐されているという女性自身からの通報だった。彼に与えられた事件解決の手段は〝電話〟だけ。車の発車音、女性の怯える声、犯人の息遣い……。微かに聞こえる音だけを手がかりに、〝見えない〟事件を解決することはできるのか――」というのが公式サイトの文章ね。

どうして誘拐されていると分かったのか、という始まりからしてちゃんとひねっています。

電話口の女性は、何を言ってるか分からないので、ドラッグ中毒かなと思っていると、アスガーは、「なんかおかしいぞ」と予感します。

そして、質問に対してイエス・ノーだけで答えて欲しいととっさに言うのです。

もし、電話した女性の傍に悪人でもいたら、正直に話せませんからね。

で、細かい質問を積み重ねていくうちに、その女性が、今まさに誘拐されているということが分かっていくのです。

いやもうね、本当に電話の声と音だけなんですよ。

画面に映っているのは、アスガーと「緊急通報指令室」と同僚だけ。

それだけ聞くと、「いや、演劇じゃないんだから。いや、演劇でも場面は変わることもあるんだから、それは映画としてはどうなのよ」と思うでしょう？

グスタフ監督は、「音声というのは、誰一人として同じイメージを思い浮かべることがない、ということにヒントを得た。観客一人ひとりの脳内で、それぞれが異なる人物像を想像するのだ」と語っています。

なるほど、です。

息をひそめた女性の声を聞くと、僕の頭の中では僕なりの女性像が自然に浮かびます。

幼い子供の声を聞くと、僕なりに、幼い顔を想像します。それは自動的と言ってもいいです。

ラジオのパーソナリティーをしていて、圧倒的に面白いのは、特徴的な声のリスナーと電話で話す時です。

声がムチャクチャ色っぽかったりすると、僕の脳内にも、それを聞いている他のリスナーにも、ムチャクチャセクシーな顔が浮かびます。

声がアホすぎると、みんなの頭にものすごくアホな顔が浮かびます。

その想像だけでムチャクチャ楽しくなります。

一度、ニッポン放送の玄関でオールナイトニッポンの生放送をしていました。その時、すぐ目の前の道をパトカーがサイレンを鳴らしながら通過しました。夜中の3時近くでした。僕は思わず「街は眠らない」とつぶやきました。

次の週に、パトカーのサイレンがものすごく想像力を刺激したという手紙をたくさんもらいました。みんなの頭の中に、走るパトカーが浮かんだのでしょう。

しかし、よくまあ、このアイデアで映画を撮ったと思います。通常のプロデューサーなら、映画化しようなんて思わないでしょう。

それをやりきった凄さがあります。

ただし、この監督、じつに丁寧にカットを重ねています。室内だけですが、その室内をいろんな角度でいろんな撮り方をして、絵が単調にならないようにしているのです。

低予算でも、アイデア次第で面白い映画ができるんじゃないか、という希望のような傑作です。

僕は、「まいったなあ」と言いながら映画館を出ました。

新元号の発表会見について

新元号が発表になりましたなあ。

演劇人なので、菅官房長官が「新しい元号は、令和であります」と言ってから、文字を見せるという二段階の提示の仕方にモヤモヤしました。

驚きや感動を重視するのなら、「新しい元号は」と言った後、額縁を手に持って、「令和であります」と言いながら見せて欲しいと思ってしまいます。

表現のプロを自認する人達は、どうやったら表現が拡散しないで、凝縮して伝えられるか、ということをずっと考えてますからねえ。

ということを、ツイッターでつぶやいたら、「令和という文字を同時に見せたら、シャッター音で言葉が聞こえなくなる」という反論（？）がありました。

ここにもバンクシーの
しかけが…
ジジジ〜
令和

はい、ですから、「令和であります」の「ます」ぐらいで額縁の文字を見せるタイミングがベストです。

「令和で」の「れ」で見せるか、「あります」の「す」で見せるか、どっちがいいかまで、通常、表現のプロは考えます。

僕もよく俳優さんに向かって、「その言い方、あと0・2秒、つめてくれませんか？」なんて言います。

映像ならまだしも、演劇でそんなことを言われる俳優さんは、自分で言いながら、大変だと思います。映像だと、編集マンが0・2秒、つまんでくれますからね。それを、リアルタイムの生身でやんないといけないわけです。

2013年、東京オリンピックの発表の時は、国際オリンピック委員会のロゲ会長が、「トウキョ」と言いながら、同時に「TOKYO　2020」の文字を見せました。当然、感動というか驚きというかインパクトは大きくなりました。

なんだかね、「表現」に対するこだわりが、国民的レベルで違うんじゃないかという気がするのです。

だって、日本では偉い人のスピーチで表現に感動したことが本当に少ないんですよ。みんな、淡々と「真面目な内容を読む」だけですから。

でもね、欧米で卒業式とか会議とかのスピーチを聞くと、「みんなをもてなそう」「アドリブを入れよう」「インパクトを与えよう」なんて意識をはっきりと感じるのです。

「表現」ってのは、人前で読むことじゃないんですよね。でも、菅官房長官も読みました。それが、表現を生業にしている人間からすると、ムズムズするのです。

それから、声優の諏訪部順一《すわべじゅんいち》さんがツイッターで「ガイドラインも明確に出して欲しい」とつぶやいていましたが、「令和」のアクセントの問題があります。

菅官房長官は、ややフラット気味で、安倍首相は語頭にアクセントがありました。フラットなら「平和」、語頭なら「明治」のアクセントです。

J－CASTニュースによれば、内閣府の担当者は、『『元号法』および『元号の読み方に関する告示』にもとづいて定めているのは、あくまでも漢字とその読み仮名だけであり、アクセント

（イントネーション）についての決まりはありません。ですので、自由に発音していただいて構いません」と答えたそうです。

自由というより、そういう質問を想定してなかったんじゃないかと僕はうがって考えます。

日本人は、とにかく文字を目で見ることを重視しますが、音に関してはいい加減です。なので、「日本」に「にっぽん」と「にほん」という二つの読み方が生まれるのです。

昔は、どっちを読んでもいいとおおらかでしたが、最近の不寛容の時代の流れで、「にっぽん」が正しいなんていうトンデモ説が力を持ってきました。

「昭和」も、本来は、語頭とフラットと二種類ありました。が、だんだんとフラットが正しく、語頭が間違いであるかのように思われています。

いきなり、とんでもない例ですが、最近のニュースで、遠足のおやつを禁止する小学校が増えていると報じられています。生徒同士のおやつ交換で、アレルギー問題が起こる可能性があるからだそうです。ドッジボールも禁止になる小学校が増えているそうです。一人をいじめることになるからです。

つまりはまあ、どんどんと厳密さを求める時代になっていると僕は思っているのです。そんな時代に「令和」の読み方は、どうぞご自由には無理じゃないかと思っています。どうなるんでしょうかねえ。

「了解しました」と「かしこまりました」

劇団の新人に何度か「かしこまりました」と返信されて、劇団ってのは、演劇をやる場所で、つまりは、言葉に対して敏感にならないといけない所なんだからと、ツイッターに「新人達がみんながみんな、『かしこまりました』とＬＩＮＥやメールで返してくる。これを礼儀だと嘘をつき、定着させた大人達に心底、文句を言いたい。『分かりました』『了解しました』でいい。『かしこまりました』と音声化したらすぐに、過剰な待遇だと気付く。商売マナーを広めた側の罪は深い」とつぶやきました。

そしたら、「目上の人に『了解です』は失礼なことぐらい、作家なのに知らないのか」とか「私は秘書検定とマナー検定を持っていますが、教科書に失礼だと書いていました」とか、「了解は分からせるという意味だから、目上には失礼なんだ」とかさっそくバズりました。

本当に『了解』は目上に失礼なのか？　その根拠はなんなんだ？　と、ネットのマナー講座を調べてみました。多くのマナー講座は「『了解です』『了解しました』は、目上の人に失礼です」とだけ書かれていて、理由は説明していませんでした。

中には、「『了解です』を失礼だと感じる目上の人が多いので、これは使わないように」と書かれているものもありました。

でもね、これは理由になってないよね。だって、マナー講座が「『了解です』は失礼だ」と言っているから、失礼だと感じるようになるわけです。「みんながこれは汚いと言っているから、これは汚い」は、同語反復で、理由にはなりません。

で、広辞苑によれば、「了解」は「さとること。会得すること。また、理解して認めること」です。

大辞林では「事情を思いやって納得すること。理解すること。飲み込むこと」です。このどこに、「目上の人に失礼だ」という含意があるのでしょうか？

「かしこまりました」を連発すればするほど、相手との距離を感じます。

マナー講座が「相手との距離を作り自分を守る方法」を目指すのなら、文句はありません。でも、「相手をもてなし、好感度を上げる」のが目的なら、間逆の行為です。

ツイッターでは「コミュ障の私は、敬語がうまい。敬語はプロトコルで防御するためのもの」と書いている人がいました。的確な表現だと唸りました。

マナー商売の人達は、マナーを教えて、「へえ、そうなんだ」と思われてないと、商売にはならないわけです。けれど、毎回「これ知らないでしょう。でも、大切なんですよ」なんてことは生み出せないわけです。

そうすると「部下のハンコは斜め45度で押す」だの「とっくりのお酌は、反対側から注ぐ」だの、「それ、いくらなんでも無理ありすぎないか？」というものも登場します。

で、こういうのは、受け取る側もある程度の知性があると「それはおかしい」と判断できるわけです。

でも、「了解」は目上の人に失礼なんて、「国語とか歴史からそうなの？」みたいものは、だまされる人が多いのだと思うのです。

僕がものすごく不思議なのは、「了解しました」が目上の人に失礼だという、僕なんかが感じられないぐらい繊細な感覚を持っているマナー講座の人が、「かしこまりました」という言葉を書いたり、口にした時の、その大仰さに違和感を感じない、ということなのです。

ネットでは、いったいいつから「了解しました」が目上の人に失礼だと言われるようになったのかを検証した記事もありました。始まりは、マナー講師と呼ばれる人が書いた一冊の本でした。また、辞書を編纂している人の「了解いたしました」は少しも目上の人に失礼じゃない、と丁寧に説明している記事もネットにありました。

「了解しました」「承知しました」「かしこまりました」の順番で、待遇表現は、レベルが上がります。

本当のマナー講座とは、この三つを（「了解です」は一番下位にきます）を、どう使い分けるかを教えることで、一律に「了解です」は失礼、「かしこまりました」がいいと機械的に教えることではないと思うのです。

根拠のないマナーが増えていくたびに、この国の不寛容とイライラは増していくように感じます。黒のリクルート・スーツの増大も根は同じだと思うのです。

知らなかった中川さんのガンのこと

いやあ、驚きました。ずっとイラストを描いてくれている中川いさみさんが、いつのまにかガンになって、それをマンガにして出版しました！

『重粒子の旅　鼻にガンができた！』（小学館）です。

本の帯には、「泣き笑いの5年間の闘病エッセイ」とあります。

「4年前のある日、鼻にできものができた。痛くもかゆくもないので、しばらく放っておいたのだが……。なかなか治らないので医者に行った」ところ、「大きな病院に行った方がいい」と言われ、生体検査をした結果、「悪性腫瘍です。つまりガンです」と言われてしまうところからマンガは始まります。

中川さんはびっくりしてショックを受けて考えます。

ガンになると本当に大変
なのでとりあえず保険に
だけは入っておこう！
あと
この本は
買っておいた
方がいいで
しょう！
中川いさみ
重粒子の旅
鼻にガンができた！

「ほっといたら巨大化するか。脳や肺に転移するかして……死ぬ!!」

次のコマでは、「その時51歳。妻一人子供二人、犬二匹。まだ死ぬわけにはいかない」

リアルです。じつにリアルです。

で、この後、このガンは、放射線も薬も効かないから、鼻全体を手術で切り取るのが一番いいとお医者さんに言われます。

「鼻を丸ごと!?」と驚く中川さんに、「鼻だけじゃなくてガンの周辺部分も切り取る」と、手術を受けた患者さんの写真をお医者さんは見せます。

なんか、読んでてドキドキしてしまいます。

が、中川さんはさすがのギャグマンガ家、鼻がなくなったらどうしよう、義手や義眼のようにかっこいい義鼻をつければ今より二枚目になるかもしれないとか、毎日面白い鼻を付け替えて、笑いを取るのはどうだろうか？　とか描くのです。

でも、次のコマでは「声も変わるだろうし、人に会いたくなくなり、どっかの山奥で一人生きていくことになるのだろうか？」とつぶやき、「まいった……」と続くのです。

奥さんが、セカンドオピニオンを受けることを提案し、別のお医者さんに会います。

そして、「重粒子線治療」を提案されるのです。

「重粒子線治療」がどんなものなのかも、ギャグタッチで中川さんは説明していますが、これが300万円かかるというのです。

「そんな金はない……」

落ち込む中川さんに、お医者さんは「保険に『先進医療特約』が付いていれば、保険で出るんだけどね」と言います。

さっそく家に帰って、入っている保険を調べると、「先進医療特約」が付いてました。

「助かった……」と中川さんはつぶやきます。

そうか。そうなのかと、この描写にもググッときてしまいました。おいら、20年ほど入っていた医療保険をちょっと前に解約したばっかりです。20年間、保険料を払い続けて、一度も治療費を申請してないので、なんだかなあと解約したのです。

早まったか。間違ったかと、今、悩んでいます。

で、中川さんは、重粒子線治療を受けるべく、兵庫の病院に入院するのです。

ガンであることも、入院したことも、中川さんは担当編集者に言いませんでした。病院で原稿を描いて、送りました。はい。僕も、まったく知りませんでした。

入院して何があったのか、どんなふうだったのかは、ぜひ、『重粒子の旅』を読んでもらうとして、やはり、ガンは大変です。

中川さんは、5年たち、今のところはガンの再発・転移はありません。

それでも、再発・転移は怖いと中川さんは正直に書きます。

「今や、二人に一人がガンになる時代だが——。『ガン』という病気が未だに『イコール死』というイメージがあって……。病名にまとわりつくイメージを、もっと細分化できないかと思う」と中川さんは言います。

「例えば初期のガンは『小ガン』」（芦屋《あしや》小《こ》雁《がん》さんのイラストが描かれてます。関西人限定のギャグですかね）「立派に成長したガンは『ガンの助』とするとか」（芦屋雁《がん》之《の》助《すけ》さんが『ガンの助でおま！』と言うイラストです。これも関西人限定のギャグですかね）

「進行状況や部位によってガンの名称を変えれば、イメージも少し変わってゆくのではないだろうか」

他人事とは思えず、読みました。お勧めです。

大人気ないが校則問題には熱くなる

大人気ないぞと突っ込まれると、「ホントにそうですよね」とため息と共に認めるのですが、それでも、新聞記事で「高校生の髪形、ツーブロックは禁止。理由は『高校生らしくないから』」なんてのを見ると、もう気持ちは、高校生に一気に飛んで、「ふざけんじゃねー！」と興奮してしまうのです。

で、ツイートしてしまうわけです。

「『中学生らしくない』『高校生らしくない』という何の根拠もない理由で無意味な校則がゴリ押しされていく現実を見るたびに、心は40年以上戻って中坊や高校生になる。あの頃から何も変わってない。何より絶望するのは、この言葉に憤《いきどお》っていた人が今、思考停止のまま繰り返し押し付けていること」と書きました。

うなじを見せると男子はコーフンするのでポニーテールは校則違反！
あと、足の匂いは男子をすごくコーフンさせるので足が臭いのは校則違反！

で、続けて、

「僕が無意味な校則問題に敏感に反応するのは、学校は、知識を伝えるのではなく、考え方を伝える場だと思っているから。特に変化の激しい現代では知識より思考方法がはるかに大切。なのに『高校生らしくない』という『明確な論理的根拠はない。思考するな』という態度を刷り込む危険は卒業して増大する」と書きました。

多くの人達は賛同してくれましたが、予想通り、プチ炎上して、いろいろと反論がきました。

「社会は不条理なんだから、校則で不条理を学ぶんだよ。そんなことを分かんないのか。バカ」なんてのです。

しかし、いきなり横から入ってきて、「バ

カ」と言う精神はなんだろうと思うのですが、続けて「普段はスルーする匿名の突っ込みも、校則問題だけはできない。もう、40年以上続き、状況はさらに悪くなっている。生まれつき黒くない地毛を染めることは強制され、証明書を求められ、高校生達は実体のない『高校らしさ』を忖《そん》度《たく》して思考停止する。もう、いい加減、愚かな連鎖を止めねば」と書きました。

そして、「無意味な校則」を擁護する理論にひとつずつ反論しました。

まず、「社会は不合理なんだから、不合理な校則で予行練習する」と言うのなら、ブラックバイトのオーナーが「バイトで不合理を学べ。正月も働け。授業も出るな」と言ったら感謝するのか？　教育とはなぜ不合理が生まれるかを追求し解明する事で耐える事ではない、というようなことを書き、続けて、「高校は義務教育でないから校則が嫌なら行かなければいい」という反論に対しては、確かに日本の高校がすべて私立で税金が1円も投入されてないなら（じつは私学助成で税金が使われているのですが）この論理は成立する。

が、大多数の高校は税金によって運営されている公立高校です。納税者にとって納得できる場所にする社会的責任があるだろうと書き、さらに、「偏差値の高い高校はいいけど、他は校則を厳しくしないと荒れる」という、ちょっと具体的な反論には、成人式の例を出しました。

毎年、成人式で暴れる若者は偏差値戦争からの敗者が主流です。彼らは公式な場所で騒ぐ事で教室で無視され続けてきた復讐と自己主張をしていると僕は思います。そのためには大人が仕切るオフィシャルな場所で抗議する必要があるのです。

荒れる教室もまた、大人が「服装の乱れは心の乱れ」という根拠のない命題を押し付けてくるからこそ、髪を染め制服を着崩すことが復讐と自己主張の手段になると考えます。

陰湿なイジメをしている奴らがみんな服装が乱れていたら、なんと分かりやすい世界だと思いますが、残念ながら心の乱れが服装に現れてないことの方が多いです。

こう書くと、「荒れている底辺高校を知らないのか?」と言われますが、そこで必要なのはアメリカの多くの公立高校の校則「ナイフや銃を学校に持ち込まない」等の「人間として守らなければいけない事」であって髪の長さや色を決めることではないでしょう。

決めれば反抗する目標と理由を与えるだけです。何よりも、極端に荒れてない多くの高校では、無意味な校則によって生徒たちが学校と教師に対して不信感を持ち、諦め、思考停止になります。

極端な事態を想定するあまり多くを失うことをマネジメントの失敗と言います。……というようなことを書きました。

ふう。校則問題は、教育の根幹だと思うので、本当に熱くなってしまうのよね。失礼しました。

中・高校生に伝えたい「世間」と「空気」

岩波ジュニア新書さんから、『「空気」を読んでも従わない：生き苦しさからラクになる』という本を出しました。

10年前に講談社現代新書から出した『「空気」と「世間」』の内容を中・高校生向けに書いたものです。

おかげさまで、『「空気」と「世間」』は、それなりに売れているのですが、一番伝えたい世代には届いてないなあ、どうしたらいいだろうなあと考えて、岩波ジュニア新書さんからの出版をお願いしたのです。

出版記念の講演会とサイン会を池袋の三省堂本店さんで開かせてもらいました。中・高校生が来てくれてるかなあと思ったら、みんな、中年の男性と女性でした。

いえ、来てくれてとてもありがたいんですが、中・高校生に届くかなあと一瞬、不安になりました。

本では、冒頭、大学のゴルフ部に入ったドイツ人女性が、「まるで奴隷のように働く1・2年生と、王様のようにそれを受ける3・4年生」の風景に驚いた、という話から始めました。

ドイツ人女性は、3年生として入部したので、いきなり、王様扱いになって、ボールを用意したり、部室を掃除することから解放されます。

あまりに理解できないので、「どうして、あなた方はそんなことをしているのですか?」と1・2年生に問えば、「後輩ですから」と答え、「どうして、3・4年生の荷物を持つのですか？」と聞けば「先輩ですから」という答えに驚愕します。

中学生なら、まだ、この答えを受け入れたかもしれません。

が、20歳にもなろうとする大人が「後輩ですから」「先輩ですから」という言葉で、「奴隷」と「王様」に分かれるシステムが、ドイツ人女性にはどうしても理解できなかったのです。

僕の著書を読んでくれている読者なら分かると思いますが、ここから日本社会における「世間」と「社会」、そして、「空気」の話が展開されるのですが、理不尽な先輩に苦しめられ、最も激しく傷ついているのは、日本中の中・高校生じゃないかと僕は思っています。

もちろん、社会人の中にも、会社の理不尽な先輩に苦しめられている人は多いでしょうが、中・高校生のナイーブさというか傷つきやすさを、はやく、なんとかしてあげたいと勝手に僕は思っているのです。

僕自身、中学校の時はソフトテニス部で、「ろくでもない先輩ほど、後輩にいばる」という現実に歯ぎしりしましたからね。

よくできた先輩は、後輩に威張ることもムチャを言うこともなかったので、自然に尊敬できました。そういう先輩には、「なにかしてあげたい」という気持ちに自然になりました。理不尽な先輩には、まったくそんな気にはなりませんでした。

あの当時、僕はどうしてこんなシステムが存在しているのか。そして、そのシステムに対して、どうふるまえばよかったか。まったく分かりませんでした。だからこそ、今、伝えたいと思っているのです。

中・高校生向けだと思ったのですが、大学の生協で売れているという知らせが来ました。確かに、中・高校生に書いたので、読みやすいのでしょう。それはそれで嬉しいことです。

『もっと言ってはいけない』（橘　玲《たちばなあきら》著／新潮新書）を読んでいたら、三大人種によって睾丸の大きさが違うというデータが載っていました。

「ニグロイド（アフリカ系）50グラム、コーカソイド（欧米系）40グラム、モンゴロイド（アジア系）20グラム」というデータと「中国人13・7グラム、ヒスパニック25・9グラム、コケイジャン21グラム」というものでした。

男性ホルモンであるテストステロンの大半は睾丸で作られます。テストステロンが増えると、暴力的や威圧的行動が強くなる傾向があると言われています。

男性ホルモンが少ないアジア人は、そもそも、人種として集団的というか協調的にふるまうように進化したと考えられます。

稲作という集団行動の中で、テストステロンが多いタイプは淘汰されたという仮説です。

アジア人は人種としても「世間」を作りやすく進化したというわけです。

じつに面白い考え方だと思います。はい。

30年、主張してきた日本人の名前の英語表記のこと

日本人の名前の英語表記を「正しい順番」にするように、文部科学大臣が関係機関に要請したというニュースが流れてきました。

おいら、このことに関しては、もう30年近く前に熱く語りました。

日本人は子供に名前をつける時に、大切に大切に、「名字・名前」の順番で考えます。そして、画数とか意味だけではなく、語呂とか響きを含めて決めてます。

それが、日本の文化だし、親の気持ちです。それを、強引に逆にすることは、とても悲しくて恥ずかしいことだと思うのです。

でも、日本人は、忖度《そんたく》して、積極的に自分の名前を逆にして自己紹介するのです。

安倍晋三首相はShinzo Abe（シンゾー・アベ）と海外では紹介されるし、名乗って

ハロー
ムシャノコージさん！
イイ
アイ
ネームイズ
シャノコージ・タケ！
武者小路

います。ところが、同じく名字・名前の順番である中国の習近平国家主席はXi Jinping（シー・チンピン）、韓国の文在寅大統領はMoon Jae-in（ムン・ジェイン）と名乗っているのです。

ただ、日本人だけが「欧米は、名前・名字なんでしょ。分かりました！　私達もその順番にします！　任せて下さい！　私達は、気配りの民族ですから！」と、ずっと歴代の首相は、名前・名字での自己紹介を続けているのです。

考えれば考えるほど、恥ずかしいことだと思うのです。と、30年近く前、僕は主張し続けたのですが、事態はなかなか変わっていません。

僕自身は、普段はローマ字では「KOKA

MI　Shoji」と表記しています。

　これはフランスから始まったと言われている方法で、多様な文化を受け入れるために、名字は大文字で表記しようという取り決めです。

　もっと厳格には、「KOKAMI，Shoji」と、名前の前にカンマをつける方法もあります。これは、本来は、この順番なんだけど、カンマの後が名前だよという表記です。

　でね、問題は、「名字は大文字」という取り決めを知らない欧米人の方が大多数だということなんです。もちろん、中国や韓国、日本も含めて、アジアの一部とハンガリーでは名字・名前の順番である、ということを知っている人も少ないです。

　本来の名字・名前の順番で自己紹介をした韓国人学生の名字がキムという人が多かった時に、「韓国人は、キムという名前が流行っているの？」と素朴に聞いたアメリカ人学生の話があります。

　僕がロンドンでイギリス人俳優を演出して、自分の作品を演出した時、最初、プロデューサーに「KOKAMI　Shoji」と表記して欲しいと言いました。

　イギリス在住の日本人プロデューサーでしたが、彼女は、「これは、フランス人が提案している方法ですね」と少し眉をひそめました。そして、「イギリスの演劇界で勝負をしたいのなら、名前の表記は、イギリスで受け入れられる方法がいいと思う」と言われました。

迷いましたが、イギリス演劇界の状況が分からなかったので、この時はプロデューサーの提案に従いました。まずは、受け入れられて、成功することが大切だと思ったのです。

僕自身、欧米社会に受け入れられるために、「名前・名字」の順番にして海外で戦っている日本人ビジネスマンをたくさん知っています。その人達を責めるつもりもありませんし、自分自身も欧米式に従ったのですから、責める資格もありません。

けれど、「日本人を含め、アジアの一部では、名字・名前の順番なんだ」と広がれば、わざわざ、自分の文化を捨てて、逆の順番にする必要はないだろうと思っています。

じつは、2000年に文科省の国語審議会が「言語や文化の多様性を生かすため名字を先にするのが望ましい」と答申を出しました。

けれど、それはまったく定着せず、現在の文部科学大臣の名刺も、ローマ字表記では名前、名字になっているのです。

日本人個人が世界で個別に戦おうとする限り、この順番は変わらないと思います。

まず、首相や政治家の名前を正しい順番で表記し、少しずつ、「日本人の名前の順番はこうなんだ」という情報を広めていくことが必要だと思います。

他のアジア諸国は、もう、国家的に進めているのですから。

川崎市登戸通り魔事件について

川崎市登戸の路上で起きた殺傷事件は、とても痛ましいものでした。

二度と起きてほしくないし、起きないために何ができるんだろうかと考えます。

ニュースでは、いろんな県の教育委員会が、「通学時の児童や生徒の安全確保を徹底するよう通知」したと報道されています。

「各市町村の教育委員会に児童や生徒が通学する際の安全確保について、防犯態勢の見直しや警察との連携強化、不審者情報の収集や共有を進めるよう」にという内容です。

でもね、いきなり包丁を持って無言で現れる人間に対して、どんな防犯態勢が取れるんだろうかと、猛烈に疑問に思うのです。

全国の通学では、集団で登校することが一般的だし、辻々には、大人が黄色い旗を持って立っ

ています。

川崎市の場合でも、教頭先生はちゃんとバスの傍にいました。

現実的に考えて、これ以上、防犯態勢を強化するなら、すべての通学に警察官が立ち会うしかないと思います。でもそれは不可能でしょう。

「警察との連携強化」というのも、今まで以上に何を連携強化するのか、よく分かりません。

なので、この通達は、「とりあえず、具体的な提案はないけど、形だけでも通達しておこう」という感じがものすごくするのです。

ただひとつ、具体的なことは、後半の「不審者情報の収集や共有を進める」ということです。

でも、「どこそこの家庭には、何十年も引きこもっている人がいる」だの「あそこの家の息子は、ヒステリックに隣家に難癖をつけている」なんて情報を、さらに集めてもたいした意味はないんじゃないかと、僕は思うのです。だって、「あそこの息子は、近隣住民を激しく罵《ののし》っていた。これは何か危険アクションを起こす可能性がある」と言っても、それだけで警察官が始終、監視することはできないのです。

じゃあ、どうすればいいのかというと、ここからは、僕は門外漢なので、あまりちゃんと言えないんですけど、「不審者情報の収集や共有」に公的機関がエネルギーを注ぐのではなく、「精神を病んだり、障害を持っている人達に対しての支援」を充実することが一番、大切なんじゃないかと思うのです。

僕は、今、某連載で『ほがらか人生相談』というのをやっているのですが、そこに、「妹があきらかに鬱《うつ》病と思われるのに、両親は、精神科の病院に通ったら世間体が悪くなるという理由で、ずっと家に閉じ込めている」という状態を嘆《なげ》く兄からの相談がありました。

日本では、未だに、精神科の病院に通うことや、身内を通わせること、行政の公的支援を受けることをためらう風潮があります。

精神を病むことは特別なことではありません。それは、病気です。病気になれば、病院に行くものです。

鬱病は、「精神の骨折」だという言い方があって、骨折を病院に行かないで治すのは変です。でも、特に田舎では、病院に行くことが恥ずかしいとか変だとか思われているのです。未だにです。

『ほがらか人生相談』では、38歳の兄に、35歳の妹を、すぐに病院に連れて行った方がいいとアドバイスしました。

なぜなら、そのままの状態では回復は期待できないからです。鬱状態になった妹に、両親は否定的な言葉をかけることはあっても、受け入れたり、肯定的な発言をしていません。

そのまま、30年ほどたてば、両親は死にます。そして、状態がもっと悪化した妹が兄に残される可能性が大きいのです。

「病院に連れて行くのなら、他県の病院に行け」と世間体を気にする親は、30年後には死んでいるのです。自分の発言の責任を取ることもなく。

「病院へ」と原稿に書いたら、「3分話して、すぐに薬というクリニックばかり」という否定的なツイートがありました。そういうお医者さんもいるでしょう。でも、ちゃんと話を聞いてくれる人もいます。

すぐに薬になるのは、医者の性格というより、圧倒的な医者不足と超過勤務の結果です。

川崎市の事件を受けて、公的機関が出すべき通達は、「家族の精神が病んでいたら、ぜひ、積極的に行政に相談を」ということだし、国家が取り組むのは、これからの精神科治療の充分な環境作りだと思うのです。

発達障害の人を救う、誠実で実践的な一冊

『ほがらか人生相談』という連載を始めて、それがネットに転載されて注目を集め、毎月、150人ぐらいからいろんな相談が送られてきます。

その中で、「私は発達障害です」という相談が、一定数、あります。

もちろん、僕は専門家ではないので、医学的に何かを言えるわけではありません。

なのに、僕に「自分は発達障害である」と思っている人が大勢、相談のメールを送ってくるということは、それぞれの人がかなり追い込まれて、苦しんでいるのだろうなあと思います。

最近読んだ『発達障害グレーゾーン』（姫野桂《ひめのけい》／扶桑社新書）は、今まで、僕が読んできた「発達障害」に関する本の中で、じつに実践的で誠実な本でした。

本書によれば、発達障害は「生まれつきの脳の特性で、できることとできないことの能力に差

が生じ、日常生活や仕事に困難をきたす障害」です。

大きく分けると「注意欠如・多動性障害（ＡＤＨＤ）」、「自閉スペクトラム症（ＡＳＤ）」、「学習障害（ＬＤ）」の3つの種類があります。

それぞれの主な症状は、「ＡＤＨＤ――不注意が多かったり、多動・衝動性が強い」「ＡＳＤ――コミュニケーション方法が独特だったり、特定分野へのこだわりが強い」「ＬＤ――知的発達に遅れがないにもかかわらず、読み書きや計算が困難」です。

ただし「この3つのうち『これだけが当てはまる』という人はほとんどおらず、実際には障害の程度や出方は人それぞれであり、ＡＤＨＤとＡＳＤを併存、または全種類を併せ持っている場合もある。だからこそ、発達障害は『グラデーション状』だといわれているのです。

著者は、こう書きます。

「私も（発達障害の）当事者の一人として、もし、これを読んでいる人のなかに発達障害の方がいたとしても、『発達障害だからといって極度に落ち込む必要はない』と言いたい。発達障害は能力の偏《かたよ》りがあるという事実のみで、それ以上でもそれ以下でもないと、個人的には思っているからだ」

発達障害に苦しんでいる人は、勇気づけられる言葉だと思います。

大学までは、試験の成績もよく、少し変わった性格だと思われても、ちゃんとやってきたのに、「社会に出たとたん、マルチタスクがこなせなかったりケアレスミスが多かったり、人間関係でトラブルを起こしやすかったりして、発達障害の特性が表面化する」ことがあります。

問題は、発達障害の結果、失敗を重ねて自信をなくして卑屈になったり、激しいストレスからさまざまな病気になったりして、「発達障害そのものより二次障害のほうがしんどい」という現状になってしまうことが多いことです。

対策として、筆者は、さまざまな人に会い、さまざまな体験を知り、生き抜くためのたくさんのノウハウを紹介しています。

『15歳のコーヒー屋さん　発達障害のぼくができることから　ぼくにしかできないことへ』（岩野《いわの》響《ひびき》／KADOKAWA）という本を読んで、「発達障害を抱えてドロップアウトした人でも、特性を活かせば自分らしく生きられるのだと希望を持てた」という発達障害の男性の言葉を紹介しています。彼は、都内の大学を卒業後、新卒で入った会社で人間関係に悩み1カ月しか続きませんでした。

僕に「私は発達障害です」と相談を送ってくる人は、孤立している人が多いです。

著者の姫野さんは、発達障害のグレーゾーンであることに苦しむ人達が集まり、話し合う茶話会「ぐれ会！」に参加して、その様子を紹介しています。

あきらかに発達障害と思われるマンガやアニメ、映画の主人公の名前をみんなで話す、という企画は、なるほどと思いました。

また、発達障害傾向のある人達に対して就職に向けた支援を行う福祉サービスも紹介しています。

この本を読んで「自分は発達障害だったのか」と気付く人もいると思います。根本の原因を理解しないで、二次障害に苦しんでいる人も多いのです。

この本で、一人でも多くの人が楽になったり、救われたりしたらいいなと思います。

「歴史戦」と「思想戦」

気が付くと、意外に身近な人が、平気で「○○人はとんでもない」とか「○○人は信用できない」なんて言い方をしていたりします。

そういう一律のレッテル貼りの言葉を聞くたびに、心を痛め、この現状はヤバいなあと思っていました。

だって、「青森県人は汚い」なんて言い方をしたら（もちろん、何県でもいいのですが）、自分がどんなにムチャなことを言っているか分かると思います。住んでいる地域で、そこの人達全員の特徴をまとめられるわけないのです。

でも、これが国になると、平気で言う人が出てくるのです。どういう本を書けば、この悲しい傾向がなくなるのかなあ、と思っていたら、ものすごく素敵な本と出会いました。

『歴史戦と思想戦――歴史問題の読み解き方』(山崎雅弘/集英社新書)です。

なんだか「歴史戦」という言い方が、一部の人達の間で活発に使われているそうです。

それは、例えば、慰安婦問題や南京虐殺問題などが「単なる歴史認識をめぐる見解の違い」ではなく「戦い」だという意識のもと、「日本と外国の戦いなら、日本はそれに勝たなくてはならず、勝つために全力をつくさないといけない」という考え方です。

それはつまり、歴史研究ではなく、運動家の戦い、ということです。

そうすると「事実はどうだったのか」ということより「どう勝つか」ということが重要になります。

「〇〇人はとんでもない」という言葉もまた、

「歴史戦」の中に出てくる言葉のひとつになります。

まず著者は、この本で、「『歴史戦』でよく使われるトリックに取り込まれないためのヒント」として、『日本』と『大日本帝国』と『日本国』の意味の違い」を確認した方がいいと言います。

大日本帝国は、1890年（憲法施行）から1947年までの57年間、この国を統治しました。日本国は、1947年の憲法施行から、現在で73年目です。

「どちらも「日本」という時代を超越した包括的な国家の概念においては、ごく一部でしかありません」

でも、ネトウヨさん達は、すべてを日本と呼びます。

「日本の悪口を言う奴は反日だ。日本を出て行け」という、よく言われる言い方は、じつは厳密に言えば、「大日本帝国の悪口を言う奴は、反大日本帝国だ。(現在の) 日本国を出て行け」ということなのです。

実証的研究家が、旧日本軍が大日本帝国時代に行った事実を究明しようとすると、運動家から「日本の悪口を言うな」と言われます。

じつにあざとい言い方です。この言葉を聞いた一般人は、「そうか。あの人は日本の悪口を言っているのか。なんかヤダな」と思うでしょう。

でも、「日本の悪口」ではありません。「大日本帝国が行ったこと」を話しているのです。それは、「悪口」とかいう、子供の喧嘩レベルの表現ではありません。

どうして、そういうことをしなければならなかったのか、その目的はなんだったのか、それは避けられなかったのか。そういうことを明確にするために、検証しているのです。

その学問的行為を「日本の悪口を言うな」という一言で片づけるのです。実証的研究家の人は、その理不尽さに言葉をなくすでしょう。

真面目な研究者からすれば、歴史戦を戦う運動家のエネルギーや圧力は、とても苦手な部類だと思います。沈黙しがちになるのは、分かる気がします。けれど、黙ってしまうと、「勝った」とか「我々が正しい」と運動家は思うのです。

この本は「自虐史観」の「自」とは何かと問いかけて、それは、「大日本帝国」に賛成し、「大日本帝国」の価値観で生きている人達だと喝破《かっぱ》します。

戦後、ドイツはナチズムに対する徹底的な反省をしました。結果、ナチスドイツと現在のドイツを混同して攻撃する人は、今はもういません。

が、現在の日本は、「日本の悪口を言う自虐史観を大切に守る日本人」という言い方で、「大日本帝国を批判する反大日本帝国史観を持つ現在の日本人」という、しごく真っ当な論理が潰されてしまうのです。

慰安婦問題や南京虐殺問題に対する実証的アプローチも見事です。必読の一冊だと思います。

初めての時代劇演出と雅俊さんのこと

現在、おいらは「中村雅俊デビュー45周年記念　明治座『勝《かつ》小《こ》吉《きち》伝～ああ わが人生 最良の今日～』」という作品の演出をしております。

なんと初めての時代劇、初めての明治座です。

もともと、去年、『ローリング・ソング』という音楽劇を上演するために、中村雅俊さんに出演依頼をした時のことです。

『ローリング・ソング』の出演者は、20代に中山優馬さん、40代に松岡充さんと決まって、60代の代表としてぜひ中村雅俊さんに出演してもらいたいと考えたのです。三世代の葛藤がテーマでしたからね。

雅俊さんと一心同体のチーフマネージャー、黒澤さんが「おお。それはそれはありがとうござ

います」と言って下さいました。

僕はその反応にホッとしたのですが、黒澤さんは、すぐに「来年、明治座で中村のデビュー45周年記念公演があるんですよ。演出、引き受けてくれませんかねえ」と僕の顔を見ました。

「あの、来年の前に今年の『ローリング・ソング』の出演はどうでしょうか？」と問い返すと、

「おお。それはそれはありがとうございます。ところで、来年、明治座で中村の記念公演があるんですよ。演出、引き受けてくれませんか？」と、再び、僕の顔を見ました。

「はあ。あの、来年の前に今年の『ローリング・ソング』はどうですか？」と再び問い返すと、「おお。それはそれはありがとうございます。で、来年の記念公演の演出なんですよ」と黒澤さんは僕を見つめました。

有能なマネージャーという人達は、どこか同じ匂いがします。気がつくと、仕事を引き受けている、という状態になるのです。

もちろん、中村雅俊さんが大好きだから、僕は引き受けたのです。

雅俊さんは、太陽のような人で、「スターとはこういう人のことを言うんだなあ」と僕は思っています。

忘れもしません。

2007年、『僕たちの好きだった革命』という舞台で僕と中村雅俊さんは出会いました。

稽古休みの日にプロデューサーから電話がかかってきました。それは、雅俊さんが骨折したという衝撃の内容でした。詳しいことは、明日、稽古場で雅俊さんに聞くしかないと、プロデューサーは途方に暮れた声で言いました。

次の日、稽古場に松葉杖をつき、足をギプスで固めた雅俊さんがやってきました。

「どうして骨折したんですか⁉」

思わず問いかける僕に雅俊さんは、「いやあ、ビデオデッキを移動させようと思ったらさ、足の上に落としちゃって、折れちゃったよ」と満面の笑みで言ったのです。

演出の僕もプロデューサーも、つられて微笑みました。雅俊さんが微笑むと、スタッフも自動的に微笑んでしまうのです。微笑んでいる場合じゃないのに。

結果として、雅俊さんは、ギプスをしたまま、ファイティング・シーンも見事に演じきりました。病院に行って、レントゲンを撮るたびに、くっつきそうだった骨がまた離れていくのが分かったそうです。

雅俊さんの微笑みを見ると、「ま、なんとかなるか」という気にさせられるのです。そして、実際、なんとかなるのです。

雅俊さんに相応しい時代劇にしようと考えて、歌あり、ダンスあり、宙乗りありの「ファンタジー時代劇」というものにしました。

今回、雅俊さんが演じる「勝小吉」というのは、なんのことはない、勝海舟《かつかいしゅう》の父親です。『夢《む》酔独言《すいどくげん》』という自伝を残しています。

この人が、じつに魅力的で、この自伝は英訳まで出ています。勝小吉の物語をやると知ったアメリカ人の友人が、「絶対に見に行く」と興奮して連絡してきました。

武士に生まれたのに、おべっかが言えず、就職に失敗し、生涯、無役で町人達の用心棒や古道具を売りながら生活した人です。それで、息子が勝海舟なんですから、すごいです。

ジョージ秋山さんの名作マンガ、『浮浪雲《はぐれぐも》』は、勝小吉がモデルだったんだなあと分かります。

そんなわけで、初めての時代劇をうひょうひょと楽しんでいます。いくつになっても新しいことを体験できるのは素敵だなあと雅俊さんに感謝しているのです。

「前のめり」と「前かがみ」と「前伸び上り」

明治座さんで、中村雅俊デビュー45周年記念公演『勝小吉伝〜ああ　わが人生最良の今日〜』という演出のために劇場にいます。

劇場の人とアナウンスについて話していて「他のお客様のご迷惑になりますので、前のめりでの御観劇は御遠慮下さい」という、最近、多くの劇場で言われている注意の話になりました。

で、僕は前から思っているのですが、急勾配の2階や3階だと、確かに、前のめりになると視界がふさがれます。これは、僕も経験があります。

が、1階だと、前の人が前のめりになると、後ろの人の視界はひらけるのになあと思っていました。

さっそく明治座さんの客席でも検証したのですが、前の人が前傾になると、あきらかに頭が沈

んで、視界が広がりました。

で、なおかつ「前のめりにならないで」というアナウンスを聞くと、精神的に「熱中しないで」とか「興奮しないで」と言われているようで、なんだか、違和感があったのです。

昔、伊東四朗さんと話した時に「昔、日劇のシートは、背もたれが白くなっていて、観客が興奮すると、前のめりになって、白い部分が見えてきて、『今日はたくさん、白い花が咲いた』と言って喜んでいた」と伺いました。

僕も、紀伊國屋ホールのピンルームから客席を見下ろして、今日は何人、前のめりで見ていたかが、その日の出来のひとつのバロメーターだと分かりました。

なので、「前のめりにならないで」というアナウンスは違和感があるとツイートしたら、ものすごい、反論をもらいました。

ひとつは、「1階席でも、前の方の席とか左右サイド側の席だと、隣の人が前のめりになると、左右の視界がじゃまされるから前のめりはダメ」というものでした。

なるほど、それはそうだと考えを改めました。

次に、1階でも、「前のめり」はじゃまになる、あの劇場でもこの劇場でも、という反論もきました。

中には、「あなたは招待席しか座ってないからだろう」という突っ込みもありましたが、芝居を大小さまざまな劇場で見続けて40年、「千本以上」と書いたら、「そんなものか」という突っ込みがきたので、なるべく正確に数えると「三千本以上」は見ているのですが、そして、10代から見ているので、まさにいろんな客席に座りました。

目の前に座高が高い人が座って絶望的な気持ちになったことはあっても、「前のめり」になった人に視界を妨げられたことがないと、じつに理解できない気持ちになりました。

と、ツイートで、「鴻上さんの『前のめり』は、『前かがみ』ということなんじゃないですか？」というのがあってハッとしました。

宝塚歌劇が例示している「前のめり」の画像を紹介してくれた人がいたのですが、それは、

「前かがみ」ではなく、「前伸び上り」と呼べるものでした。なるほど、これが、迷惑していると
いう人が言う「前のめり」かと理解しました。
やっと、明治座や他の劇場で、僕が検証した「前のめり」が視界を広げたのに、反論する人の
「前のめり」が視界を妨げる違いが分かったのです。
そもそも、「前のめりは御遠慮下さい」というアナウンスだから違和感を感じたのです。「前の
めり」には、姿勢の表現でありながら、同時に精神的な表現にも使いますから。
もし、「前のめり」ではなく「前に乗り出したり、伸びあがっての観劇は御遠慮下さい」だと、
違和感はなかっただろうなあと思いました。
激しく炎上して、いろいろと言われましたが、この炎上はいろいろと学ぶことがあって勉強に
なりました。
いくつかのツイートは削除しました。
ニューヨークやロンドンでは、もちろん、こんなアナウンスはなく、すべてが個人の交渉に任
されています。僕も背中はシートにつけていましたが、身体を右に傾けながら見ていたら、後ろ
の人から「まっすぐ座ってほしい」と言われたことがあります。誰かがしゃべると「シーッ」と
いう声があちこちから飛びます。なんて素敵な客席なんだろうと感動します。日本でもそんな客
席を目指したいと思って演劇をしています。

右とか左とか関係なく面白い社会派映画のこと

やっと映画『新聞記者』を見ました。

一言で言うと、じつに面白い社会派エンタテインメントでした。

と、ツイッターに書いたら、さっそく、いろいろと突っ込まれました。一言「バカ」とだけリプライした人もいましたが、この映画をほめることが「パヨクめ」とか「反日」とかだと言う人がいるんだなあと、しみじみしました。

まあ、冒頭、いきなり、テレビ画面の中に、東京新聞の望月衣塑子《もちづきいそこ》さんや元文部科学事務次官の前川喜平《まえかわきへい》さんが討論している風景が映りますから、この人達を嫌いな人は、それだけで、拒絶反応を見せるのかもしれません。

ここに、ケント・ギルバートさんとか櫻井《さくらい》よしこさんとかも出演していたら、拒絶反応はか

なり減ったのになあと思います。まあ、望月さんの著作『新聞記者』が原案ですから、出演しないでしょうけどねえ。

でも、僕のツイッターに文句を言ってきた人は、本当に映画を見ているんだろうかとも思います。監督に32歳の藤井《ふじい》道人《みちひと》さんを選んだのはじつに正解で、藤井さんは、最初、「政治や時事問題について詳しくない自分にこのテーマが扱えるだろうか?」と何度も迷ったと、パンフレットに書いています。

詳しくないから、一般人の立ち位置で調べ、作品を創ったからこそ、見事な社会派エンタテインメントになったのだと思います。

この面白さは、右とか左とか関係ないと感じます。

これが、そもそも政治に興味があって、政治的立ち位置が明確で、主張が明確な人が監督だと、メッセージを伝えることだけに主力を置いて、ドラマが置き去りになったりします。そうすると、物語としての面白さはぐっと減ってしまうのです。

でも、藤井監督は、政治的な主張より、ドラマとしての面白さを選びました。

それは、とても大切なことです。

僕は見ながら、まるでハリウッドの社会派映画を見ているような気になりました。

ハリウッドには、政治的な映画がごちゃっとあります。スピルバーグが撮った『ペンタゴン・ペーパーズ』だの、ジョージ・クルーニーの『スーパー・チューズデー』だの、オリバー・ストーンの『ブッシュ』だの、数え上げたらきりがありません。

映画は娯楽だから、政治を扱うのはやめよう、なんてことは誰も言いません。

政治を扱った映画を見たい、それも娯楽なんだ、ということです。

問題は、作品としてちゃんと成立しているかどうか、です。

それは、主人公に感情移入できるか、登場人物はそれぞれに魅力的か、展開にハラハラドキドキできるか、物語の進行に納得できるか、あまりにも一方的な主張に偏ってないか、ご都合主義的な流れになってないかなど、名作の条件はいろいろあります。

観客を納得させる作品を創ることはとても難しいのです。

昔、ある有名な外国人画家が、広島の被爆者の方が描いた原爆の風景を見て、「下手だ」と言ったことがありました。絵は、原爆の業火に苦しむ人々を描いていました。けれど、高名な外国人画家は、誰が描こうが、その絵にどんな背景があろうが、絵として「下手だ」と言ったのです。

作品とはそういうものです。

自分と同じ政治的主張を語っていても、作品としてつまらないものはつまらないのです。松坂桃李《まつざかとおり》さんの苦悩する演技も、シム・ウンギョンさんの情感あふれる演技も、そして、田中哲司《てつし》さんの冷徹な演技も素敵でした。

日本には、もともと、社会派エンタテインメント映画の巨匠が何人もいました。『白い巨塔』や『戦争と人間』の山本薩夫《やまもとさつお》監督や、『ひめゆりの塔』『小林多喜二』の今井正《いまいただし》監督などなどです。

彼らが巨匠になったのは、どんな主張をしていようと、まずは面白い作品を創ったからです。けれど、ここ最近、めっきり、このジャンルの映画はなくなりました。

日本映画が豊かになるためには、こういうジャンルの映画がちゃんとあって、そしてヒットすることが大切だと心底思います。

NYで見た体験型演劇『Tamara』のこと

ニューヨークに来ています。

秋の新作を書くためですが、ひょんなことから、『Sleep No More』を4年ぶりに見ました。

ホテルを舞台に、参加者が各部屋を自由に歩き、出会った登場人物の後を追いかけていくと、ある物語が浮上してくるというじつにスリリングな仕掛けです。

ニューヨークに旅行に行く人の間では、「ミュージカルを見る時間はなくても、『Sleep No More』だけは見といた方がいいよ」と言われ続けています。

僕自身は、1990年前後に体験した『Tamara（タマラ）』を思い出しました。

ブロードウェイには、その日のチケットを約半額で売る『TKTS』という窓口があります。

連日、安いチケットを求めて多くの人が並びますが、その昔、そこで「『Tamara』100ドル」という表示を見ました。

ミュージカルの平均が100ドルで、チケットは半額の50ドルで売られていた時代です。チケットに示されていた場所は、劇場ではなく大きな屋敷でした。
チケットを差し出すと、代わりに、パスポートのようなノートを渡され、そこにバンッ！　とイタリアのイミグレのハンコが押されました。時代は、たしか、1930年代の表示でした。
「おお、なんだ!?」と廊下を進んでいくと大広間にぶつかりました。入ると、200人ほどの客が、唖然とした顔のまま、壁際にずらりと立っていました。
真ん中に大きなテーブルがありました。やがて、執事が現れ、続いて、屋敷の主人と思われる男性、その妻、息子などが現れました。

そして、執事が「タマラ様がご到着されました」と言いながら、長身の女性を案内して来ます。タマラを含めて、８人がテーブルにつき、執事と女中が傍に立ちます。つまり全員で10人の登場人物です。短い会話から、屋敷の主人が自分の肖像画を描いてもらうために、女流画家のタマラを呼んだということが分かります。

主人がタマラを導いた瞬間に、登場人物全員が動き始めます。

その時、執事が壁際に立っていた観客に向かって「さあ、どうぞ、興味のある登場人物の後について行って下さい！」と叫ぶのです。

僕はとっさに、女中の後につきました。20人ぐらいの観客が、ゾロゾロと女中について行きます。

女中は、地下の厨房に進みました。大きな屋敷なので、20人の観客ぐらい簡単に入れるのです。紅茶をいれていると、ベルが鳴りました。女中は急いで、紅茶を二つ、トレイに載せて、二階まで階段を上がりました。当然、僕達観客もついて行きます。

女中が立派なドアを開けると、ソファに座る主人がいました。その背後に20人ぐらいの観客、主人の正面には、タマラ。その背後に20人ぐらいの観客。

女中が紅茶を置くと、主人はいかにも好色そうな目でタマラを見て、タマラににじり寄ろうとしました。

女中が思わず視線を向けると、主人は「しっ！　しっ！」と追い払います。しょうがなく、女中は出て行くので、僕達も出て行くのです。そして、ドアは閉まります。

女中は、この後、自分の部屋に戻ります。すると、ドアが乱暴に開いて、屋敷の息子（青年）が入ってきます。そして、女中にチュッチュッとセクハラします。女中はただ受け入れます。

息子が出て行って、しばらくすると今度は、居候しているファシスト党の若者が入ってきます。そして、またチュッチュッと。女中は黙って受け入れます。

若者が出て行った後、女中は引き出しを開け、幼い子供の写真を取り出します。そして、話しかけるのです。「ぼうや。ママは何があってもこの仕事をやめないからね。お前にお金を送り続けるからね」彼女の目から涙があふれます。それを見つめる僕達観客は、深く同情するのです。

また、呼ばれて廊下を歩いていると、向こうから息子が来て、チュッチュッします。と、ファシスト党の若者も現れて、共有物のようにチュッチュッします。

息子と若者についている観客は「なんてふしだら女だ」とニヤニヤしていますが、女中の後ろにいる僕達だけは、彼女の事情を知っているので泣きそうな顔になっているのです。この話、続きます。

体験型演劇『Tamara』の魅力

あっと言う間にニューヨークから日本に戻ってきました。

さて、前回の続き、好きな登場人物の後について回りながら、物語を体験する『Tamara（タマラ）』の話です。

廊下で、女中についている観客だけが切ない顔になり、バカ息子とファシスト党の青年の後ろについている観客はニヤニヤしているという、衝撃の体験をした後、女中は、いろいろと働きます。僕達も、その後ろについて回ります。

一時間ぐらいした所で、女中が最初の大広間に入ってきます。同時に、他の登場人物も全員集まって来て、なんと大きなテーブルの上には、サラダとパン、お肉とスープがバイキング形式で用意されています。

さっき銃声聞こえなかった？
聞こえた聞こえた！
おれ撃たれた！

突然、執事が、「さあ、みなさん、食事の時間です。知らない者同士、『あの後、どうなったのか？』を話しながら、お食事をお楽しみ下さい」と言って、10人の登場人物は静かに去るのです。

僕は、見るからに英語ネイティブじゃない人に向かって（ネイティブだとペラペラッと言われて、お手上げですからね）、「Who do you follow?」なんて質問し、相手がタマラをフォローしていると答えると、「メイドがコーヒーをサーブした後、主人がタマラに近づいたでしょう。何が起こったの？」なんて、とつとつと拙《つたな》い英語で聞き、相手が「タマラは拒否した」なんて答えると、「オウ」なんて、肉を食いながら反応しました。

で、食事の時間が終わると、また10人の登場人物が集まってきて物語は再開されます。

もちろん、ここで後をつける人を変えるのも自由です。いろいろと、人の話を聞いて、「どうも、○○が面白そうだ」と思った人は、別の人物に変えていました。

で、いろいろとあって、最後に、突然、銃声が鳴り響きます。

その時、女中は地下の厨房にいましたから、音を聞いて全力で走り始めます。当然、後ろについている僕達も必死で走ります。

銃声のした玄関までぜえぜえ言いながらたどり着くと、主人が倒れていて、女主人が銃を持ったまま呆然とした顔で立ち尽くしていて、タマラが驚愕の表情でそれを見つめています。三人の後ろにいる観客達は、それぞれに驚いています。

すべての登場人物と観客が集まった瞬間に、執事が「さあ、これで、『タマラ』はおしまいです。みなさまの後ろにコーヒーを用意しました。どうぞ、見知らぬ観客同士、コーヒーを飲みながら、いったい、何があったのか、お話し下さい」と宣言して去るのです。

観客達は、わあわあ言いながら、ワゴンの上に置かれたコーヒーを飲み、興味津々で、物語の事情を話し合いました。

今から、30年ほど前の体験です。

僕は、ものすごく気に入って、5回ぐらい見ました。何度も見ていると、スタッフが階段の陰や窓の向こうに、見えないように配置されていて、全員がトランシーバーを持ち、俳優に対して「もっとゆっくり歩け」とか「急げ」とかのサインを無言で出していることにも気付きました。じつに巧妙にバレないように、全体の時間合わせをしているのです。

あんまり気に入ったので、ちょうどバブル真っ最中だった日本でも上演してみたくなり、「面白い」と言い続けていると、興味を持った電通さんが台本を取り寄せてくれました。

登場人物一人用が1㎝ぐらいの厚みで、10人全員の台本を積み上げると10㎝になりました。

かなり前向きだったのですが、結局、上演できそうな大きな屋敷が見つからずに、断念しました。

どうも、ニューヨークは、まず「大きなお屋敷が売りに出された。こんな大きな屋敷、どうしよう?」という所から、「屋敷全体を劇場にして、登場人物が生活している風景を見せたらどうだろう」という流れになったみたいでした。

西洋では、中世の時代、教会でキリストの受難劇が行われ、教会の中をいろいろと移動しながら上演するスタイルのものもあったのです。

今、ニューヨークで話題の『Sleep No More』は、古いホテルがあったからできたのです。

なんか、日本でもこういう芝居、やってみたいなあとずっと思っています。物語に参加して、歩き回るってワクワクすると思いませんか?　場所、募集します!

水筒の水を飲まない子供と教育

「子役のオーディションをしていると、水筒を持っているのに全く口をつけない。飲んでいいと言うと一斉に飲む。『まさか、君達、小学校じゃあ先生が飲んでいいと言うまで飲んじゃいけないの?』と聞くと全員がうなづいた。身体の声に従わず教師の声に従う。これが教育なのかと暗澹たる気持ちになる」

というツイートをしたら、インプレッションが8月14日時点で720万インプレッションがつきました。

一応、「720万回、見られた」という定義です。

自分史上、最高の数字になりました。

猛暑で、我が子の状態に敏感になっている母親が中心になったのかと思います。

続々と、「先日、駅のホームで課外学習らしく小学生の集団に遭遇しましたが、水筒を飲んだ子におじさん先生が『誰が飲んでいいって言ったんだ！　飲みたきゃ飲むのか！』と怒鳴っていました」とか、「無断で水を飲むと勝手に水を飲むなと怒る教師が多数いるからなんですよ。だからバスの運転手さんが業務中に水分補給しているだけで仕事をさぼっていると抗議が来てしまう変な日本」なんてメンションがいろいろと来ました。

しかし「飲みたきゃ飲むのか！」はすごい言葉ですね。飲みたいから飲むのが人間なんですけどねぇ。

で、720万インプレッションもつくと、当然、「お前はバカか！」という、謎の上目線の罵倒もたくさん飛んでくるんですね。

「子供は、身体の声なんか聞こえない。だから、火傷しないように熱いものを母親はフーフーして食べさせてるんだ」という、なんだかよく分からない反論も来ました。

ツイッターなので、詳しく書けませんでしたが、僕がオーディションをしたのは、小学6年生が中心で、他に小学5年生と中学1年生が50人ほど、同じ部屋にいました。

母親にフーフーしてもらってない年齢で、ちゃんと自分の身体の声を聞ける年齢だと思います。「オーディションだから、人の目を気にして飲まなかったんだ」というツイートもありましたが、50人近くですから、飲むことが目立つわけではありませんでした。

なのに、ダンスが終わった後も歌った後も、誰も「飲んでいいよ」という許可があるまで飲まなかったのです。だから、僕は衝撃を受けたし、暗澹《あんたん》たる気持ちになったのです。

反論で多かったのは、「勝手に飲んだら、一気に飲んで腹を痛くするかもしれないだろう」というものでした。

でもね、一気に飲んで腹が痛くなったり、あっと言う間に飲んでなくなったりすることを学習して、子供たちは猛暑の中を生き延びる知恵をつけるのだと思うのです。そして、その試行錯誤を応援するのが教育であって、それを一律禁止するのは教育の放棄だと思うのです。

反論で一番多かったのは、「みんなが勝手に飲んだら、授業にならないだろう」というものでした。

ガサゴソして、周りに迷惑をかけるだろう、というものです。日本人は、自分の命より、周りの迷惑なんだと思いました。

政府に抗議して香港空港を占拠している民衆に対して、日本人旅行客はインタビューで「他人に迷惑がかかるようなことはちょっと困ると思う」と答え、マレーシアからの観光客は「表現の自由は支持している。デモ隊は権利を行使しているだけだ」と答えている画像がツイッターで広がっています。

日本人は熱中症の危険とか自由とかより、他人の迷惑なんだなあと、メンションを見て、また暗澹たる気持ちになっていました。

と、「ボーイスカウト活動に長年携わってきた者として申しますと、年齢に応じて自己決定権の範囲を拡げていく教育が必要だと考えます。高校卒業まで大人に従わせておいて、成人したらすべて自己責任とか、いい加減無理だと気付くべきではないでしょうか」というじつに素敵なツイートをもらいました。これだから、炎上して絶望してもなかなか、ツイッターはやめられないんですねえ。

そうです。低学年は飲むタイミングを指導しても、高学年は任すとか、いろいろと具体的な可能性はあるはずなんです。

なんでも一律指導は思考停止であり、それは教育から一番遠い行動だと思うのです。

総制作費38億円
愛の歌だけを歌うミュージカル

ニューヨークに7月に行った時に新作ミュージカル『ムーラン・ルージュ』を見ました。ユアン・マクレガーとニコール・キッドマン出演で、名匠バズ・ラーマン監督で2001年に映画になった作品の舞台化です。

パリにあるキャバレー、ムーラン・ルージュを舞台に、若い作家と踊り子の恋物語が描かれます。目玉は、名曲の愛の歌をこれでもかっというぐらい歌うことです。

映画版では、ビートルズだのエルトン・ジョンだのマドンナだのの名曲を惜しげもなく投入しました。「なるほど、この手があったかと」と映画を見た時は唸りました。

既成の曲を物語の中にぶち込むスタイルを「カタログ・ミュージカル」とか「ジュークボックス・ミュージカル」なんて言います。ま、ちょっとおとしめた言い方です。

毎日毎日
剣をのんだり出したりする
だけでみるみるやせる!!
剣のみダイエット!!

世界的に一番ヒットしたのはもちろん、ABBA（アバ）の曲だけで作った『マンマ・ミーア！』ですね。この作品の成功で、全曲既成の曲というスタイルが流行り定着しました。

それ以降、ビートルズもキャロル・キングもクイーンも、とにかく、いろんなアーティストの既成の曲を使ってミュージカルが作られましたが、「愛の歌」限定というスタイルはなかったのです。

舞台版では、さらに「愛の歌」が最新版にアップデートされていて、マドンナからビヨンセ、さらにガガ、そしてブリトニーという流れで怒濤《どとう》のように歌うシーンもあって、興奮しました。

総制作費38億円。ミュージカルの制作費が38億円ですぜ。これで当たらなかったら、何人が首つるんだろうと震えますね。

使用楽曲70曲。ワンフレーズしか歌わないという曲もけっこうあります。「サ～ウンドオブミュ～ジック」と、名作『サウンド・オブ・ミュージック』からは、この部分だけを選んで歌っていました。

38億円もかかったのは、70曲の楽曲使用料が大きかったそうです。

歌が始まると客席がざわめくのです。それは「ああ、ここでこの曲を使うんだ。なるほど。このシーンにこの曲、あうなあ」とか「いや、この曲は名曲だけど、ここではどうよ」という反応でした。

これもまた、唸りました。そうだよなあ、70曲もあれば、知ってる曲はたくさんあるだろうし、どこでどの既成の歌を歌うかという楽しみもあるよなあと感心したのです。

僕個人としては、突然、ユーリズミックスの名曲『スイート・ドリームス』が始まった瞬間は、お尻が椅子から数センチ浮きました。

セットもとにかくド派手です。

でも一番驚いたのは、開幕前に、いきなり、スタイルのいい、きれいな女性が二人、長い剣をゆっくりと飲み込む動きです。

よく見せ物とかであるじゃないですか。上向いて、口を開けて、ゆっくりと長い剣を垂直に下ろして、飲み込む芸。あれを、あきらかに出演者でダンサーで歌も歌うきれいな女性がやるのですよ。んで、飲み込んだ後、また、ゆっくりと取り出すのですよ。

いや、あなた達は毎日、これをやってるの？　と心配になりました。むせることもあるだろう。咳き込んだら、食道切れるよ、どうするの。一週間に8回、公演するんだからさ。それを何十、何百ステージやるんだからさ。

マジックなのか？　剣は勝手に縮むのかと目を凝らしたのですが、美人の女性はただ飲み込んで、吐き出すだけでした。分からん。

見た日が、正式初日の前日（それまではプレビューという試行錯誤の長い日々なのです）だったので、隣は、あきらかに劇評家と思われるおじさんが座っていました。

このおじさん、一曲ごとにこまめにメモをするのですが、まったく拍手をしない。どんなに素敵な歌でも絶対に拍手をしない。

だんだんと腹が立ってきて「失礼ですが、あなたはお芝居が好きですか？」と聞きたくてしょうがなくなりました。でも、もし、そう聞いて、

「私の快楽は拍手とは関係のないところにあって、私の感情表現は本質的には〜」なんて難しそうなことを英語で言われたら死ぬしかないのでやめました。

しかし、この人最後もほとんど拍手しないでメモしてました。なんなんでしょ。

精進料理を世界が求めている

ＮＨＫ ＢＳ１で『ｃｏｏｌ japan』という番組を始めて、もう14年になります。スタートした当初は、「クール・ジャパン」なんて言葉は全然ポピュラーではありませんでした。それが、経済産業省が２０１０年に「クール・ジャパン室」を設置してから、「官製の日本バンザイ番組」だと、言う人が出てきました。

そう言う人は、間違いなく、番組をちゃんと見てくれてない人で、僕もスタッフも、番組では「クールな日本」と「ノット・クールな日本」を常に同時に取り上げています。

日本人であることだけが唯一の自慢である「日本人アイデンティティ主義者」（©橘玲氏）は、とても愚かで恥ずかしいと思っているのです。

さて、14年もやっていると海外の番組のファンというのも増えてきて、（世界で１００以上の

また納豆ともやし炒めかよ〜
ヴィーガンって言いな

国や地域で放送されています）一緒に司会をしているリサ・ステッグマイヤー個人のＦａｃｅｂｏｏｋに「精進料理を取り上げて欲しい」というメッセージが来ました。

今、世界では猛烈な勢いで「ベジタリアン」と「ヴィーガン」が増えています。「ベジタリアン」は肉と魚を、「ヴィーガン」は、肉・魚に加えて、乳製品や卵、蜂蜜など、「動物由来のもの」を食べない人達です。

健康と動物と地球環境のためという三つの理由が大きいのですが、彼らが日本に来て、「食べるものに困る」という状態になっているのです。

欧米だと、「ベジタリアン・フード」とか「ヴィーガン・レストラン」がそれなりにあるのです。

ところが、「精進料理」はヴィーガンもヴィーガン、こんなぴったりのものがあるじゃないか、どうして特集してくれないのか、と海外の視聴者はメッセージを送ってきたのです。

番組では「精進料理」は、「Buddhist Cuisine」と訳しました。「仏教徒の食べ物」ですね。東京にある「精進料理を出すカフェ」と「高級精進料理のフルコースレストラン」を紹介しました。どちらも、外国人のお客さんで一杯でした。

「大豆を使って、本物の肉のようにしたハンバーガー」なんてのが欧米では定番ですが、精進料理も、いろんな材料を使って「もどき料理」を創る伝統があります。お肉や蒲焼やカツオのたたきに見せる料理です。

これに外国人が魅了されました。バラエティーに富んでいて、なおかつ「ヴィーガン」用というのは奇跡だと感じるのです。

話はちょっと変わるのですが、おいら、思い立って、一週間、夕食だけ「炭水化物を抜く」ということをしました。結果、2キロ、するっと痩せました。すごいなあ、じゃあ、続けようかなと思ったのですが、じつは、炭水化物を抜いた食事のバラエティーというのは本当に少なく、すぐに飽きてしまうのです。

定食屋で「レバニラ炒め」だけ単品で頼んでも、ごはんと一緒に食べる味付けなのでとても濃いとか、コンビニのチキンは毎日は食えないとか、バナナも糖質だから避けた方がいいとか、です。

なので、「ヴィーガン」の人が日本に来て「食べられるものを探して」苦労する気持ちは想像つくのです。

「じゃあ、精進料理は世界ではラーメンや寿司以上の需要があるかも！」とスタジオの外国人達に言うと「そう思うけれど、精進料理を創るのは技術がいる。ラーメン職人や寿司職人ほどそれは一般化してない」と残念な表情で言いました。

たしかに、ちょっと修行して「なんちゃってラーメン」「なんちゃってお寿司」を売っているお店は海外にありますが、「なんちゃって精進料理」は無理だろうなあと思います。「ヴィーガン」の人に「これ、じつはかつおダシ入ってます」とか言うのはシャレになりませんからね。

というわけで、もし、海外で一旗揚げたいと思っている人がいたら、これからは「精進料理」の腕をつけることがラーメンより寿司より確実だと思います。その時は、「SHOJIN Cuisine」と名乗るか「Japanese Vegan Cuisine」ですね。

ちなみに、「精進料理」の「ノット・クール」は、一番は「量が少なすぎる」でした。身近で食べられないことが、二番目の「ノット・クール」。コンゴから来た男性は「肉が入ってないこと」と言ってました（笑）。

地球防衛軍　苦情処理係！

秋に上演する芝居の台本をしこしこと書いております。

『地球防衛軍　苦情処理係』というタイトルです。

もともと、このタイトルは日本テレビのディレクター久保田充《くぼたみつる》氏から「鴻上さん。こんなタイトルで、こんな粗筋の物語考えたんですけど、シナリオ、書いてくれませんか？」と数年前に言われたのが始まりです。

タイトルに惹《ひ》かれて「面白いなあ。書くよ、書くよ。で、どんな粗筋だい？」と、相談は進んだのですが、企画として上層部に通らず、残念なことにポシャリました。

でも、僕の頭には『地球防衛軍　苦情処理係』というタイトルはしっかりと残りました。

で、とうとう、久保田氏に「物語は、おいらのオリジナルでまったく粗筋とは違うんだけど、

怪獣に踏みつぶされたとすると保険はおりませんが……
ハイパーマンがよろけて尻もちついたんだよ!!

このタイトル、使わせてくれないかなあ」と頼みました。

久保田氏は「もちろん、好きなように作って下さい。あ、でも、芝居が当たって、小説とかも鴻上さんが書いて、これも当たって、マンガとかも出て、とうとう映像化するって時には、僕がディレクターですからね。それだけが条件」と言われました。

久保田氏は彼が早稲田の学生時代、僕が作・演出をしていた「第三舞台」のスタッフでした。演出部という部署で、あれやこれやと、いろんな作業をするパートです。

ある日、「鴻上さん、相談があります」と深刻な顔で来て、「どうしたの?」と聞くと「じつは、就職試験でＮＨＫに受かったんですが、『第三舞台』のスタッフを続けるか、

NHKに行くか、迷ってるんです」なんて言うのです。

僕はすぐに「アホか。NHK、行け！　うんと出世して、ドラマ創る時に、『第三舞台』の俳優を使ってくれ」と言いました。

その後、日本テレビのディレクター募集で中途採用され、僕は二本、彼の演出するドラマのシナリオを書きました。

そんな縁あるディレクターが考えたタイトルです。圧倒的にイマジネーションを刺激されます。あっと言う間に、僕なりのオリジナル・ストーリーが浮かびました。

クレーマーの時代になりましたからね。それと、SNSで「正義の言葉」を語る人間が増えました。

「未成年なのに飲酒している」とか「路上ライブは道路交通法違反だ」とか、誰も否定できない「正義の言葉」を語ることで、「俺、偉いだろう」と自己主張する人達ですね。

アメリカでは、こういう人達のことを「ソーシャル・ジャスティス・ウォーリアー（社会正義戦士）」と呼んでいると知りました。もちろん、バカにしたニュアンスが入ってるんですが。

で、地球に怪獣が現れて、地球防衛軍が戦う時代になったとしましょうや。

苦情処理係に電話が入ります。

「怪獣に踏みつぶされたんなら、納得するよ。でも、俺の家は、地球防衛軍のミサイルで壊されたんだぞ。それはおかしいだろ！」とか「怪獣の被害に火災保険がおりないってのはどういうことだ！」なんて言われるのです。

怪獣は、地震と同じ天災扱いなので、火災保険では免責事項なのです。地震特約のように、怪獣特約を結んでないと、補償金が受けとれないのですが、抗議する人は納得しないのです。で、ある日、ハイパーマンと呼ばれる「一見、ヒーローっぽい」やつが現れて、怪獣と戦い始めます。

ところが、今までは、地球防衛軍の航空隊が撃つミサイルが二次被害の限界でしたが、ハイパーマンは、怪獣を振り回したり、キックして倒したりするもんだから、被害がどんどん増えてしまうのです。新宿の高層ビルなんか、ガンガン倒れてしまうのです。

人々は、「ハイパーマンはなにしてんだ!?」と怒ります。M66星から「宇宙平和維持軍」の正義の使者としてやってきたハイパーマンは苦悩するのです。

これが物語の始まりです。

公演は、11月2日から新宿・紀伊國屋サザンシアターTAKASHIMAYA（長い！）で。大阪公演もあります。

9月7日、チケット発売！　ネットでググったら買えます。どうだ、見たくならないか？　面白いぞお！

人助けだと思って買わないか？

ありがたいことに、いろいろと「鴻上さん、本出しませんか？」という依頼を受けます。

編集者さんから提案された企画もあれば、「なんでもいいです」というお任せもあります。僕の本が売れると思ってくれているのだと思います。

確かに、『不死身の特攻兵　軍神はなぜ上官に反抗したか』（講談社現代新書）は、22万部ほど売れています。今年4月に出た『「空気」を読んでも従わない　生き苦しさからラクになる』（岩波ジュニア新書）も5刷になりました。

今週20日に発売になる『鴻上尚史のほがらか人生相談　息苦しい「世間」を楽に生きる処方箋』（朝日新聞出版）は、Ａｍａｚｏｎの予約段階で、3桁台をキープしてくれました。

大和書房のレッスンシリーズも、順調に版を重ねています。

ドン・キホーテ走る
論創社より
絶賛発売中!!
買ってね!!

と、書くと、「おお！　鴻上の本は売れるぜ。ほら、書いてもらおう！」と考えるのでしょう。ふっふっふっ。甘いぜ。甘いぜ、編集者のみなさん。


鴻上の本の中で、まったく売れず、あんまり売れないので、今までの出版社が「あー、もう、出したくないっす。いや、マジ無理」とサジを全力で遠投した本があることを、君は知っているか？

もし、知っていたら、君はかなりの鴻上通だ！

そ・れ・は、何を隠そう、隠すつもりもないけど、この『ドン・キホーテ』シリーズだあ！！！

そう。この「週刊ＳＰＡ！」の連載をまとめた本がまったく売れない。私の本の中で一番、売れない。笑うぐらい売れない。他の本に比べて段違いに売れない。何十分の一と言っていいぐらい、売れない！

出し続けてシリーズ18冊、なにせ、連載が20年以上続いているので、どんどん出しているんだけど、重版が一回もかかったことがない！

さあ、どうだ！

週刊文春で林真理子さんがエッセーを連載しているのね。週刊誌の最長連載記録で、ギネスに登録されているんですと。

で、言っちゃあなんですけど、その林さんの連載期間より、たぶん、ほんの数年、短いだけなのね、この「ドン・キホーテのピアス」は。ノーベル賞には値しないけど、イグ・ノーベル賞ぐらいノミネートされてもいいぐらいの時間ですよ。

で、勝手に「肩並べてるのね」と思ってたら、林真理子さんの連載エッセーをまとめたものは、「通算200万部以上売れてる」って、書いてましたね。気が遠くなりましたね。

一回も重版かからないエッセーの連載を20年以上許している週刊SPA！はものすごく偉いんじゃないかと思いましたからね。

で、連載をまとめた18冊目が、7月にひっそりと、誰に知られることもなく、出版されているのですよ。

『ドン・キホーテ走る』というタイトルで、論創社さんという、僕の戯曲を最近出してくれている出版社からです。

ツイッターで「鴻上の本をフジ・サンケイグループである扶桑社は出したくなかったんだろう。思想弾圧だ」なんて書いてる人がいましたが、単なる資本主義的判断です。

ウェブの日刊SPA!では、僕の原稿の紹介の後に、論創社さんからの出版なのに、ちゃんとAmazonに飛ぶ紹介があります。泣けるじゃないか。

出版は、論創社さんの「優しさ」にすがりました。ですから、『ドン・キホーテ走る』が売れないと、「恩を仇で返す」という諺《ことわざ》の具体例になってしまうのです。「あれぇ。売れないじゃん。出すんじゃなかった。情けをかけるんじゃなかった」と論創社さんに思わせたくない！

で、7月に出して約3カ月。はい、まだ重版の声は聞こえてきません。ほんの数千部の出版なのに、売り切れません。どーしてなんでしょう？

中川いさみさんのイラストがついて、二倍、面白いのに！

僕は基本的にエッセーの依頼は断っています。全部を、この連載に書くためです。他で書き始めると、この連載が薄まると思っているのです。

今、鴻上が思っていることを全部ぶち込むのがこの連載だと思っているのです。なのにっ、売れない。

『ドン・キホーテ走る』は、連載3年半分が載っています。分厚いです。

どうだ、人助けだと思って、買ってみないか。税別1700円だ。

苦情には3つのタイプがある

しこしこと、11月2日に幕が開く『地球防衛軍　苦情処理係』の稽古を続けています。

今回、「苦情処理係」がテーマなので、いろいろと調べました。

最近は、「苦情処理」ではなく、「苦情対応」、正確には「クレーム対応」という言い方が主流になっていました。適切な苦情は、ビジネスの宝になるので〝処理する〟なんてもってのほかで、ちゃんと対応するものなんだ、という考え方です。

いろいろと調べましたが、クレーム対応の専門家の多くは、クレームを3種類に分けていました。

人によって、名付け方は違うのですが、1つ目は、「しごく真っ当なクレーム」です。

相手がどんなに激昂していても、どんなに汚い言葉を使っていても、ちゃんとクレームに真っ

先日薬局で聞いたクレーム
あなたに言ってもしょうがないっていうことはよくわかったわしょうがないのよね??!
それは私よくわかってるんだけど本当に前から何回も同じことをくり返しているのよ!
何回も何回も言ってるんだけど全く伝わっ

当な理由がある、という場合です。

2つ目は、「金品をせしめるためのクレーム」です。要は、ゴネることで、商品かお金をもらおうという、言ってみるとブラックな人達が主にやっているものです。

3つ目は、「孤独でプライドの高いナルシスト」か「精神が壊れている妄想タイプの人」の苦情です。

1番目のクレームは、理由がありますから、対応することができます。
人間は、何時間も怒り続けることは不可能ですし、反省する所は反省し、無理なことは無理だと対話していれば、着地点は見つかるとクレームのプロは言います。もちろん、対話の技術は必要なのですが。

2番目のクレームは、一番、対応が簡単だとプロは言います。

「金をよこせ！」と具体的に要求を語ってしまうと、恐喝など法律に触れる可能性があるので、ブラックな人達は、「誠意を見せろ！」とか「謝罪を形にしろ！」というふうに、遠回しにしか言えません。で、こう言われると、「ははあ。金品目的のプロクレーマーだな」と分かるので、対応は弁護士マターで、場合によっては警察に連絡することになります。

一番大変で、世間でモンスタークレーマーと言われているのは、3番目の人達です。

「孤独でプライドの高いナルシスト」というのは、例えば、一流企業に勤めて定年退職したサラリーマンです。

デパート業界で重役だった人が、定年後に時間を持て余して、いろんなデパートを歩き回り、対応の悪い店員に対して、執拗に抗議を繰り返す場合があります。目的は、クレームではなく「俺の話を聞け」「俺を無視するな」ということですから、このクレームには終わりがありません。放っておくと延々と続きます。当然、店員さんは対応に疲れ、退職してしまうこともあります。

もうひとつのタイプ、「精神が壊れている妄想タイプの人」は、「この店員は私をバカにしている」とか「私を無視して笑った」なんてクレームを言う場合です。

完全にクレームが脳内の妄想に基づいているわけで、どんなに説得しても、対話しても、ムダです。本人の都合しかないのですから。

で、この3つのタイプをごっちゃにして、「現代はクレームの時代だ」なんて言ってしまう場合が多いのです。

ですから、まず、クレームが来たら、この3つのうちのどれに分類されるかを見極めることが大切です。

激しく怒っている時は、論理がムチャクチャだったりしますから、まずは、相手の言い分を聞き、相手が落ち着くまで待ちます。その後、その言い分が真っ当なのか、金品を要求している雰囲気なのか、クレームより自己主張なのか、クレームが妄想なのかを判断するのです。

2番目のクレームは警察を含めて厳しく対応するもので、3番目のクレームは誠実に対応しているとこちらが壊れますから、切り上げるタイミングが大切です。

地球防衛軍苦情処理係は、「怪獣に家を壊されたんなら納得できるけど、家は地球防衛軍のミサイルに壊されたんだ。お前達が弁償するのが当然だろう！」というクレームを受けます。

さて、果たしてこれは何番目のクレームでしょうか。

イープラスやぴあなどネットでチケット買えます。

自分で言うのもなんですが、ムチャクチャ面白いです。鴻上の文章しか知らない人は、一度、鴻上の本業を見に来ませんか？

劇場でお待ちしてます。

ほがらかじゃない ほがらか人生相談（笑）

どんなに長く仕事をしていても、「え⁉　そんなに評価されるの？」と予想が外れることがあります。

知ってる人は知ってるかもしれませんが、約1年前から、おいら『ほがらか人生相談』というものを始めました。

朝日新聞出版が発行している『一冊の本』という小冊子とネットの「ＡＥＲＡ　ｄｏｔ．（アエラドット）」での連載です。

相談の内容が、「個性的な服を着た帰国子女の娘がいじめられそうです。普通の洋服を買うべきですか？」とか「うつになって妹が田舎に帰ってきましたが、世間体を気にする家族が、病院に通わせようとしません」とか「今年入籍したばかりの妻が、酒を飲むと暴言をはきます」なん

ていう、『ほがらか人生相談』というタイトルなのに、全然、ほがらかじゃない相談がどっと集まりました。

自分としては、普通に回答していたのですが、気がつけば、「5000万pv突破」という閲覧数だと、担当編集者が教えてくれました。

寄せられる相談も、月平均60本以上で、もう700以上の相談が集まっているそうです。

こんなに反応があるとはと、ちょっと、キョトンとしています。

毎月、ヘビィーな相談に答えるのは大変でしょうと、いろんな人に言われるのですが、じつは、そんなに大変ではありません。

これまた知ってる人は知ってますが、おいらは演劇の演出家を40年ぐらいやっています。

劇団でも、一回限りのプロデュース公演でも、人間が集まりますから、何らかのトラブルはいろいろとあります。

でも、初日は近づき、幕が開いたら楽日まで、公演を続けなければいけません。「ショウ・マスト・ゴウ・オン」です。

何があっても、ショウは続けなければいけないのです。

なので、いろいろとゴタゴタが起こったら、なんとか「明日も公演できる方法」をずっと考えてきました。

僕は22歳で劇団を作りました。俳優も同世代か年下でしたから、俳優としてのプロ意識なんてものはまだありませんでした。それより、みんな人生の悩みに真剣でした。

でも、公演は続くのです。

三角関係になっただの、浮気されただの、親が故郷に帰ってこいと言っているだの、さまざまな悩みを相談されながら、考えていることは、「明日、公演がある。どうやったら、すべてを放り投げないで、なんとか公演を続けられるのだろうか?」ということでした。

つまりは、どんな相談にも、「観念論ではなく、理想論でもなく、精神論だけでもなく、具体的で実行可能な、だけど小さなアドバイス」を常に探しました。

すべては、明日の公演を中止にしないためでした。

映画監督とかTVディレクターを頭の片隅でうらやましく思ったりした時もあります。

映像の人達は、一度、俳優さんの演技を撮れば、後はどんな問題が起こっても問題ないのです。主役の男女が本当の恋仲になり、そして、片方が浮気をしてしまって最悪の関係になっても、二人の登場シーンを全部撮り終わっていれば、何の問題もないのです。こっちは残ったシーンの撮影を続けてますから、どんどん、ケンカしてちょうだいよっ！　てなもんです。

でも、演劇だと、公演がすべて終わるまで安心できないのです。今日、無事に公演が終わっても、明日、爆発する可能性があるのです。

そんな生活を40年続けてきたので、『ほがらか人生相談』に答えるのは、じつに楽というか、自然なことなのです。

ネットでの人生相談の反応を見ると、「この相談者は人格が破綻している」「私だったら、もう絶対に口を聞かない」「すぐに絶交」なんて言葉がたくさんあります。そんなに簡単に切り捨てられたら、どんなに楽かとうらやましくなります。

でも、「ショウ・マスト・ゴウ・オン」の現場では、そんなことは言えないのです。

そんな相談をまとめた『鴻上尚史のほがらか人生相談　息苦しい「世間」を楽に生きる処方箋』が朝日新聞出版から出ました。

1300円プラス税です。よろしければ。

週刊文春とヘソ出し

11月2日から始まる『地球防衛軍　苦情処理係』の稽古場に向かう電車の中で、『週刊文春』の中吊り広告に目が釘付けになりました。

「佳子さま　孤独の食卓と『ヘソ出し』『女豹』セクシーダンス」

一瞬、脳がポカーンとなりました。

どんなダンスを踊っているかとか、どんな構成かなんてことじゃなくて、とにかく「ヘソを出したかどうか」が問題なんだ、ということですね。

この見出しを見ながら「ああ、日本で、ミュージカルとかダンスがアートとか文化として定着するのに、あと何十年かかるんだろう」と暗澹《あんたん》たる気持ちになりました。

このことをツイートしたら、「皇族だから問題なんだ」なんていうリプが来ました。

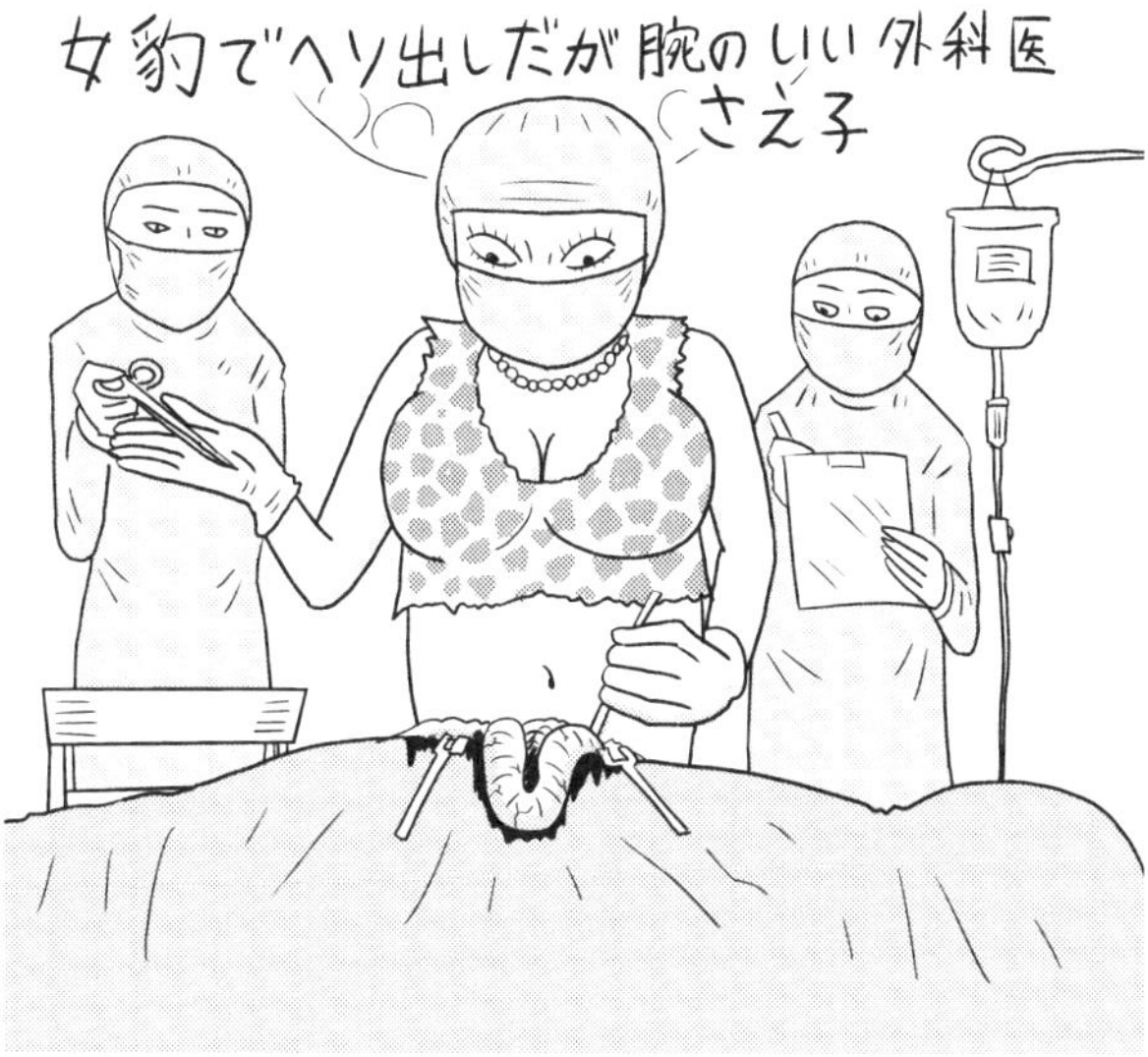

でもね、例えば、絵画で考えて欲しいのですよ。

佳子さまが絵画展に絵を出品して、それがヌードだとしても、『週刊文春』は「佳子さま　ヌード画出品！　ヘソから乳首まで！」と書くかということです。

断言しますが、書きませんよ。だって15世紀のヨーロッパじゃないんだから。西洋の裸婦画に腰を抜かした明治の日本人じゃないんだから。

皇族が裸婦像を描いても、問題にするのはおかしいと思われるはずです。ヌード画は文化だと受け止められるでしょう。

佳子さまが小説を発表して、それにベッドシーンがあったとしても、『週刊文春』は「佳子さま　小説執筆、ベッドシーン！　挿入乱発！」なんて書かないと思います。性愛の描写もまた、小説という文化・アートにとって珍しくないと思われているからです。

でも、ダンスは「ヘソ出し」を問題にするんです。そして、「女豹」のセクシーな動きが見出しなんです。

それはまるで、映画を見て、どんなドラマかとか、どんなテーマとか、どんな演技かなんて一切問題にしないで「おお！　乳首が見えた！　パンツが見えた！」と騒ぐ人と同じです。

通常、そういうのは、「俗情に訴える」という表現になります。

『週刊文春』は、呆れるぐらい俗情に訴えた見出しを選んだのです。

もちろん、これが完全にエロ雑誌なら分かるのですよ。女に人格はない、あるのは肉体と穴だけである、という哲学（？）に基づいた編集方針なら、電車の中吊りは拒否されるでしょうが、ありうることです。

でも、あなた、『週刊文春』ですよ。『週刊ＳＰＡ！』じゃないんですから。わははははは。

男性週刊誌はグラビアで「乳首が出ているかどうか」で分かれるでしょう？

ヌードグラビアがあって、ちゃんと乳首が写されている雑誌と、何があっても乳首は見せない雑誌には、きっちりとした世界観断絶があると、僕は思っていたのですよ。

イスラム圏などの税関で問題になる雑誌と持ちこめる雑誌の違いと言ってもいいし、子供の手の届く所に置いていい雑誌と気をつけなきゃいけない雑誌の違いと言ってもいいし、電車で何の抵抗もなく読める雑誌とちょっと気をつけないといけない雑誌の違いと言ってもいいでしょう。

いや、お前、それは『週刊文春』を買いかぶりすぎだよ、『週刊文春』は大衆の俗情に訴える雑誌なんだよ、と言わたらそれまでなんだけど、そうすると、今現在、国内最高部数を誇る、一番売れている週刊誌が俗情週刊誌の国ってのは、その国の民度がそういうレベルだという証明になるわけで、なんだか、とほほな気持ちになりませんか。

同じ号の『週刊文春』は、経済産業大臣の告発だの、同僚教師をいじめた教師に関する記事だの、一応、「公序良俗」や「正義と文化」を標榜するような姿勢を見せています。

なのに「ヘソ出し」なのですよ。それは、まるで「ヘソ出し」が「公序良俗」に反するような、「正義と文化」に対する挑戦のような誤解を与えるじゃないですか。

だったら、エロをエロとして謳《うた》いあげる『週刊SPA!』の方がどれだけ正直ですがすがしいか！　わはははは。

どんな名作の映画を見ても、女優のおっぱいの大きさしか問題にしない男はいます。

そういう人間だと開き直ることなく、政治や経済を語りながら「ヘソ出し」を問題にすることは、ものすごく、いやらしいと思うのです。

円谷プロと怪獣

『地球防衛軍　苦情処理係』が、いよいよ11月2日から開幕します。

今回は、円谷《つぶらや》プロにちょっとだけお世話になっています。

「ちょっとだけ」というのは、円谷プロは、いまさら言うまでもないのですが、ウルトラシリーズの生みの親であり、日本の特撮の歴史を作ったプロダクションです。

当然、いろんな思い入れを持った人達の熱い視線が集まっているので、『地球防衛軍　苦情処理係』だからと言って、有名な怪獣をお借りするわけにはいかないのです。

バルタン星人とかレッドキングとか、それぞれの怪獣に強烈な思い入れを持っている人が多いですからね。

僕も、もし、部外者として『地球防衛軍　苦情処理係』を見に行って、有名な怪獣が出ていた

キャッシュレス時代の
カネゴン
ま、まずい…

ら「いいのか!?　ジャミラ、出していいのか!?」なんて思うでしょうからね。

なので、著作権が問題にならない範囲で協力してもらってます。どういう協力なのかは、劇場で確かめていただけると嬉しいです。

今回、芝居が芝居なので、「鴻上さん、怪獣が好きなんですか？」とよく聞かれます。

怪獣が嫌いな男性はなかなかいないんじゃないかと思います。

今回、怪獣が何体かとハイパーマンという「自称ヒーロー」が出てくるのですが、怪獣とハイパーマンの殺陣《たて》を作っている時なんて、みんなニコニコしています。

ただ、怪獣が熱烈に好きかというと、ちょっと違います。

僕は『ウルトラマン』をリアルタイムで見

ていた世代です。

じつは、その前に『ウルトラQ』という番組がありました。

カネゴンとかペギラ、ガラモンなどの伝説の怪獣を生んだ番組です。知っている人は猛烈に知っています。

円谷さんのイベントで、この前、カネゴンについて熱く語ってきました。

ですが、僕は『ウルトラQ』では、怪獣が暴れる物語より、例えば『1／8計画』のような怪獣が出てこない、または、『カネゴンの繭』のように、怪獣なのに怪獣らしくない物語が好きなのです。

『1／8計画』は、人口問題解決のために、人間や建物を8分の1に縮小するプロジェクトです。間違って縮小されてしまったヒロインは必死になって脱出をはかります。

50年以上前の作品ですが、まったく古びてない傑作です。

また、カネゴンは、お金が好きな少年が変身してしまう話ですが、お金を食べないと死んでしまう、でもお金を持ってないのでなかなか食べられないから友達に頼るしかない、という、怪獣らしくない怪獣の話です。

『ウルトラQ』は、シリーズの後半になって、テレビ局のプロデューサーの指示で、怪獣を中心にした物語に変更されました。その方が、視聴率が取れると判断したのです。

そして、その結果が怪獣と戦う『ウルトラマン』を生んだわけです。

僕はリアルタイムで子供でしたが、圧倒的に強い怪獣が出てくる回は、あまり面白さを感じませんでした。怪獣が強いので、出てしまったら、それで終わりというか思考停止になるしかないと感じたからです。

なので、今も記憶に残っているのは、怪獣が出ても怪獣らしくないカネゴンやガラモンの回でした。

そして、最も熱狂したのは、同じ円谷プロですが『怪奇大作戦』という番組でした。

これにはまったく怪獣は出てきません。ただ、不思議な物語が次から次へと展開されました。

今は、欠番扱いでＤＶＤでも見られない『狂鬼人間《きょうき》』という作品は、意識的に脳波を狂わせ、心神喪失状態で殺人を犯し、刑法39条の規定によって無罪になる人間を量産する話です。

21世紀に創られたと言われても納得できる、強烈な内容です。

『京都買います』は、京都と仏像を愛した女性が、誰も京都を愛していない、私だけが京都と仏像を愛していると、人々から京都を買い取ろうとする実相寺昭雄《じっそうじあきお》監督の傑作です。

ですから僕は円谷プロの作品のファンですが、怪獣が怪獣らしくない、ヒーローがヒーローらしくない作品のファンなのです。『地球防衛軍　苦情処理係』もそういう思いで創りました。よろしければ、劇場でお会いしましょう。

「苦情」と「社会」と「世間」の違い

しこしこと『地球防衛軍　苦情処理係』の公演を続けています。

ネットを見ていたら、こんなツイートが話題になっていました。

「バスの運転手になって10年以上。一番辛いのはトイレの我慢だな。いろいろあったけどこれより辛いのはない。飲まず食わずよりも出さずの方がはるかにキツイ。客からは『遅れてるくせにトイレか！　殺すぞ！』と怒鳴られたこともある。トイレの我慢ができないって死刑になるほどの罪なのか？」

ツイート主は、「現役バス運転手が守秘義務の限界に挑戦」という人でした。

僕の連載や本を読んでくれている人だと、鴻上は日本を「世間」と「社会」に分けていると知っているでしょう。

「世間」は、あなたと、現在および将来、関係のある人達が作る世界。

「社会」は、あなたと、現在および将来、なんの関係もない人達が作る世界。

で、日本人は、「世間」の感じ方、考え方が身体の芯まで染み込んでいるので、「社会」の人なのに、「世間」の知り合いのように対応してしまいがちだということです。

日本で、モンスター・クレーマーが成長するのは、じつはこれが一番の原因です。

西洋のような「世間」がない世界では、「遅れてるくせにトイレか！　殺すぞ！」と叫ばれた瞬間に、相手は「客」ではなく、ただの失礼な人です。失礼な人には、「ただちに降りろ！」「謝れ！」と返すだけです。

でも、日本だと、「世間」の人の言葉だと勘違いするので「乗客という身内の人からひどいことを言われた。どうしたらいいんだ」と悩んでしまうのです。

乗客は、基本的に「社会」の人です。「世間」の人になるのは、通勤や通学で何年も使い、運転手さんと親しくなり、お互いの名前を知り合った段階です。ただ、顔見知りになり、軽くあいさつする程度では、まだそれは「社会」の人です。

まして、「殺すぞ！」と叫ぶ人は、まったくの「社会」に属する人です。

日本人は、「世間」に属する人には丁寧に対応しますが、「社会」に属している人には、とても冷淡です。

駅の階段でベビーカーをふうふう言いながら持ち上げている女性を誰も助けないのは、相手が「社会」に属している人だからです。

なのに、乗客は「世間」の人だと誤解してしまうのです。コンビニで大声を上げて抗議するモンスター・クレーマーは、ただの「社会」の人です。ひどい言葉を投げかけられ、お店から出て行かないのなら、警察を呼べばいいだけなのです。

相手は「社会」の人だと認識した上で、クレーマーを三種類（ホワイト・ブラック・レッド）に分類するのです。

以前、この連載で紹介しましたが、例えば、バスの運転手さんだと、「バス停の停車時間が短い」とか「運転が荒くて怖い」なんていうのは、ホワイトな苦情です。「殺すぞ!」というような、一線を超えた言葉が飛ばないかぎり、聞く必要があります。

「急に発進したから、倒れてケガをした」と言われ、けれど、全然、急発進などしてない場合は、ブラックな苦情です。目的は、金品です。こういう人は、「誠意を見せろ!」「お詫びの気持ちを形にしろ!」としか言いません。自分から金を要求すると恐喝になるからです。

ブラックの対応は、じつは比較的簡単で、相手の目的は金品ですから、それが無理だと分かったら、次のターゲットにさっと移動します。警察に依頼しても、逃げるのは早いです。

そして、三番目が「承認欲求のために自己主張だけを繰り返す」人か「病んだ人」です。「遅れてるくせにトイレか! 殺すぞ!」と叫ぶクレームは、じつは、レッドの「病んだ人」に分類されると思います。

レッドが一番やっかいで、個人で対応するのは無理です。会社全体でチームプレーとしてレッドに対応する、という方針が必要なのです。

「ドライバーは人間ですから、生理的欲求でバスを止めることもあります」と会社が、まず、毅然と発表・対応することが必要なのです。

電車の運転手や消防士が勤務中に水を飲んだというクレームに対しても、組織全体がひるむことなく「当たり前です。人間ですから」と答えないとレッドは減らないのです。

映画『イエスタデイ』を見て泣いた

まだまだ『地球防衛軍　苦情処理係』の上演を続けております。

ネットでチケットが買えますから、鴻上の文章は知っていても、芝居は見たことがない人は、この機会にぜひ！

今回、連載で何回も『地球防衛軍　苦情処理係』に言及するのは、もちろん、より多くの人に見てもらいたいという気持ちからです。

楽日近くになって、当日券のお客さんが満員で入場できなくなった時に、「ああ！　平日なら全然、入れたのに！」とか「土日でも、先週は入れたのに！」なんて思うと、悲しくてやってられなくなるのです。

今回、自分で言うのもなんですが、面白いです。怪獣とか巨大ヒーローとか戦うのですが、

「イエスタデイ」の部分しか
歌えない男の世界
イエスタデ～～
ハニャハニャハニャ
ハ～ニャニャ～
ハニャ
ハニャハニャ
ハ～～ニャニャ～～

「演劇にできないものはない」というガッツとエネルギーで取り組んでいます。

さて、そんな中、気になった映画を見てきました。

この原稿が活字になった時には、もうロードショーが終わっている可能性もあるのですが、その場合は、DVDでぜひ。

『イエスタデイ』という映画です。

見ました？　傑作です。

監督は、『トレインスポッティング』とか『スラムドッグ$ミリオネア』のダニー・ボイル。

脚本は、『ラブ・アクチュアリー』や『ノッティングヒルの恋人』のリチャード・カーティス。

いやもう、このコンビですから、つまらないはずはないと確信できるんですが、期待以上の作品でした。

物語は、ビートルズが存在しない世界で、ただ一人、ビートルズを知っているミュージシャンの話です。

ね、これだけでもう、「おっ！」と思いますよね。

売れないミュージシャン、ジャックは、自分の作詩・作曲をした曲をいくら演奏しても、誰も注目しない。ある日、世界中が12秒、完全に停電するという「奇跡」が起こる。

その時に、まあ、これは解釈ですが、ジャックがビートルズが存在しない平行世界（パラレル・ワールド）に放り込まれたのか、または、この世界からビートルズの記憶が一切、消えたのか。

とにかく、ジャックが12秒の停電のために交通事故にあい、目を覚ました時には、彼しかビートルズを知らない世界になっていたのです。

そして、彼は退院したパーティーで、『イエスタデイ』を弾いて歌います。

友達は、感動して、「いつのまに、そんな名曲を作ったんだ！」と興奮するのです。

最初は、からかわれていると思ったジャックですが、グーグルで「ビートルズ」と検索しても、かぶと虫しか表示されず、「本当に、この世界からビートルズが消えた」と確信します。

そして、自分が作曲したかのようにビートルズの曲を次々に発表するのです。

これから見る人のために、ネタバレは避けようと思いますが、この一点だけは、書かせて下さい。ネタバレは嫌だという人は、今回はここまで。

だんだんと知られるようになって来たジャックに、ある日「エド・シーランだけど、僕のライブの前座に出てくれない？」という電話がかかってきます。

ジャックは、いたずらだと思って相手にしません。と、ジャックの家のドアがノックされます。開けると、玄関には、本物のエド・シーランが立っているのです！　ご本人、登場です。

この瞬間から、この映画はビートルズファンのノスタルジーではなく、現在とつながる「まさに今の映画」になるのです。

そこから、さまざまなことが起こっていくのですが、ひとつ、絶対に書きませんが、ビートルズを知る世代には号泣してしまうシーンがあります。

映画館では、僕の隣に座っていた中年のおじさんが、しゃくりあげるように泣いていました。僕も、涙が止まりませんでした。映画で、ここまで泣いたのは久しぶりでした。

僕は、ビートルズマニアではなく、なんとなく好き、という程度です。それでも感動し、泣きました。

マニアはもちろん、ビートルズで好きな曲が数曲ある、という人にお勧めの映画です。

人生で一回は見ておきたかったアウシュビッツ

ポーランドに来ています。ワルシャワ大学の日本語学科の学生達相手に講演をするためです。

最初、この仕事を頼まれた時には、芝居の本番中なので断ろうと思いました。んが、「鴻上さん、希望すれば、アウシュビッツ、見れますよ」の一言で決めました。

人生で一回は、見ておきたい場所だと思ったのです。

で、『地球防衛軍　苦情処理係』はキャストとスタッフに任せて（はい、今週末は大阪公演です。お待ちしてます）3泊5日の弾丸ツアーで、ポーランドに旅立ったのです。

入国審査では、美しい女性の検査官の前に立ったのですが、ニコリともせず、一言も口を聞かず、ただ、黙ってパスポートに入国のハンコを押されました。彼女は、すぐに、横にあるドアを開けました。が、パスポートをバッグにしまっている間に、ドアは閉まりました。「開けてくれ

ませんか?」と頼むと、「ファスト! ファスト! ファスト!(急げ! 急げ! 急げ!)」と怒鳴られました。

40カ国以上旅してますが、入国審査でこんなことを言われたのは、初めてです。ドキドキしました。

で、ワルシャワからその日のうちに、電車で2時間半かけてクラクフという街へ。ここからアウシュビッツまでは、車で1時間ちょっとです。

次の日、つまりは今日なんですが、朝7時半にホテルを出て、9時少し前にアウシュビッツに到着。

日本人で唯一、アウシュビッツを案内している公式ガイド中谷剛《なかたにたけし》さんにお会いしました。

聞けば、中谷さんはポーランドに住んで30

年ほど。公式ガイドになって20年ほどだそうです。

最近は、「ダーク・ツーリズム」と呼ぶのか、アウシュビッツを訪れる日本人が増えているのだそうです。

いきなり、映画やドキュメントフィルムでよく見た「ARBEIT MACHT FREI」の文字が張り付けられた門が見えました。「働けば、自由になる」という、じつに嫌なインチキな詐欺の文章ですね。

で、その門を入らずに、中谷さんは、「多くのユダヤ人が通った道を行きましょう」とエントツのある建物に向かって歩き始めました。

収容所に連れてこられた総数は130万人ですが、ユダヤ人は110万人。そのうちの80%、約90万人は、収容所で手続きを受けることなく、直接、ガス室に送られて殺されたのです。

ガス室では、「毒ガス」が使われたと思われがちですが、正確には、「チクロンB」という「殺虫剤」です。「殺虫剤」ですから、当然、殺傷能力は低く、密閉した空間で20分から30分、閉じ込めないと人間は完全には死ななかったそうです。

「どうして、毒ガスを使わなかったのですか？」と素朴に聞けば、経済的な問題で毒ガスが高かったことと、毒ガスだと死体を片づける時にも危険だったという解説でした。

高濃度の毒ガスが残留していると、死体を片づけながら死んでしまうという可能性があったのですね。

ユダヤ人は、最初、「あいつらは害虫だ」と言われて、街中で迫害されました。それが、最後には、「殺虫剤」で殺されるという「奇妙な比喩」にゾッとしました。

いきなりガス室に送られなかった人達は、ドイツ人らしい几帳面さというのか、見事に分類、整理されていました。

囚人服の胸に黄色い星型のワッペンを付けられたのはユダヤ人。赤い逆三角は政治犯。レジスタンス活動とかですね。濃い黒の逆三角形は反社会的分子。ロマ（ジプシー）などの人達です。緑の逆三角は刑事犯。ドイツの囚人が多かったそうです。紫の逆三角は、エホバの証人の信者達。そしてピンクの逆三角は、ゲイ。

この人達を、ドイツ人ではなく、主にユダヤ人の囚人が監視します。監視員の役を担ったユダヤ人は、寝る場所や食料の配分を含め、待遇が良くなりました。

囚人を目に見える形でワッペンを貼って分類し、それぞれを分断し、さらに、囚人の中で監視する側と監視される側を作り、ドイツ人ではなく、ユダヤ人がユダヤ人を監視するシステムを作り上げる。

唸るほど考え抜かれた巧妙なシステムです。「〝正義〟がたどり着いた場所」がアウシュビッツだといえるんじゃないかという話は、次回。

アウシュビッツは"正義"がたどり着いた地獄である

さて、前回の続き。アウシュビッツに行った話です。

私達が記録フィルムで見る、やせ細った、ガイコツのような収容者の写真がたくさん見られるのかと思ったのですが、残酷な展示はずいぶん抑えられていました。同時にヒットラーの写真も、ほんの少しでした。

それは、「すべてをヒットラーのせいにして、残酷な描写を見せること」に意味がないんじゃないかと思われるようになったからです（かつてはそういう展示だったのです）。

アウシュビッツは、ヒットラーという狂人が作り上げたものではない。なぜなら、ヒットラーは、ドイツ国民の33%の支持によって政治の表舞台に登場したのだから。アウシュビッツを用意したのは、当時のドイツ国民とも言えるのではないか。ヒットラー一人を悪者にして片づく問題

ではない、と人々は考えるようになったのです。同時に、センセーショナルな展示も控えるようになりました。

それでも、収容棟の内部では、「うず高く積み上げられた靴」や「数えきれないほどのメガネ」「大量の子供用の靴」などがガラス越しに見ることができます。

住所と名前を大きく書き込んだトランクも、無数に積み上げられていました。荷物を没収された時に、自分のものだと分かるようにトランクの外側に直接書き込んだのです。

手書きの文字からは、一人一人の人生が立ち上がってくるようでした。

これらの展示は、写真撮影可能なのですが、一室、女性の髪の毛が2トン集められた部屋だけは、遺族の気持ちを配慮して、撮影不可でした。

ナチスは、入所した男女を丸刈りにして、織物やフェルトという産業用の材料にしていました。さまざまな色の、さまざまな質の髪の毛が、山のように集められた風景の前では、足がすくみました。

案内してくれたガイドの中谷さんによれば、15歳ぐらいからアウシュビッツを見学するように、ヨーロッパでは勧められているそうです。それより幼いと、トラウマというか、衝撃を受け止められなくなる可能性があるからです。そして、25歳までには訪ねるべきだとも言われているそうです。それ以上になると、偏見なく、公平な目で受け止めることが難しくなるから、と仰っていました。

実際に、大勢のイスラエルの高校生が見学していました。

アウシュビッツは、三つの収容所があるのですが、一番最初に作られた収容所は、なんと、水洗トイレでした。

二つ目の収容所は、さすがに、囲いもなにもない、一列に並んだ穴だけのトイレで、人間の尊厳を踏みにじるものでしたが、それでも、なんと、し尿処理施設があって、ちゃんと浄化してから川に流していました。

収容者を入れた棟をつなぐ道には、ポプラが等間隔で規則正しく植えられていて、見事なポプラ並木を作っていました。

第二アウシュビッツには、水路を渡るための小さなタイル作りの橋がたくさん残っているのですが、丸いカーブの洗練されたデザインでした。

僕は水洗トイレやポプラ並木、上品な橋のデザインに唸りました。

110万人を虐殺した現場が、野蛮だったり、荒れていたりしたら、まだ納得できます。けれど、じつに整然と秩序正しく、理性的に運営されているのです。

粛々と理性的に行われる虐殺。

それは、彼らが「自分たちの正義を実行している」と思っているからこそ、できるのだろうと思うのです。

アウシュビッツ所長だったルドルフ・ヘスは、虐殺に関して謝罪の言葉は最後まで口にしませんでした。残した手記には、自分も心を持つ一人の人間であり、悪人ではなかった、というようなことを書きました。

僕が訪ねたのは11月の後半でしたから、もう寒い風が吹いていました。収容棟は隙間がたくさんあって、「風が入ってきつかっただろうなあ」と想像できました。もし、夏に訪ねたら、リアルには分からなかったと思います。ガイドの中谷さんは「ぜひ、1月や2月、雪の積もったアウシュビッツに来て欲しいです。そうしたら、どれほど過酷か分かりますから」と仰っていました。

アウシュビッツは、「〝正義〟がたどり着いてしまった地獄」だと感じたのです。

どんな言い訳も通用する国と怒らない国民

東京オリンピックの予算が、当初の7000億円から3兆円超になる見込みだそうです。日本の国家予算が101兆円ですから、なんと、3%をオリンピックに使うわけです。正気の沙汰とは思えませんね。

で、「誰が7000億円でできると計算したんだ?」とか「そもそも、温暖な気候って言った奴は誰だ?」「真夏の東京でやろうと旗振った責任者は誰だ?」と突っ込みたくなるのですが、すぐに、「そういう詳しいことを書いた書類はシュレッダーにかけました」と言われそうです。

はい、「桜を見る会」で政府は、子供の言い訳レベルでねじ伏せられると味をしめましたからね。ハードディスクにも残ってないし、残っていても公文書じゃないし、シュレッダーは障害者雇用の人がやったから遅かったたし、反社会的勢力という定義はないし、適正に処理したなんて言う

し、もう、どんな言い訳も通用する国になってしまいました。

仮にオリンピックで3兆円使っても、なにがしかがちゃんと残るのなら、まだ、費用対効果としてぎりぎり成立すると思うのです。

昔の東京オリンピックみたいに、高速道路が作られたとか、ですね。

でも、何十億は、日傘だの冷水だの製氷機だの、暑さ対策に使われるわけで、何も残りゃせんわけです。

札幌でマラソンと競歩をする費用も70億円から80億円かかる見込みなんですと。

札幌に住んでる人が「マラソン、来るな！　夏の大通公園のビアガーデンを守れ！」とツイートしてました。まあ、準備と警備で何日も前から、ビアガーデンなんてやれなくなるんでしょうなあ。

税金である国家予算の3％をオリンピックに使っても、日本国民はあんまり怒らないんですよね。3兆円あったら、待機児童の解消とか小中学校の少人数クラスなんて簡単に実現できると思うんですが。お祭りのオリンピックより、日本の未来を担う子供達にお金を使う方が何万倍も重要だと思うんですけどねえ。

やっぱり、源泉徴収が原因ですかね。給与や報酬から支払い前に所得税を控除する源泉徴収は、日本では1940（昭和15）年、戦費調達のために始まりました。

先に控除すると、悔しいですけど「税金を払っている」「がっぽり取られた」という実感が薄くなります。

アメリカみたいに自営業者だけではなく、源泉徴収のサラリーマンも、全員が確定申告をしなければいけないと、「ああ、こんだけ取られてるんだ」と実感できるわけです。

でも、日本だとサラリーマンは年末調整で、数字上の操作ですみますからね。

数字を見て終わるか、自分で実際に現金を振り込むか。この違い、サラリーマンを辞めて、自分で確定申告をした人なら、ようく分かると思います。

自分で振り込むようになると、「税金、ちゃんと使えよ。ムダな使い方したら怒るからな！」と思う傾向が間違いなく強くなるのです。

しかしまあ、「桜を見る会」です。

いつまでやっているんだと思っている人もいるでしょうが、招待名簿さえ出てきたら、それで事態は明確になるわけです。

それをあれやこれやと逃げ続けるから、野党も引っ張るわけですね。よっぽど、出てきたらまずいことがあるんだろうなあと思います。

でも、もっと言えば、野党は批判勢力なんですから、問題にして追及するのは当たり前です。

「桜を見る会」の一番の問題点は、自民党の内部から、まったく批判が起こってないことです。かつての自民党なら、子供の言い訳みたいな答弁に対して、長老や若手や対抗派閥が敏感に反応したと思います。

それが、まったく聞こえてこない。

この自浄作用のなさが、本当に怖いと思います。

かつては、自民党は派閥争いが激しくて、首相が一年足らずで辞めていくということが続きました。国民はいい加減にしろと怒りましたし、自民党も反省したのでしょう。

安定した長期政権を目指そうとして、結果として、憲政史上最長の宰相になるんですから、極端から極端しかないのか！　と頭を抱えてしまいます。

これは国民が成熟してないという証拠なんでしょうなあ。

生き延びるために防災情報もアップデート

ＴＢＳの新番組『グッとラック！』に出演していたら、防災の最新知識という特集をしていました。

きっかけは、小学生達が抜き打ちの避難訓練をされた時、校庭にいた生徒達が「地震だ！」の声と共に一斉に教室に走り込み、机の下にもぐったことでした。

「地震が来たら机の下」と教えられましたね。でも、グラウンドにいる場合は、教室に戻るのはとても危険です。なるべく壁から離れてグラウンドの中央に集まるのが正解なのです。

昔は、火事になったら濡れたハンカチやタオルで鼻と口を覆って、姿勢を低くして這うように逃げろと言われました。

今はとにかく急いで逃げろ、です。タオルを濡らしたり、四つんばいになったりしないで、と

地震のときは全裸で
瞑想用ピラミッド
の中に座る
（まちがい）

にかく速く走れ、です。

タオルやハンカチを濡らすと、じつはとても呼吸しにくくなるし、そもそも濡らす手間と時間があるなら、とっとと逃げろ！　となったのです。

「地震が来たらトイレに逃げろ！」も、今は間違いと言われています。トイレに入ってドアが開かなくなるケースが出てきたからです。

今は、「廊下に出ろ！」となります。何も置いていない廊下が一番安全なんだそうです。

「地震だ、火を消せ！」も、今では「その必要はない。とにかく身の安全を！」です。今は、震度5以上の地震が起こると、ガスは自動的に止まるようになっています。

浴槽に水をためて、トイレの流す水に使うのも、今はNGです。

実際の地震の時に、お風呂の水を流して、逆流したり漏水したケースがありました。下水管が破裂していたり、亀裂が入っていたりするからです。大きい時はどうするかというと、簡易トイレや携帯トイレがお勧めです。

これらの知識は、リアルな地震や火事、災害に遭遇してアップデートされているのです。

番組ではクイズも出されました。

地震が来たら、どこに逃げる？

①コンビニ　②駐車場　③ガソリンスタンド

分かります？　僕は②駐車場と答えたのですが、正解は③ガソリンスタンドでした。

ガソリンスタンドは、ガソリンを扱うので安全基準がとても厳しく、防火設備がしっかりしているので、避難場所としても適しているのです。

番組では、阪神・淡路大震災の時にガソリンスタンドで延焼が食い止められた映像が紹介されていました。防火設備が火を止めたのです。一方、都市部のビルに囲まれた駐車場は危険となりました。だだっ広いスペースなら、もちろんＯＫです。

エレベーターの中で地震があったら？　というのが次のクイズ。

①1階ボタンを押す　②奇数階のボタンを押す　③すべての階のボタンを押す

さぁ、どうでしょう？　正解は③すべての階のボタンを押す、です。

1階まで待つのではなく、とにかく早くエレベーターから出て、非常階段で下に降りていくのが正解です。この問題は正解したのですが、全然ダメだったのが次の問題。

ホームで地震にあったら、どうしたらいいでしょう？
①改札に入る　②電車の中に入る　③線路に降りる
分かりますか？

改札にみんなが走るとパニックになりますね。二次被害が起きてしまいます。

線路に降りると、ホームの屋根やらいろんな物が落ちてくるかもしれません。もちろん、電車にひかれるかもしれません。ということで正解は②電車の中に入る、でした。

で、もし、電車がホームに入ってなければ、ホームで頭上に注意しながら、身の安全を守るのです。

番組に出演した危機管理アドバイザーの国崎信江《くにざきのぶえ》さんは、ただ一つの方法でなんとかなると地震を甘く見てはいけないと仰います。

その時々で臨機応変に判断することが求められるのです。

それでも、いまだに「地震は机の下！」と機械的に教えている学校は多いと国崎さんは警鐘を鳴らします。

そんなわけで2020年も生き延びましょう。よいお年を！

父親の死と死を金額する話

父親が亡くなりました。

新年一回目の連載から書くことではないと思うのですが、今、どうしても書きたくて書いています。いや、申し訳ない。正月早々、縁起が悪いよ、という方はスルーして下さい。

去年の12月17日、夕方6時過ぎでした。

もともと、この日、肺炎で入院したという父親を見舞うために、羽田空港から故郷に帰る予定でした。松山空港に6時半ぐらいに着いて、弟からのラインで、「病院に電話して下さい」に続いて「間に合いませんでした」という文章が続いていました。

僕に連絡がつかなかったので、弟の携帯に病院から連絡があったのです。

故郷、新居浜市に着くと、遺体はすでに病院から葬儀会館に移されていて、地元に住む叔父夫

母の葬儀の帰りに見かけた広告
海への散骨
3万円から
3万円かぁ……

婦が待っていてくれました。

葬儀会館の一室で眠る父親の顔を見ました。89歳でしたから、平均寿命を超え、天寿を全うしたと言えるのですが、それでも、唐突な死でした。

亡くなる二日前には、見舞いに来た叔父夫婦と会話をしていたと聞きました。二日で急変したのです。

葬儀社の人が来て、定型のお悔やみの言葉の後、「今から、いろいろとお話しします。2、3時間、かかります。大丈夫ですか?」と聞かれました。

「2、3時間」という長さが、「大変なことが起こった」という一番の実感でした。

葬儀社の人はとてもよくしてくれました。何の問題もないどころか、深く感謝しています。

それでも、次々に示される「商品としての葬式」のカタログにだんだんと怒りを覚えました。それが資本主義なんだ、葬儀もその原則に従っているだけなんだ、と言われればそれまでなのですが、それでも、骨壺が数千円から数百万円までの値段で示されていたり、棺桶が質素なものから華美なものまで数万円から数十万円まで表示されていたり、父親が最後に着る死装束が何千円から何万円までだったり、父親の周りを飾る花束の値段だったり、意味が分からない儀式のあれこれが何万円や何十万円もしたり、お通夜に出す食事のランクがいくつかあったり、葬式の後の精進落としと呼ばれる会食のランクもさまざまにあったりと、すべてが金額に、それもかなり高額の金額で装飾されていくことに、だんだんと哀しみながら怒りがわいてきたのです。

それでも、葬儀社の人は淡々といつもの進行をしているわけで、別に僕に対して特別ないじわるをしているわけでは当然なく、この国で死ぬということは、死を金額にしていくことなんだと深く思いました。

翌日を通夜にすることにして、葬儀会館の一室で、叔父夫婦が帰った後、父親の隣で寝ました。一晩、一緒に寝られるというシステムにしてくれていることに心底、感謝しました。

ドライアイスで父親の遺体は、冷やされていましたが、隣で寝ていると、初めて嗅ぐ匂いが漂ってきました。「ああ、これが死の匂いなのか」と感じました。

次の日、実家に戻って、父親の遺影になるような写真を探し、なおかつ、スライドショウのように最大12枚、父親の写真を上映できるというのでさらに探し、父親の人となりを表すような絵とか何かあれば展示すると言われたので、父親が撮って額に引き伸ばした風景写真と父親の俳句、エッセーを選び、喪服はレンタルできても靴と白シャツは別だと言われたので買いに行き、会葬者に配るあいさつを定型ですますのは嫌なので書き、葬式の最終的な手筈をいろいろとしているうちに、あっと言う間に通夜の時間になりました。

そこで、集まってくれた人達に喪主としてあいさつをと言われ、生まれて初めて、話しながら泣きました。

泣いて言葉が出ないという経験は初めてでした。

その夜は、弟も父親と一緒に寝ました。

そして、翌日が葬儀。

14時からにしたのですが、朝10時からさらに葬儀の打ち合わせが始まり、12時に納棺の儀式をすませ、弔電の整理をして、あっと言う間に14時になりました。

この話、次回に続きます。新年早々、死の話で申し訳ないです。

父の死と詐欺メールとお経のこと

前回の続き、去年の12月17日に父が亡くなった話です。

翌日、ワイシャツを地元の洋服屋さんで買い、支払いを交通マネーの「スイカ」で頼みました。システムとしては可能と表示されていたのですが、お店としては初めての経験で15分ほどかかりました。四国の愛媛県で、お店の支払いに「スイカ」を使う人は、なかなかいませんからね。担当者は、うまくいったかどうか不安げでした。

その5分ほど後、スマホのSMSメッセージに「ご利用料金の確認が取れておりません。本日中にNTT西日本（株）お客様サポート迄ご連絡下さい。担当：岡田」というのが来ました。

ああ、やっぱり何か問題かと、表示されている電話番号にかけましたが話し中でした。

実家に戻り、父の遺影になる写真を探し、昨日は、服のままで寝て、風呂に入れなかったので

よく聞いてると時々
魚の名前が
出てくる
メバル
キビナゴ
ウマズラハギ
ナイルパーチ

（父の遺体が置かれた小さな部屋は、臨時の扱いで風呂もトイレもなかったので）、誰もいない実家で湯船につかっている時にスマホが鳴りました。

裸のまま電話を取ると、ＮＴＴ西日本の岡田さんでした。

スイカの話はしないで「お客さまがインストールしたアプリの使用料が未払いです」と話し始めました。まったく聞き覚えのないアプリだったので、「なんのアプリですか？」と聞くと「ニュースやマンガ、それからエッチなサイトが見れるアプリです」と「エッチなサイト」という部分を強調した言い方をしました。

「で、使用料はいくらなんですか？」と聞くと「去年の10月からの使用料が、計29万８０

00円になっています」と言われました。

この金額でピンと来ました。あとは、定型の言い争いで「そんなアプリは記憶にない」「払わないと民事の訴訟を起こされますよ」「知らないものは知らない」「いいんですか⁉　裁判になりますよ」の繰り返しで、電話を切りました。

またかかってくるかと湯船の中で身構えましたが、それっきりでした。

後から考えれば、「スイカ」と岡田さんの電話はなんの関係もないと分かります。たまたま、無作為にSMSメッセージを流していたのでしょう。

そして、僕も普段なら、「これは怪しい」と思って、電話しないのです。でも、父が死に、なるべく、思考しないようにしていた時だから、電話をしてしまったのです。

でも、裸で電話を切った後、なんだか、身体からエネルギーがわいている自分を感じて驚きました。父親が死んで、気持ちが落ち込むだけでしたが、こうやって、世界は動いていて、スキあらば金をむしり取ろうとする人達のエネルギーに満ちている。世界は、個人の事情とは関係のない所で進み続けている。そんな気持ちになったからかもしれません。

実家で原稿用紙を発見し、少し、SPA！の原稿を書きました（前々回の防災情報のやつです）。その日が、締め切り日でした。一泊だけの見舞いのつもりだったので、ノートパソコンは持って来ていませんでした。

昔、『週刊朝日』に連載していた時は、原稿用紙に手書きだったなあと思い出しました。昨晩、担当編集者の鈴木さんに「事情があってファックスでもいいですか」と問い合わせて、ＯＫをもらっていました。

夜7時半からの通夜では、お寺のお坊さんが来てくれました。僕の祖父が檀家の代表をしていたお寺です。叔父が引き継いでいました。

なんと呼ぶのか専門用語は分かりませんが、お経が「漢字読みくだし文」で書かれた小冊子が配られました。お坊さんは、それをお経として読み上げました。僕は少しホッとしました。今、何が語られているのか分かるからです。

去年、『月刊住職』という真面目な雑誌から、「仏教について思うこと」を書いて欲しいと依頼がきました。昔、キリスト教のお葬式に出た時、神父さんは聖書の言葉を語って死者を送りました。意味が分かる厳粛さに感動しました。でも、お経は残念ながら分からないのです。

法話というのでしょうか、お経の後に「大切な話」をするお坊さんはいます。でも、それは、ある種、くだけた雰囲気になります。死者を送る瞬間は、厳粛な儀式の時間です。

キリスト教の葬式は意味が分かる言葉で死者を送っているという体験は衝撃でした。でも、日本人にとってお経は、たとえ厳粛でも、意味が分からないのです。

この話、続きます。

当事者になって気付く葬儀という儀式の必要性

父が去年の12月17日に死んだ話の三回目です。

通夜では、「意味の分かるお経」でしたが、葬式では、「意味のまったく分からないお経」でした。

こんなことを言ってもしょうがないのですが、「意味が分かりたいなあ」と思いました。

その昔、インドや中国から伝わった「ありがたいお経」は、意味が分からないからこそ、価値があったのだと思います。サンスクリット語や中国語などで書かれたお経だからこそ、権威が生まれ、日本人は感動したのでしょう。

けれど、今は状況が違うと思うのです。それが、キリスト教の牧師さんや神父さんが、聖書の「分かる言葉で死者を送る」という厳粛な瞬間に立ち会った後に感じたことです。

最近ほんと訃報が多い
お葬式〜の
香典返しも
すまない
うち〜
に〜
ま〜た〜
ですね〜〜

お経の時間は意味が分からなくて、参列者にとって「我慢の時間」になっていることが、仏教にとっても日本人にとっても残念なことなんじゃないかと思えてしょうがないのです。

葬式が終わり、火葬場へと移動しました。

二時間弱待ち、骨になった父親を骨壺に拾いました。骨を半分ぐらい入れると、骨壺は一杯になりました。

それで終わりのようだったので、「残りの骨はどうするのですか？」と聞きました。

火葬場の人は、「西日本は、骨は残します。東日本は全部、拾います」と説明した後、「これらの骨は、丁寧に扱わせていただきます」と遠回しに言いました。

ああ、捨てるんだなと思いました。

だから、反発したというわけではありません。

ただ、骨を全部集めると骨壺はとても大きくなる。だから、半分ぐらいで終わらせる、そういう知恵が西日本では生まれたんだなと思いました。大阪発の合理精神だろうかとも考えました。

火葬場から戻り、初七日の法要をしました。本来は、七日後にするものだけれど、最近は、葬式の後、また遺族の人達に集まってもらうのは大変だから、遺骨迎えの法要と合わせてしていると説明されました。

またお坊さんが来てくれて、今度はまた、小冊子を配って、意味の分かるお経を読みました。

そして、参列者で食事をして終わりました。

当事者になって、やっと、これだけ儀式を続ける理由を実感しました。

死んだ日に隣で寝て、次の日に通夜をやり、また隣で寝て、次の日に葬式をやり、出棺して、火葬し、骨を拾い、初七日をやり、みんなで食事することで、ようやく哀しみが一段落しました。悲しい気持ちは続いていましたが、ゆっくりと着地する予感がありました。

なるほど、昔の人は、肉親の死と折り合いをつけるために、これだけの手順を考えたんだなと感じました。

問題は、次の日でした。

僕は東京に、弟は福岡に戻るので、四十九日の法要の手筈と、そして、香典の金額の確認と半返しの作業が待っていました。僕達は、内々ですまそうと「家族葬」という形式を選びました。

それでも、香典を下さった方は、四十人ほどになりました。

大変な作業でした。

これが一般葬で百人を越していたりしたら、個別の金額を確認し、半返しの品物をそれぞれに指定するという作業がどれだけ苦痛か。どれだけ、悲しむ遺族をさらに苦しめことになるのか、と心が痛みました。

『神社で拍手《かしわで》を打つな！』（島田裕巳《しまだひろみ》／中央公論新社）が、「半返し」という習慣は、伝統とはなんの関係もなく、1970年代に広がったものだと解説しています。

1970年に発売され、ベストセラーになり、続編を含めて700万部売れた、塩月弥栄子《しおつきやえこ》の『冠婚葬祭入門』では、「香典は、他家の不幸に同情し、相互扶助的な意味もあって贈られたのですから、感謝の挨拶状だけでもよいのです」と書かれています。

『岩波仏教辞典』では、「仏事が終り余りが出れば、香奠《こうでん》返しをする。また仏具などを買って菩提寺に寄進する」と「香奠（香典）返し」を説明しています。

半返しは日本の伝統ではなく、最近、生まれてきたものなのです。

誰が、なぜ、始めたのか？

どう考えても、「半返し」をビジネスにした人達が始めたという結論しかないのです。次回で最後です。

香典の半返しというビジネス

去年の12月17日、父が死んだ話の最後です。

前回は、「半返し」という風習が、日本の伝統でもなんでもなくて、１９７０年代に生まれたものだという話を書きました。

じつは、葬儀会館では、「年末の忙しい時期ですから、その場で『半返し』はいかがですか？」と言われました。意味が分からず「その場というのは？」と聞き返すと、「ですから、香典を受け取ったら会葬のお礼と共に、その場で『半返し』の品物を差し上げるのです」と葬儀会館の人は説明しました。

葬式に来て、香典を出し、「このたびは御愁傷様でした」と語る参列者を前に、参列のお礼の品を差し上げた後、香典を開けて、金額を確認し、半額に相応しい品物をその場で渡すというこ

香典20円出したので
半返しでうまい棒が
送られてきました。
うまい

とだと分かり驚いていると、「年末の忙しい時期では、別に珍しいことではありません」と言われました。驚いたまま「いえ、それはしません」と断りました。

もちろん、「何かお礼をしたい」というのは、人間の自然な心理だと思います。

結婚式の御祝儀の「返し」である引出物は、金額に関わらず一律で、事前に準備が可能で、めでたい陽気な精神状態で行われます。

でも、葬式の「半返し」は、葬式が終わった後の哀しみの精神状態の時に、一人一人、金額を確認し、それぞれの「半額」を決定し、品物を選び、郵送の手続きをするのです。

あきらかに、「半返し」というビジネス業界が定着させたルールは、遺族を苦しめていると僕は思います。

遺族をねぎらい、葬式の足しにと思って出した香典が、「半返し」という煩雑な手続きを生み、遺族を苦しめているのです。

結婚式の場合は、御祝儀の返しである引出物の中身について、いろいろと話す人は多いです。それなりに包んだのに、この品物なの!? なんていろいろと思うのでしょう。めでたい席だからこそ、文句も言いやすいのかもしれません。ですが、僕は香典の「半返し」の品物が不満だと文句を言う人をあまり聞いたことがありません。

基本的に、「半返し」は葬式の後、四十九日の法要が終わって送られます。そのタイムラグが「今頃、お茶を送ってくれるのか。気をつかわなくていいのに」とさえ思うのです。

「半返し」をマナーだ伝統だ礼儀だと仕掛け、定着させたビジネス関係者に対して、僕は怒りさえ感じます。なんでも商売にすればいいってもんじゃない、と思うのです。

「口臭除去」は、20世紀の真ん中辺りに、アメリカで化粧品会社が行った「誰もそれを教えてくれない」というキャンペーンの言葉から始まりました。それまで「口臭を気にする」という概念はありませんでした。

今、テレビでは、「部屋の臭い」を消そうというCMが連発されています。少し前は「体の臭い」でした。友達を自宅に招く時、家具やカーペットにシュッシュッしまくる風景はどこまで「常識」になっているのでしょうか。

なんでも商売にすればいいってもんじゃない、と思うのです。

でも、香典の「半返し」が問題だと思っても、死がすべて金額に換算されても、人生の中で何度もないので、人は我慢してやりすごしていくのだと思います。

本当は、見直さなければいけないことなのに。

僕が最初に見た死体は、祖父のものでした。小学生でしたが、棺桶に横たわる姿を、今でも強烈に覚えています。

死というものに直に接した初めての体験でした。ああ、死というものがあるんだ、空想でも物語でもないんだ、それは事実なんだ。現実に人は死ぬんだ、ということをまざまざと理解しました。

大往生した祖父から、死を教えられたことが良かったと今では思います。不慮の事故でもなく、誰かの自死でもなく、最初の死が、一番年長の祖父だったことが、子供にとっての正しい「死と出会うレッスン」だったと思うのです。

今回、子供達が父親の死体を見ました。一瞬、息を止め、身体が固まりました。生まれて初めて見た、リアルな死体でした。

父親は最後に、孫に対して正しい「死と出会うレッスン」をしてくれたと思いました。手を合わせる子供達の後ろで、「じいちゃんの最後の孫孝行」に深く感謝しました。

全国の小学校に広がる給食の「もぐもぐタイム」

「もぐもぐタイム」というものが、最近の小学校の給食の時間に増えているというニュースに接しました。

もともとは、2018年の平昌五輪の時のカーリング女子チームが、ハーフタイムに食事をとる時間を、こう呼びました。なんだか、可愛い表現でした。

でも、学校給食では、「給食の時間、黙って食べましょう」という時間を「もぐもぐタイム」と呼んでいます。

広島の小学校から始まったとニュースでは解説していました。

「黙って」というのは、文字通り、一言もしゃべらずに、ということです。ここらへん、日本人は几帳面ですから、一度、決めたら誰もしゃべりません。

黙秘権を使っているのかと思ったらこいつ
モグモグタイムか!!
──モグモグ──モグ──
モグモグモグ
モグモグ

ニュースでは、取材した学校のＶＴＲが流れていました。

全員がシーンとした中で、黙々と食事をしていました。正直に言って、咀嚼《そしゃく》音と食器の触れ合う音だけが響く教室の風景は不気味でした。

これが大人なら、禅寺の禅僧みたいとも思うのですが、子供達の沈黙の風景は強烈な違和感でした。

誰かが、ちょっと話そうとすると、先生が「○○君。もぐもぐタイムですよ」と注意していました。

で、取り入れている学校は、「残食率が減った」と胸を張っています。

食べ残しが減ったので、とてもいいと自慢しているのです。

「しゃべりに夢中になって、食べきれない子供もいなくなった」「落ち着いて食べるようになった」という効果を自慢します。話してはいけないので、食べるしかなくなり、結果として食べ残しの量が減るのです。当たり前と言えば、当たり前なのです。

で、それを受けて、「生徒の咀嚼力が上がり、集中して食べて、消化もよくなる」ということで、今、猛烈な勢いで全国の小学校に広がっているのです。

ニュースでは、児童にインタビューをしていました。

「ちゃんと食べられるから、もぐもぐタイムはいいと思います」と優等生は真面目に答えます。

「ちょっと、淋しい」「友達と話しながら食べたい」と正直に語る「不真面目な」生徒もいました。

千代田区立麹町中学校の校長先生、工藤勇一《くどうゆういち》さんの著書『学校の「当たり前」をやめた。――生徒も教師も変わる！　公立名門中学校長の改革』（時事通信社）という素敵な本があります。

この本の中で、工藤さんは、教育とは、「より上位の目的は何か？」を常に問いかけることだと書いています。

例えば、下校中に買い食いをしてはいけないと厳しく指導する時、「より上位の目的は何か？」と問いかけるのです。

教育とは、子供を抑えつけ、どんなにノドが渇いても、飲物を買うことを禁じることではないだろうということです。

給食の目的はなんでしょうか？　食べ残しを減らすことでしょうか。「残食率を減らすこと」と「楽しく食事をすること」「クラスメイトと食事しながらコミュニケイションすること」は、どちらが「上位の目的」なのでしょうか。

僕は、どう考えても、「残食率」よりは、「食事をしながらコミュニケイションすること」がより上位の目的だと思うのです。

実際に、ニュースでは、「もぐもぐタイム」を取り入れていない学校の先生が「午前中にケンカした児童が、給食を食べながら仲直りすることもありますから」と話していました。

また、「おしゃべりに夢中になったら食べきれなくなる。だから、うまく調節しよう」ということを学ぶのも教育だと思うのです。

この連載で、「夏、水筒を持っていても、先生が飲めと許可しないとどんなにノドが渇いていても飲まない小学生」のことを書きました。

この指導を真面目に守った結果が、「電車の運転手が勝手に水を飲んでいた」とか「消防士がコンビニでコーヒーを飲んでいた」と非難する人間を生んでいるんじゃないかと僕は心配します。

「もぐもぐタイム」を小学校1年生から真面目に守り、そのまま6年間育った人間がやがて、「ファミレスで隣のグループはしゃべりながら食べてる。信じられない。うるさい」というクレームをいれる時代が来るんじゃないかと、怯《おび》えているのです。

渾身の最新エッセーは、22歳の旗揚げ公演から38年間の「ごあいさつ」

世の中が新型コロナでわちゃわちゃしている時なんですが、新刊が出ました。『鴻上尚史のごあいさつ1981―2019』（ちくま文庫）です。

いや、この本だけは特別なんですわ。もちろん、今までのどの本も大切ですよ。でもね、なにせ、この本には、おいらの38年間がつまっておるのですよ。

僕の芝居を見た人なら、僕が「ごあいさつ」と呼ばれる手書きの文章を配っていることを知っているはずです。

ノートに見開き1ページ手書きで、それをコピーします。大規模な公演だと、何万枚もコピーします。大変ですが、一人一枚、渡るように観客の数だけ制作に頼んでコピーしてもらってます。

もともとは、初日に演出家としての仕事がぱったりとなくなったことが始まりでした。

おいらは、22歳で劇団を旗揚げしたわけですわ。で、半年ぐらい稽古しましたね。1981年5月15日、初日でした。はい、もう歴史の1ページぐらいの古い話ですね。夜7時から本番でした。

昼に集合して、最後の稽古をして、5時過ぎになりました。

「それじゃあ、本番、よろしくお願いします。演劇界のテッペン取ろうぜ！」なんていう青春の特権のあおり言葉を叫んで、俳優もスタッフも「うしっ！」だの「よろしくお願いします！」だの応えて、各自、散ったわけです。

俳優は、軽く食事をとって、メイクですね。食べない奴は、一人で集中するとか、台本を見返す、なんてこともしますね。

スタッフは、戦争状態ですね。照明担当は、もう一度、すべての照明機材がつくかどうかチェックするし、音響はテープがちゃんと順番にそろって、音はちゃんと出るか、舞台スタッフは小道具の最終チェックなんてことですね。

みんな、忙しいのです。

ところが、ここにただ一人、やることが突然なくなった人間がいたのです。はい、それが演出家の僕でした。

驚きましたねえ。「お、俺にはもうすることがない！」

まあ、後は、キャストとスタッフを信じて任せろ、ということなのです。でも、ここで不安に押しつぶされた演出家は、楽屋に入って「あのシーンなんだけどさあ」と本番直前の俳優の心を乱すとか、照明チェックしているスタッフの耳元で「もし、ライトがつかなかったらどうしよう？」なんて混乱させたりするわけです。

周りを信用しないで、とにかく、全部に口を出してくる上司っているでしょう？

で、おいらは、「いかん。間違っても、そんな奴になってはいかん」と思ったわけです。でも、思ったところでやることがない。やることがないと、むずむずして、キャストやスタッフに余計なことを言ってしまうかもしれない。「どうしよう。よし！　観客に向けての文章を書こう！」と決めたわけです。

それが「ごあいさつ」でした。

旗揚げ公演では、そう思ってしこしことノートに書き始めましたが、開場の六時半には間に合わず、結局、二日目にガリ刷り（！）の「ごあいさつ」を配りました。「ガリ刷り」なんて、知らないかもしれません。

で、そうやって、22歳の旗揚げ公演から「ごあいさつ」を書き続け、なんと、最新作の『地球防衛軍　苦情処理係』までの「ごあいさつ」38年分をまとめた本が出版されたのですよ！

すべての「ごあいさつ」には、その時の公演の解説とか小さなエピソードを書き添えました。

いろんなことがありましたなあ。

もともと、初日に仕事がなくなったから書いたわけで、初日前日までは余裕がないことの方が多いです。

結果、初日に「ごあいさつ」が間に合わない、なんてことは普通です。第三舞台の時は、「ごあいさつのおわび」という、俳優全員が鴻上に代わって、一言謝る、寄せ書きのようなものをコピーしたりしました。今から思うと、これは貴重です。

そんなわけで、僕の芝居で「ごあいさつ」を読んだ人も、読んだことがない人も、手に取っていただけると幸せです。

ムチャクチャ気合の入ったエッセーだとも言えるのです。

新型コロナのチグハグな対応に混乱している

じつに複雑な気持ちになっています。

安倍首相は、「多数の方が集まるような全国的なスポーツ、文化イベントなどについては大規模な感染リスクがあることを勘案し、今後2週間は中止・延期または規模縮小などの対応を要請」と言いました。

菅官房長官は、自粛対象を「全国から参加者を募ったり、国もしくは全国規模の団体が開催したりする大規模なイベント」と記者会見で語りました。

けれど、予想通りというか、観客数が数百人規模のライブや公演が続々と中止を発表しています。

主催者側の気持ちは、痛いほど分かります。

取組前の消毒

「もし、予定通りやって、観客からコロナ感染者が出たら、どう責任取っていいか分からない」「その時のマスコミの攻撃が怖い」ということでしょう。

たとえ観客数が100人以下でも、「感染者が出たらどうするんだ⁉」というクレームの電話を受けたら、どう対応していいか分からない、というのもあるでしょう。

福岡のライブで感染したケースでは、バンド名が公表されました。こうなりたくないために、とにかく、中止しようという流れでしょう。

マスコミも最初は、「大規模なスポーツ・文化イベントの自粛要請」と書いていたのが、いつのまにか「スポーツ・文化イベントの自粛要請」と「大規模」の文字がなくなりました。

安倍首相は、2月26日に自粛期間は「2週間」と言いました。3月11日までということです。

そのすぐ後で、萩生田文科相が記者会見して「3月15日までをひとつの目安」と言いました。

数時間で4日、延びました。

汗と唾が飛び交うマラソン大会や数万人が集まるドームコンサートが中止になるのは、しょうがないと感じます。

たとえ100人規模でも、ファンミーティングは、この時期、どうだろうとも思います。

一人一人と近距離で会話して、握手する、なんてのは、やめた方がいいだろうと思います。

けれど、満員電車はいつものように走り、ぎゅうぎゅう詰めの生活を続けながら、数百人レベルのライブや公演を中止するのは、それでいいのかと、真剣に混乱するのです。

もうひとつ、混乱する理由があります。

「基本方針」が発表された時、菅官房長官は、「政府としては、これまで先手先手の対策で対応してきた。今回の基本方針は、今後、患者が増加する局面を想定して適切に対策を策定したもので、ある意味、先手先手の対応だ」と、記者会見で語りました。

「先手先手の対策」という部分で、耳を疑いました。先手先手の対応をしたことと、「ダイヤモンド・プリンセス号」で感染者が増え続けたことや、武漢から帰国した人が相部屋に泊まるしかなかったことは、どう関係するのだろうかと思ったのです。

公演を中止するということは、人件費を含む、総制作費の赤字を主催者が引き受けるということです。

「3・11」の自粛ムードの時、演劇ではまず公共ホールや自治体が主催する公演の中止を決めました。「この時期に、歌舞音曲は不適切だ」という理由です。

クレームに弱い、敏感な組織ゆえの決定です。公共の主催ですから、赤字になっても、基本的には倒産することはありません。

次に「中止にできる財力」のある主催者の公演が中止になりました。

ほとんどは大手の興行会社ですから、対外的な評判を気にします。「あの会社はこんな時期に、あんな陽気な芝居をやっている」と言われたくなかったのです。

問題は、公演を中止にしたら、その赤字で簡単に倒産してしまう小さな会社や劇団でした。

今回も、まったく同じです。

300人のマスクをした観客が、黙って、俳優の演技を見ていることに感染の危険があるとするならば、その前に満員のバスと電車を止めて学校と会社を休みにすべきなんじゃないかと思うのです。

いや、混乱しています。でも、僕が演劇人だからこう言っているのではなく、どこか、チグハグと感じるから混乱しているのです。

今はたくさん映画を見ています

新型コロナウイルスをめぐる状況は、日々、変わっています。この原稿は、基本的に、活字になる一週間前に書いています。ネットに載るのはさらに一週間後です。

こんなに、原稿が状況に追いつかないという体験は初めてです。

今、この時点で僕が言いたいことと、二週間後に僕が言いたいことが違っている可能性が高いです。

問題は、3月15日。とりあえず自粛を続けるかどうか、様子を見る目安と言われている日に、誰が何を言うのか。

見に行く予定だった芝居が、続々と中止になったので、たくさん、映画を見ました。

テレビの内幕を描いたドキュメンタリー『さよならテレビ』。

社会科見学で東海テレビを訪れた小学生に、報道部長が「報道の使命」をレクチャーします。「①事件・事故・政治・災害を知らせる　②困っている人（弱者）を助ける　③権力を監視する」

報道部長は、一点の迷いもない顔で小学生に語るのです。

しかし、毎日、報道部長が徹底的に社員に語るのは、「低迷する視聴率」です。中京エリアで、第4位。つまりは最下位の番組をどうしたらいいのか、それが話題です。

そして、働き方改革で残業を100時間以内にすることという「業務命令」を伝えます。けれど、同時に、視聴率を上げることも至上命令です。

反発し、苦悩する社員達が映されます。そして、報道部長が最後に「やれって言われた以上、サラリーマンなもんですから、従わなければいけないのもしょうがない」とまで語る部分も映画は映します。

番組の司会者、福島智之《ふくしまともゆき》アナウンサーにも、映画は迫ります。自分の言葉で自分の意見を伝えないのかと。福島アナウンサーは、カメラの前で正直に、そうはしたくないと語ります。「表現することはリスクを取ることではないのか」と監督の土方宏史《ひじかたこうじ》氏はさらに迫ります。口ごもる福島アナウンサー。

この作品を、開局60周年記念番組として放送した東海テレビの懐の深さというか、大きさに感動します。

オンエア時は、77分でしたが、映画版として109分の作品になりました。ネタバレしますから、詳しく書けませんが、最後、「あっ!」と思う仕掛けがあります。その部分を含めて、凄い「ドキュメンタリー」です。テレビが自分自身を問いつめた見事な作品になっています。

『レ・ミゼラブル』も感動的な映画でした。

ミュージカルで有名な方ではなく、ラジ・リ監督の初の長編作品です。

2019年のカンヌで審査員賞を受賞し、アカデミー賞では、フランス代表として国際長編映画賞にノミネートされました。

舞台は、パリ郊外の犯罪多発地帯モンフェルメイユ。

この街の描写が凄まじいです。貧困と移民と人種間対立と。ラジ監督がこの街に生まれ、今もこの街に住んでいると知ると納得します。映画全体から、監督の「この状況をなんとかしたいんだ！　なんとかしないとダメなんだ！」という悲鳴が響いてきます。

物語は、この街の犯罪防止班にステファンという新人が加わる所から始まります。三人一組でパトロールするのですが、先輩の二人は、子供だろうが容赦なく、乱暴に扱います。それをとがめるステファンに、こうやらなければなめられる、これが最も正しい方法なんだと譲らないのです。

大人も子供も、小さなグループに分かれ、なんとか肩を寄せ合い、必死に生きている様子が痛切に伝わってきます。

小さくまとまり、助け合うからこそ、他者に対しては不寛容になります。仲間への愛は、外部への憎しみに転化するのです。

物語は、些細《ささい》なことから、激しい対立へのクライマックスへと進んでいきます。

憎悪と対立と不寛容は、今、ここまで来ているんだという圧倒的なリアリティーがあります。

対立が対立のまま、憎悪が憎悪のまま終わるのだろうかと心配していたら、最後に、監督の祈りがありました。それはまさに、祈りとしか言えないものでした。

ブレイディみかこさんと対談した

『ぼくはイエローでホワイトで、ちょっとブルー』(新潮社) が話題のブレイディみかこさんと対談しました。NHKのEテレの『スイッチインタビュー達人達』という番組です。

対談の前に本を読んだのですが、実に興味深く感動的でした。内容はブレイディさんと息子さんの実話というか、毎日の生活です。

息子さんは、イギリスの「元・底辺中学校」に通い、そこでさまざまな人と出会います。友達だと思ったのに人種差別丸出しの発言をするクラスメイトや、貧しさに苦しむクラスメイト等々。

貧困と差別に直面しながら、ひとつひとつ、「なんとかしよう」と取り組む息子さんとブレイディさん、そして夫の生活が感動的でした。

こういう本が、ベストセラーになる現状は、ひとつの希望だと思います。

ここしばらく、暗いニュースと哀しくなる出来事と分断を煽《あお》るネットの発言に接していると、だんだん、「この国、アカンなあ」なんて思う時もあるのですが、なかなかどうして、『ぼくはイエローでホワイトで、ちょっとブルー』がベストセラーを驀進している現状を見ると、「みんな、探してるんだな。あきらめてないんだな」という気持ちになります。

僕が一番、印象に残ったのは、「sympathy(シンパシー)」と「empathy(エンパシー)」は違う、ということでした。

「シンパシー」とは「同情する気持ち」「共感する気持ち」ですね。

「エンパシー」は「共感する能力」「感情移入する能力」のことです。で、普通は「可哀相な人に同情しましょう」「貧しい人に優しさを」と、「シンパシー」が強調されがちなんだけど、より大切なのは「エンパシー」の方だと、ブレイディさんは言います。「エンパシー」は、可哀相だと思う気持ちではなく、可哀相だと思える能力のことです。ただ同情することではなく、同情できる能力です。

それを自覚し、養うことが大切だと、ブレイディさんの息子さんは学校で習うのです。「ちゃんとした市民になるための」授業の一環として受けるのですが、これはもうすごいことです。日本の道徳の授業となんと違うことか。

昔、大学時代の友人が、「スナックのバイトして初めて分かったんだけどさあ」と話したエピソードがありました。

「お客さんが『にいちゃん、焼きそば』って注文するのね。で、作って出すと、隣の客がそれをみて『あ、俺も』って言うの。言った本人は、何の悪気もないんだけど、こっちとしては『最初に言ってくれたら、一度に二人前作れるから、手間が省けたのに』って思うんだよ。でもさ、このことを人に言っても、『へえ、そうなの？　もう一回作ればいいじゃん』って反応する人がほとんどなの。でも、カウンターの中に入るバイトをしたことがある人だと『分かる！　それ、すごく分かる！』って言うんだよ。これを俺は『カウンターの中の論理』と名付けたね。で、俺は思ったんだ」

　大学時代の友人は真面目な顔になりました。

「誰かが『焼きそば』って言って、自分も食べたくなりそうなら『あ、俺も』って、その時に言うのはもちろんなんだけど。

　たぶん、他にも一杯、『カウンターの中の論理』はあるはずなんだよね。でも、実際にカウンターの中に入らないと分からないことが多いんだ。俺は、これからは、なるべくカウンターの中に入らなくても、想像力でなんとか、『カウンターの中の論理』を理解したいと思うんだ」

　これがたぶん、「エンパシー」のことだと思います。他人の状況に共感できる能力。

　イギリスは、日本と比べものにならないぐらいさまざまな人種が日常的に学校に通っていて、貧富の差も日本以上に激しくて、アジア人差別も普通にあって、そういう中で、憎悪と対立だけで生きていかないようにするためには、「エンパシー」という能力がどれほど大切かと、骨身に沁みるのです。

　この本で書かれている日常は、将来、日本が直面する事態のような気がします。だからこそ、先に現実と格闘するブレイディさんと息子さんの姿が感動的なのです。

いまだかつてないことにあなたは……

この原稿を2020年3月25日に書いています。あなたが、この原稿を読む時、いったいコロナをめぐる状況はどうなっているのか、まったく予想ができません。

望まない形で、歴史が動いている瞬間を、私達は目撃しているのだと思います。

テレビで「オリンピックをどうしたらいいか?」にコメントしたその日の夜に、延期が決まりました。タイムマシンで一カ月前に戻って「オリンピック、延期だよ」と発言しても、「お前は何を言っているのか」と言われるでしょう。

学校の一斉休校を含めて、予想もつかないことが日常レベルで起こっている時は、誰もが不安で、誰もが焦ります。

でもそういう時こそ、地に足をつけて考えないと、と自戒するのです。

緊急事態と言われても
一歩外に出ると桜も満開だし
ポカポカと暖かいし春だしで
のんきな気分になってしまうのだった。

あなたがあるお店の社長さんだとします。新商品を売り出そうとすると、お役人から「自粛して欲しい」と言われました。

あなたは大量の新商品を前にして、「この商品はどうなりますか？」とお役人に聞きました。

お役人は、「どうにもならない」と答えました。

あなたは、自粛した方がいいと頭では分かっています。

病気の拡散を防ぐためという当然の理由もありますが、「自粛」という言葉が、同調圧力によって強制になることが分かっているからです。

強制になった「自粛」を破ってしまうと、ネットを含めて、どれだけ攻撃されるか、あなたは賢明なので深く理解しています。

でも、あなたは途方に暮れます。なぜなら、この新商品を売らないとあなたのお店は潰れるからです。あなたは、「この新商品を作るために、もう、何億円も使いました。そのお金はどうなるんでしょう？」と遠慮がちに聞きました。

お役人は、「どうにもならない」と答えました。そしてまた言いました。

「自粛して欲しい」

イギリスでは、劇場関係者が、首相が自粛を匂わせた時に「自粛だと政府にはなんの責任もなくなる。閉鎖なら閉鎖と責任を持って言って欲しい」という声を上げました。

そして、首相は、お店や劇場、レストランなど生活必需品以外のすべてを閉鎖するように命令しました。

その代わり、すべての従業員の給料の80％を、月2万5000ポンド（約33万円）を上限に払うことを決めました。ベルリン市長は、すべての自営業者に、1万5000ユーロ（約170万円）、アイルランドは週300ユーロ（約3万6000円）、ニュージーランドは週585NZドル（約4万円）、香港は全住民に一律14万円、払うと決めました。

ドイツの文化大臣は「フリーランスの芸術家への無制限の支援」を表明しました。

ニュースを見ると、政府は、消費者支援のために、「和牛商品券」や「旅行券」を検討していると報道されていました。あなたは、何かの間違いだろうと混乱しました。

「自粛して欲しい」という声が耳にこびりついています。

あなたは、新商品の山を前に考え込みます。

「売らないで倒産する」か「自粛しないで売り出して、もし感染者が出たら社会的に抹殺されるが、感染者が出なければ倒産しない」を選ぶか。

感染者が出なくても、罵倒されることは見えています。

つまりは、倒産か社会的死か罵倒か、です。

K－1という組織は、こういうふうに考えて、強行したんだろうなあとあなたは思います。そして、予想通り、激しい攻撃に晒《さら》されています。

今日は、「不要不急の外出は控えて欲しい」という要請が出ました。ますます、あなたのお店の新商品を買いに来る人は減るでしょう。

あなたは考えます。

「病気のために自粛して欲しい」というのは、いまだかつて聞いたことがない言葉です。いまだかつて聞いたことがない言葉に対応するためには、いまだかつてやったことがないことで対応するしかないんじゃないだろうか。

それは、いまだかつてやったことがないからこそ、議論を生み、混乱し、ぶつかるかもしれない。でも、いまだかつてやってないことをしないと、倒産するしかないんだと、あなたは考え続けるのです。

刑務所は処罰の場か更生の場か

『プリズン・サークル』という映画を見ました。

「島根あさひ社会復帰促進センター」という新しい刑務所で撮られたドキュメントです。

そこでは、受刑者同士の対話をベースに犯罪の原因を探り、更生を促す「ＴＣ（Therapeutic Community＝回復共同体）」というプログラムが日本で唯一導入されています。

登場人物というか映されている人達は、もちろん、実在の受刑者ですから、顔はボカされていて分かりません。

ですが、感情の震えはくっきりと伝わります。だんだんと顔がボカされていることが気にならないというか、忘れてしまうぐらい、感情が揺さぶられます。

映画がフォーカスを当てたのは、４人。

「なぜ、今、自分はここにいるのか」「いかにして罪を償うのか」「自分はどうしたらよかったのか」それらの疑問が、対話や問いかけなどさまざまなテクニックによって掘り下げられていきます。

4人とも、20代なのですが、まず、その育てられ方に胸が潰れます。

幼い頃に経験した貧困、いじめ、親からの虐待、周りからの差別。

詐欺と詐欺未遂を犯した22歳の拓也は、施設に預けられていて幼少期の記憶があまりないと言います。

唯一覚えているのは、ほんの短い間、母親と暮らしていた時に使っていたシャンプーの匂いだけ。

強盗致傷、窃盗などを犯した24歳の真人は親からの虐待と周りからのいじめを受け続けていました。他の二人も、安全で安心できる子供時代とは無縁に育ちました。

初めは、誰もが自分のそういう過去を語りません。本当につらい記憶は、胸の奥の奥に封じ込めて、なかったことにするのです。

それが、TCのプログラムの中でゆっくりと語られ始めます。

「近年のトラウマ研究が明らかにしたのは、過酷な経験は安全な場所がなければ思い出して語ることはできないということだ」と映画のパンフレットの中で臨床心理士の信田《のぶた》さよ子さんが語っています。

4人の話を聞きながら、こんな育ち方をしたら、犯罪を犯してもしょうがないんじゃないかとさえ思います。こんなひどい扱いを受けてきて、人間に対して優しくなんかなれるわけがないとも思います。

彼らは泣きながら、あるいは吐き出すように、苦しみながら語ります。

一人の話を聞いて、それに刺激を受けて、閉ざしていた扉が開くということもありました。

日本の刑務所は、基本的に処罰の場であるという考え方です。そこでは、規律と管理が徹底されています。

指先まで真っ直ぐ伸ばして直立不動で立つ。呼ばれたら大きな声で返事をする。機械仕掛けのような鋭角的な礼をする。軍隊的規律と言っていいと思います。

ＴＣは１９６０年代以降、欧米各地に広がりました。処罰ではなく、「更生」を目的とする考え方です。処罰しても再犯をとめることができない、という研究の結果です。

さまざまなプログラムの中で、犯罪者と被害者のロールプレイングもありました。

27歳の健太郎は、強盗傷人、住居侵入を犯します。親戚の家に押し入ってケガを負わせたのですが、それにより、婚約者もお腹にいた赤ちゃんも、友人も仕事仲間もすべて失いました。

健太郎の事情を知った他の受刑者は、被害者や婚約者の立場で健太郎に語りかけます。

被害者役の人は憤りや怒り、疑問を健太郎にぶつけます。懸命に答えていくうちに、健太郎の目から涙が溢れ出ます。被害者のことを真剣に考えた瞬間でした。

まさに演劇の手法です。

このＴＣを受けた人達は、再入所率が他の受刑者に比べて半分以下というデータがあります。本当の意味で更生に役立っているのです。ただし、日本全国で４万人いる受刑者のうち、ＴＣを受けられるのはわずか40人という数字です。

この映画は、取材許可が下りるまでに6年、撮影2年、公開までにさらに約2年かかりました。

作られる意味のある映画だと思います。個人が主催する自主上映会もできるという案内がありました。

税金と年貢は違う

ぴあ総研のデータによると、2月の終りからの一カ月で、中止または延期したライブイベントは、8100０本、入場できなかった観客は5800万人、売り上げの損失は1750億円と言われています。

さらに5月末まで続けば、中止は72000本で計153000本。入場できない観客は、5100万人で計1億9000万人。損失は、1550億円増えて、計3300億円になるという計算です。

金額が莫大なのは、ライブイベントは、自粛でお客が何割か減るという業種ではなく、公演するか中止するかしか選択肢がないからです。

というデータをツイッターに書いたら「国から金をもらいたいのか?」「演劇だけが特別だと

まさに総理大臣である
私の全責任において
一家族に布マスク2枚
をお配りしたいと…
お金を配ってください！

思っているのか？」「お前達はこじきか？」というメンションをいろいろもらいました。

まあ、こんな時期ですから、誰もがムシャクシャしています。

名前が知られている奴がなんか書いていたらとりあえず叩いてやろうと思うのは、人間のひとつの本能かもしれません。

僕は昔、早稲田大学の学生の頃、それなりに劇団にお客さんが入り自分の名前が売れた時に、学内のミニコミ誌でボロクソ書かれたことがありました。どう考えてもイチャモンとしか思えませんでした。

その時、「有名になるということは、何も悪いことをしていなくても悪口を言

われることなんだなあ」と思いました。

なので、売れていること、名前があることが許せないという動機は分かります（もちろん、悪口自体には傷つきますが）。

でも、もし確固たる信念で「国にたかるんじゃないよ」と思っている人がいたら、どんなメンタリティなんだろうと不思議になるのです。

政治的信念の人は別ですよ。

「苦しい時に国に文句を言うんじゃない」と書いている人が、民主党政権時代、東日本大震災の時には、ちゃんと国に文句を言っていたとしたら、「国に文句を言うんじゃない」ではなくて、「自民党政権に文句を言うんじゃない」ですから、これは理解できます。

そうではなくて、「とにかく国のすることには文句を言ってはいけない。国に頼ってはいけない」と、どんな政権の時にも思っている人の思考・信念が分からないのです。

思わず僕は、「年貢と税金は違う」とツイートしました。「税金は、公共財、公共サービスを受けるために国に払っているもので、苦しい時には自分達のために使うことを求めるのは当たり前です。でも、年貢は違います。年貢はお上に差し上げるものです。見返りはありません。年貢とはそういうものです。日本人は、税金ではなくて、年貢を払っていると思っているんじゃないでしょうか」なんて内容です。

税金の使い方に関しては、僕は、自民党政権だろうが民主党政権だろうが、文句を言います。それが、税金を払っている人間の当然の権利だと思うからです。

中止したイベント・演劇・スポーツに対して、なんらかの補償をして欲しいと思いました。けれど、政府は業界に対してなんの反応もありませんでした。

やがて、社会全体に自粛を求めるのなら、国民に休業補償を出して欲しいと思いました。文化を守って欲しいというレベルから、生活を守って欲しいというレベルに移ったのです。だからと言って、文化を守らなくてもいいと思っているわけではありません。

ヨーロッパの国々から「休業中の給料を80%補償する」とか「全額補償する」とかのニュースが飛び込んできて、「日本も、自粛を要請するなら、休業補償とセットで」と声が上がり始めました。僕もツイッターで書きました。

「金が欲しいだけなんだろ」と、またメンションが来ました。「そんな金がどこにあるんだ?」なんて反応も来ました。この人は、勤めている会社が赤字になったら、給料が欲しいという同僚に「そんな金がどこにあるんだ?　ガマンしろ!」と言う人なんだろうかと思います。そんな金を作るために、ヨーロッパではドイツをはじめ均衡財政を取りやめる国がでてきています。今、この国民の危機を救うための方法です。この違いはなんだろうかと思います。

自分を殺して目上の心情を忖度する

これは一度、どこかで原稿に書いたのですが、また、書いておきます。

日本に外国人演出家がやってきます。だいたい、欧米の演出家ですね。日本で日本人俳優を演出して、日本語の作品を発表するわけです。

彼らと知り合い、親しくなると、ふだん、彼らが絶対に言わないことを聞いたりします。

それは「日本人俳優はものすごく演出しやすい」ということです。

日本人俳優が上手いということじゃないですよ。

例えば、「そこで急に大声で話して欲しい」と演出したとします。

欧米の俳優なら、「なぜ、急に大声なの?」と、「大声で話す理由」を演出家に聞きます。

それは反抗しているとか、文句を言っているということではなく、ごく自然に動機を聞いてい

るのです。

で、納得できる理由があれば大声で言うし、納得できない理由だと言えないと演出家に答えるという、ごくシンプルな展開になります。

この時、演出家の大声で話して欲しい理由が「あきらかに、そのセリフは大声で言ったら面白い。観客は間違いなく笑うと思う」だとします。

でも、この理由は、「大声で」と求められた俳優の気持ちとは何の関係もありません。「嬉しくて思わず大声になる」とか「相手が離れたので聞こえるように大声になる」というのは、俳優本人が納得する「大声になる理由」です。

自分の気持ちとつながっていますからね。

でも、「大声で言ったら観客が笑う」とか

「静かなシーンが続いているので、観客の注意を集めるために大声で言う」なんてのは、俳優の動機となんの関係もないわけです。

でも、演出家としては、シーンを面白くするためには、どうしても大声で話して欲しいと感じたとします。

そうすると、そこから演出家の腕が試されます。

なんとか、俳優を納得させる理由を考え、場合によってはでっち上げるのです。

「君は急に嬉しくなったんだ」とか「急にさっきの会話を思い出して腹が立ったんだ」とか、最終的には、嘘でもいいので、大声になる理由を「発明」するのです。

そして、俳優が「分かった」と納得してくれればシーンは演出家の狙い通り生き生きしたものになるし、俳優が納得できなければ、観客が思わず眠ってしまうような退屈なシーンになるのです。

欧米では、こうやって演出家と俳優は交渉し、「戦い」ます。

でも、日本に来て、日本人俳優を演出すると「そこで急に大声で言って欲しい」と言うと、ほとんどの俳優が「分かりました」とすぐに答えると言うのです。「だから、日本人俳優はものすごく演出しやすい」と欧米の演出家は口を揃えて言います。

力のない演出家、未熟な演出家からすると、楽園のような現場です。俳優の気持ちではなく、簡単に演出家の都合を優先してくれるのです。

もっとも、「演出しやすい」と、正直に僕に話してくれる演出家は、このことが、「楽だ」とか「素晴らしい」とか思っていない人達です。

彼らはとても不思議がります。

「どうして、何の説明もないまま、受け入れるのだろう」と。

ある演出家は、思わず、日本人俳優に「どうして大声で言うの？」と質問したそうです。日本人俳優はキョトンとした顔で「だって、あなたが大声でと言ったから」と答えたそうです。

この答えにイギリス人演出家は驚きました。どうしてそんなに簡単に自分の気持ちを手放して、演出家の気持ちになれるのか。あなたは自分の気持ちで生きてないのか？「まったく理解できない」と彼は嫌悪の表情で言いました。

演技をするということは、その役の気持ちになるということです。人間を演じるわけですから、その人物の感情をずっと生きます。その時、突然、「演出家の気持ち」に切り換えられるメカニズムが分からないということです。

でも、俳優だけではなく、私達日本人は、自分を殺して目上の人の気持ちに寄り添うことを美徳とか当然のことだと思いがちです。

そして、目上の人である演出家に異議をとなえることは、「芝居を作るということは大変なことなんだから、批判とかしてる場合じゃない」と思ってやめるのです。

〝好きなことをしている人〟が補償を求めると攻撃される根本的な問題とは

自粛要請を受けて中止した公演やライブ、スポーツ大会などに政府がなんらかの補償をして欲しいとツイッターに書いたら、「好きなことをしているんだから、文句を言うな」とさんざん攻撃されました。

普段、好きなことをしているんだから、公演が中止になったりライブが中止になっても当然じゃないか、という意見です。これは、まあ、「自業自得」とか「自己責任」とかのイメージでしょう。

普段、まったく税金を払わないで好きなことをして、自分が大変になったら補償を求める、というのなら、「お前、それはムシが良すぎるんじゃないか」という突っ込みも、まだ分かります。

(本当は、この理論を認めてしまうと、「税金を払えない弱者は見殺しにしてもいい」という結論

文化のない生活

になるので、危険なのです。税金を払えない弱者も救済するのは、いつ自分がそういう状態になるか分からないからです。病気になるのか、交通事故にあうのか、失業するのか、生産者ではなくなった瞬間に、保護される資格を失うのであれば、この社会は安心・安全ではなくなり、荒廃していくでしょう）

あるプロダクションの社長さんが、公演の中止が続いて何億という損失を出し、政府に補償を求めたところ、「金をたかるんじゃない」「コジキか」とツイッターで突っ込まれ、怒りのあまり、フェイスブックに「我が社は10年以上、毎年、10億円程度の税金を払い続けている。私に文句を言っている人はいくら税金を払っているのか」と書いていました。

今の政府に反対していようが賛成していよう

が、税金は払います。逆に、「自民党政権には反対しているから税金は払わない」なんてことが認められたら、国家のシステムが崩壊するわけです。

なので、「好きなことをしているんだから文句を言うな」は本当は「好きなことをしていて、税金をちゃんと払っていても、文句を言うな」ということなのです。

ということを書いても、「コジキ」と攻撃してる人には届かないだろうなと、僕は溜め息をつきます。

それは、「好きなことをしてるんだから、文句を言うな」という言葉を受けるたびに、「みんな、そんなに好きなことをしてないんだろうか」と思うからです。

「好きなこと」をしている人は、「文句を言うな」という言い方はしないんじゃないかと思います。補償について、もらい過ぎだとか、少ないという不満は言っても、「好きなことをしているんだから」という理由を選ぶことはないと思うのです。

でも、好きなことをしてない人は、自分は好きなことをしてないから、好きなことをしているというだけで、補償を求める人を憎むのかなあと思うのです。

街のレストランとか職人さんとか、自営業の人は、比較的、「好きなこと」を仕事にしているじゃないかと思います。サラリーマンはどうなんでしょうか。どれぐらいの人が自分の仕事が好きで、嫌いなのか、僕には分かりません。

非正規雇用の人で、自分の仕事が好きな人はどれぐらいの割合だろうかと思います。不安定で不安で低賃金に苦しめられていたら、「好きなことを仕事にしている」と見える人が「補償を求める」のは、許しがたいことに感じるのかもしれません。

そうすると、「文化への補償」という問題は、「芸術」「芸能」への理解なんて問題ではなくて、じつは格差と貧困、雇用形態を改善する問題なんだと思うのです。

そこを解決しなければ、いくら「文化は大切なんです」「ヨーロッパでは補償されてます」と言っても意味はないんじゃないか、「コジキか」とメンションしてくる人との深い溝を、いったいどうやって埋めたらいいのかと考え込むのです。

いつまで非常事態宣言が続き、どれぐらいの劇団や事務所、バンド、演劇・音楽事業者が倒産、廃業するか分かりません。

さまざまな弱者の側に立ち、生活と文化を守る政府であって欲しいと願うのです。

「もし、あなたがアーティストはこの世にムダなものだと思うのなら、自粛の期間、音楽や本や詩や映画や絵画なしで過ごしてみてください。（スティーブン・キング）」

“社会”が信頼できず“世間”にだけ生きると何が起こるのか

『ぼくはイエローでホワイトで、ちょっとブルー』の著者ブレイディみかこさんと対談した時、息子さんの「日本人は『社会』への信頼が足らない」という言葉にハッとしました。

どういうことか？

僕なりの説明をすると——

僕は、日本には「世間」と「社会」があると繰り返し言っています。「世間」とは、今か将来、あなたと関係がある人達のこと。会社・学校・仲間・近所なんてことですね。

「社会」は今か将来、まったく関係ない人達のこと。電車の隣の人、すれ違う人、など。

で、私達日本人は「世間」に生きています。正確に言うと、「中途半端に壊れた世間」なのですが。

「世間」に生きている私達日本人は
「社会」に対する信頼が
足りない
社会
世間

で、「世間」にだけ生きていると、「社会」の人との会話が苦手で不得手になります。

例えば、駅の階段で荷物とベビーカーを抱えて、ふうふう言って上っている女性がいても、日本人はなかなか、「持ちましょうか？」と声はかけませんね。この風景を外国人が見て驚きますが、日本人が冷たいわけではなく、声のかけ方がよく分からないと言った方が正解でしょう。

もちろん、相手が自分の「世間」に生きる人、つまり知り合いだったら、抵抗なく声をかけるでしょう。

電車の中でイヤホンから音がシャカシャカ漏れている時、イラついて「いい加減にしろよ！」とか「うるさいよ！」と思わず叫ぶ人がたまにいます。

これまもた、相手が「社会」に生きる人、つまり関係のない他人だから、どう声をかけていいか分からないから起こると、僕は思っています。

相手が「世間」にいる人だと、こんな言い方はしません。友達だと「音、ちょっと下げない？」でしょうか。相手が上司や先輩、または部下とか後輩でもいきなり叫ぶということは、性格に問題のある上司や先輩でない限り、あまりないでしょう。

でも、相手が「社会」に属している人だと、なかなか言えなくて、ガマンにガマンを重ねて、結果、爆発して「いい加減にしろよ！」となることがあると思うのです。

もしくは、関係のない相手だから、遠慮なく怒鳴る、ということもあるかもしれません。

この時、「いきなり怒鳴らなくてもいいでしょう」と叫ばれた人が言ったとして、「そんな大きな音を漏らしても平気な奴は、怒鳴らないと分からないんだ」と叫んだ人が答えたとしたら、この状態を「『社会』に対する信頼が足らない状態」だと僕は思っています。

「『社会』を信頼している」状態とは、この時、「すみません。音が少し大きいので小さくしてくれませんか？」と、叫ばずに伝えることです。

もちろん、こう伝えて「なんだとぉ!?」とからまれることもあるかもしれません。それは、結果です。

信頼して裏切られることはあります。

でも、最初から社会に生きる相手を「受け入れてくれるはずがない。まともに言って、納得するはずがない」と決めつけて「うるさい！」と叫ぶのは「信頼がない」状態です。で、僕達日本人は、「世間」の人相手に「腹芸」とか「根回し」とかの訓練をたくさん受けるのですが、「社会」に生きる人に対して、穏やかに「自分の要望を語る」ということに、慣れてないのです。

映画館で、隣のお客さんが突然、スマホを出した時に、舌打ちとかガマンとか「おい！」ではなく、「すみません。スマホがまぶしくて、スクリーンが見づらいです。やめてもらえませんか？」と穏やかに話せる日本人は少ないと思うのです。

でね、こんなコロナの状況の中、「社会に対する信頼」が足らないまま、ネットの書き込みをしていくと何が起こるかというと、怒鳴り合いとか中傷とか罵倒とか、言い放しの状態が出現するのです。

電車の中で、誰もが「うるさい！」と叫び続けている状態です。生まれるのは「対立と分断」だけです。穏やかに話せば、解決するかもしれない問題も、すべてこじれます。

「世間」にだけ生きていて、「社会」は全部、敵と思うなら別ですが、今どき、そんな完璧に保護してくれる「世間」に生きる人はいないと思います。

どんなに苦しくても絶望しても、『社会』を信頼する」言葉を重ねていくしか、未来を作っていく方法はないと僕は思っているのです。

〝世間〟が中途半端に壊れた今、生き延びるために必要なこととは

先週の続き、ブレイディみかこさんの中学生の息子さんが言った「日本人は『社会』に対する信頼が足らない」についてです。

現代ビジネスの5月2日の佐藤直樹さんの原稿「コロナ禍で浮き彫り、同調圧力と相互監視の『世間』を生きる日本人」で、驚くべきデータが紹介されていました。

佐藤さんは、九州工業大学の名誉教授で、僕が「世間」と「社会」にこだわるずっと前から、「世間」について考察されてきた方です。

どんなデータかと言うと、「総務省『情報通信白書』(2018年版)によれば、欧米諸国に比べ日本は他人への不信感が強いという。すなわち、『SNSで知り合う人はほとんど信頼できる』に対し『そう思う・ややそう思う』が日本は1割ほどだが、ドイツは5割、アメリカは6割、イ

ギリスは7割あるそうだ」というものです。ちょっとびっくりしませんか？　1000人からの回答ですから、それなりの信頼はあると思います。
日本人はSNSで知り合う相手を1割しか信用しない。これほど、明確な『社会』に対する信頼が足らない」ことを現す具体的なデータはないんじゃないかと、唸ります。
佐藤さんは続けて、「また、ネットで知り合う人を見分ける自信があると答えたのが、日本は2割だが、英独仏は6〜7割であった」というデータも紹介しています。
これはもちろん「欧米人が他人を信用できると答えるのは、見分ける自信と能力があると考えるからで、別に人が良いわけではない」と説明し、「まさにヨーロッパで11〜12世紀以降成立した個人とは、人間関係を自立的に判断する能力をもつ者のことであった」と解説しています。欧米には「世間」という身内が集まる空間と「社会」という知らない人が集まる空間の区別はありません。

というか、11世紀から12世紀にかけて、キリスト教が綿密に「世間」を消していきました。頼るべきは、「世間」ではなく、「神」だと教えるために。〔詳しいことを知りたい方は、拙著『「空気」と「世間」』（講談社現代新書）か『「空気」を読んでも従わない：生き苦しさからラクになる』（岩波ジュニア新書）をよろしければお読みください〕

結果、欧米では、先週書いたような「自分とはまったく関係のない人達と話す言葉」や「コミュニケイション技術」が発達したのです。というか、生き延びるためには、発達せざるを得なかったのです。

もちろん、世界中には、ＳＮＳでいきなりとんでもない言葉をぶつけてくる人はいます。英語では、そういう人のことを、「Internet troll」と言います。妖怪というかクリーチャーの「トロル」です。あきらかに、特殊な少数の人達、というイメージです。

でも、日本だと「ネット民」なんて言ったりします。妖怪と比べるとあまり特殊で少数なイメージはないです。ＳＮＳで出会う人のうち、１割しか信用できないのなら、逆に、信用できる人の方が特殊で少数になるのでしょう。

総務省の元のデータを調べてみると、「オフラインで出会うほとんどの人は信用できる」というものすごい質問には、「そう思う」「ややそう思う」は、日本人は33・7%、アメリカ人は63・7%、ドイツ人は68%、イギリス人は70・4%です。

言わずもがなですが、日本人は、相手が自分の「世間」に属していると分かるとこの数字は急上昇すると思います。共通の知り合いがいる、同じ会社、同郷、同窓、何かのつながりを感じれば、信用します。逆に言えば、何のつながりもないとなかなか信用しないのです。

僕は、「人間を信用しよう」なんていう「道徳」の話をしているのではありません。

僕は、「生き延びるため」の話をしています。

昔、「世間」が充分に機能して、私達を守ってくれて、収入から結婚、あらゆる面倒を見てくれていた時代は、「社会」なんかありませんでした。村落共同体や会社共同体のルールに従っていれば良かったのです。

でも、今、「世間」は中途半端に壊れて、私達を守ってくれなくなりました。そのため、「社会」と会話する技術を身につけることが苦しみを和らげ、生き延びる最も重要な方法だと思っているのです。

あとがきにかえて

「コロナ以降、私達の生活はどんなふうに変わると思いますか？」と聞かれるようになりました。最近のインタビューでは、この質問が枕詞のように繰り返されています。

コロナは、いろんなことを明るみにしたのだと思います。

政府というものの本質、ＳＮＳという悪意、政治家というものの正体、自粛警察という絶望、私達の煽《あお》られやすさ、私達の付和雷同、文化やアートが必要ないと本気で思っている人の多さ、「好きなことをしているんだから、自業自得だ」という言葉の残酷さ。まさに、いろんなことです。

それは、私達が生きていく上で、今まで、なんとなくあいまいにしてきたことじゃないかと思います。

どう変わると思いますかという質問を受けて、僕の頭にすぐに二つの言葉が浮かびます。

「これを教訓にいろいろと考えるようになると思います」という言葉と「忘れるんじゃないです

か。また、あの日常に戻ると思います」という言葉です。

そして、たぶん、結果は、この二つのグラデーションとして現れるんじゃないかと思っています。

ジャンルによってはどちらかになったり、人によってはどちらかになったり、人によってもジャンルでそれぞれにどちらかになったり、どちらかも0か100というはっきりとした区別ではなく、じつにあいまいに分かれたりするんじゃないかと思っています。

僕が繰り返し書いている「世間」は、「所与性《しょよせい》」が特徴です。

つまり、初めから与えられていて、変革することは不可能な存在なのです。「世間」は、生まれた時からそこにあり、その中で生きてやがて死んでいくもので、枠組み全体をどうこうしようとはできないものです。

でも、「社会」は違います。「社会」は、人々が意識的に作り上げたものですから、変革可能なものです。

「社会変革」という言葉はあっても「世間変革」とは誰も言いません。

コロナ以降、みんなが直面した事態を「世間」の問題だと思えば、変わることは難しいと思います。

でも、直面したことが「社会」の問題だと思えば、変えられると思うのです。

「政府に文句を言うな」は、コロナ以前は、「世間」に属する言葉だと思っていた人が多かったと思います。「政府」とはつまり、「お上」で「目上」で「年上」の人ですから、「年上に文句を言うんじゃない」というのは、僕が分類した「世間」の五つのルールのうちの代表的なひとつです。けれど、「政府」は「所与性」としての「世間」ではない、それは「社会」に属するもので、私達が作り上げるものだと思えば、意識は変わるのです。

ただ、「社会」に属するものだと思っても、「だから、自分達と関係がないものなんだ」という結論を出すことが一般的です。

「世間」にずっと生きていると、「社会」は借り物で、自分達と関係のないもの、という意識からなかなか抜け出せないのです。

「政府」は「世間」ではない、「社会」なんだと考えたとしても、「だから、私達とは何の関係もない」と結論する可能性も、残念ながら大きいのです。

世界を見てみると、「民主制」をどう獲得したかによって、人々が「民主制」を借り物と考えるか、根本的で大切な自分たちの権利と考えるか、分かれると思います。

残念ながら、日本は、「民主制」は与えられたものでした。アジア・太平洋戦争でどんなに血を流しても、幕末にどんなに人々が傷つき死んでも、「民主制」は権力者から奪い取ったものではなく、どこかから誰かから「与えられた」ものでした。

たぶん、その意識がまだずっと続いているのだと思います。

コロナ以降、私達はどうなるのか。何が変わって、何が元に戻るのか。いい変化なのか、悪い変化なのか。

さて、論創社さんが、前回に続いて二冊目の「ドン・キホーテ」シリーズを出して下さることになりました。

「ドン・キホーテ」シリーズが、僕の本の中で一番売れてないと、前回の『ドン・キホーテ走る』で書きました。そして、その現状はまったく変わっていません！　わははははは！

前回、論創社さんから出してもらった『ドン・キホーテ走る』は、未だ重版がかからず、初版を売り切ることなく、論創社さんの倉庫で多くの仲間が出番を待っているのです！！　と、びっくりマークを三つ書きましたが、本当は100個ぐらいつけたいものです。

いやもう、社長の森下さんに申し訳なくて、申し訳なくて。

なんでしょうねえ。けっこう、気合入れて書いてるんですけどねえ。何回も炎上してるけど、それでも書き続けてるし、心折れながらも、「これは伝えたい」と思って書いてるし。

なので、おいらが言いたいことは「買ってくれてありがとう」です。はい。心より感謝します。

コロナで2020年5月6月に予定していた『虚構の劇団』の公演が中止になり、することもなくボーッとしていると、「こんな時代が来るなんて、まったく予想できなかったなあ」としみじみします。

週刊誌連載最長記録日本第二位（たぶん）ですが、「もういいよ」と言われるまで書き続けようと思っています。

コロナ以降、何が起こるのか。どんな変化なのか。じっと目を開けて、試行錯誤して、粘り強く書いていこうと思います。よろしければ、おつきあい下さい。んじゃ。

鴻上尚史

鴻上尚史（こうかみ・しょうじ）

作家・演出家。愛媛県生まれ。早稲田大学法学部出身。

1981年に劇団「第三舞台」を結成し、以降、作・演出を手がける。現在はプロデュースユニット「KOKAMI@network」と若手俳優を集め旗揚げした「虚構の劇団」での作・演出が活動の中心。これまで紀伊國屋演劇賞、岸田國士戯曲賞、読売文学賞など受賞。舞台公演の他には、エッセイスト、小説家、テレビ番組司会、ラジオ・パーソナリティ、映画監督など幅広く活動。また、俳優育成のためのワークショップや講義も精力的に行うほか、表現、演技、演出などに関する書籍を多数発表している。桐朋学園芸術短期大学特別招聘教授。

ドン・キホーテ　笑う！

ドン・キホーテのピアス19

2020年7月1日　初版第1刷印刷
2020年7月7日　初版第1刷発行

著　者――鴻上尚史
発行者――森下紀夫
発行所――論創社
〒101-0051　東京都千代田区神田神保町2-23　北井ビル
tel. 03(3264)5254　fax. 03(3264)5232
振替口座 00160-1-155266　http://www.ronso.co.jp/

イラスト――中川いさみ
ブックデザイン――奥定泰之
印刷・製本――中央精版印刷

ISBN978-4-8460-1954-9